KB078604

진 예

성운을 먹는 자

성운을 먹는 자 8

김재한 퓨전 판타지 소설

초판 1쇄 찍은 날 § 2015년 11월 27일
초판 1쇄 펴낸 날 § 2015년 12월 2일

지은이 § 김재한
펴낸이 § 서경석

편집책임 § 이창진
디자인 § 신현아

펴낸곳 § 도서출판 청어람
등록번호 § 제387-1999-000006호
등록일자 § 1999. 5. 31
어람번호 § 제1-2300호

주소 § 경기도 부천시 원미구 부일로 483번길 40 서경B/D 3F (우) 14640
전화 § 032-656-4452 팩스 § 032-656-4453
http://www.chungeoram.com
E-mail § chungeorambook@daum.net

ISBN 979-11-04-90536-0 04810
ISBN 979-11-04-90287-1 (세트)

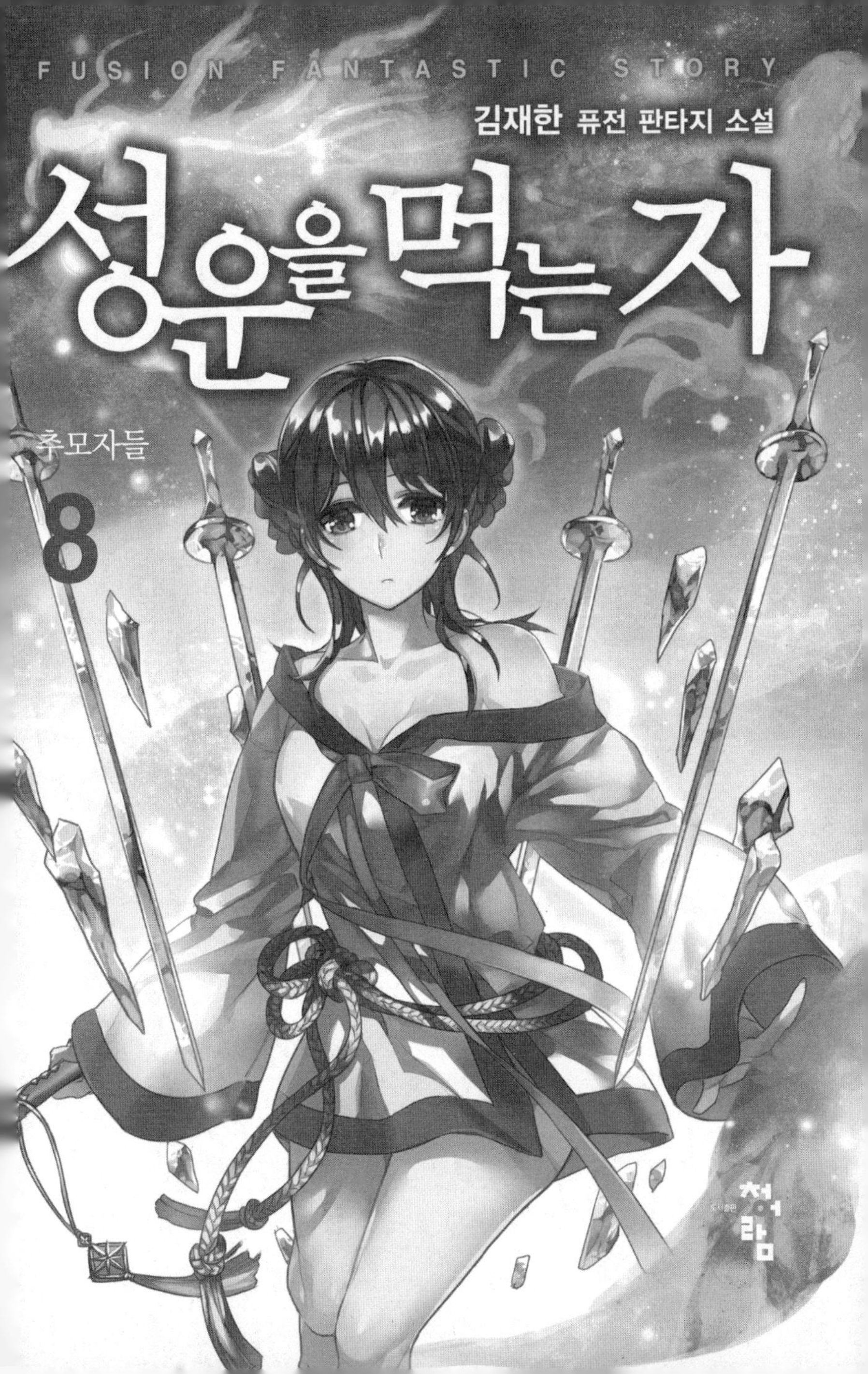
FUSION FANTASTIC STORY
김재한 퓨전 판타지 소설
성운을 먹는 자
추모자들
8
청람

목차

제39장
기연의 주인

성운을 먹는자

1

유적의 진동이 멎었다.

산 너머에 있던 광세천교의 청년이 말했다.

"놀랍군. 괴령이 죽은 것 같아요."

"보시진 못한 겁니까?"

혼살권 유단이 그렇게 물은 것은 청년이 말하는 어조가 추측이었기 때문이다.

"네."

"아직도 안 보이시는 겁니까?"

"유감스럽게도요. 과정은 나중에 천천히 들여다보지요. 지금 당장은 힘들 것 같군요."

그렇게 말하던 청년의 시선이 문득 한쪽으로 향했다.

"슬슬 나오시지 그러나? 음침한 흑영신의 추종자."

청년의 시선이 향한 곳에는 아무것도 없었다. 하지만 다음 순간, 새카만 옷을 걸친 험악한 인상의 남자가 나타나면서…….

콰아아앙!

잿빛의 기운이 날아들어 폭발했다.

"진정한 안식의 어둠이 어쩌고 하고 떠들어대는 주제에 정말 성격이 급하군. 이러니까 폭급하고 흉악한 마교라는 소리를 듣지. 쯧쯧쯧."

"흠."

인간을 증발시키기에 충분한 위력의 기공파였다. 하지만 칠왕의 일원, 혼살권 유단이 청년의 앞을 가로막으면서 방어해 냈다.

다짜고짜 기공파를 쏘아낸 흑영신교도는 눈살을 찌푸렸다. 방금 전의 공격은 7심 내공을 지닌 그가 전력으로 쏘아낸 공격이었다. 그런데 유단이 너무나도 간단하게 막아낸 것이 아닌가? 유단이 광세천교의 칠왕이라고 하나 그 역시 흑영신교의 팔대호법이거늘.

하지만 그는 놀란 내색을 하지 않았다. 대신 살기를 뿜어내며 말했다.

"건방진 놈. 가련한 자들을 미혹하는 사특한 빛의 추종자들이 누굴 보고 허튼소리를 지껄이는 것이냐?"

"하하하. 이거 참. 흑영신교도랑 만나면 당연히 들을 소리긴 하지만 역시 열 받네. 두 번 들어도 열 받아."

"참으로 예지자다운 말이로군."

"그렇게 말하는 건 내 정체를 알고 왔다는 말이군… 이라고 말하는 것도 좀 이상하지? 뭐 사실 여기서 내가 그렇게 말하고 당신이랑 이러쿵저러쿵 대화를 나누다 보면 결국 당신은 정체를 소개하게 돼. 흑영신교 팔대호법의 일원, 암월령(黑月靈)이라고. 하지만 난 굳이 별 의미 없는 시간 낭비를 예지와 현재에서 반복할 마음이 없으니 넘어가지."

"으음. 과연 사특한 광세천교의 그림자 교주답구나."

"바로 앞의 미래조차 보지 못하는 우매한 너를 위해 정식으로 소개할 테니 영광으로 알고 들어라. 나는 광세천교의 그림자 교주 만상경."

외부에는 알려져 있지 않지만 광세천교에는 교주와 칠왕 사이에 숨겨진 직위가 하나 더 있었다.

그림자 교주.

항시 음양(陰陽)이 함께하는 연옥에는 빛이 비치면 그림자가 생기게 마련이다. 따라서 광세천이 내리는 위대한 구원의 빛을 가련한 자들에게 전하는 교주의 뒤에는 그로 인해 생기는 그림자에 속하는 자가 생기니, 그는 어둠에 머무르며 빛을 좇는 그의 눈은 현재를 넘어 미래를 보는 능력을 갖게 된다.

전대 광세천교주는 무상검존 나윤극에게 입은 상처를 회복하지 못하고 죽었다. 그리하여 당시의 그림자 교주가 그 뒤를 이어 교주가 되었다.

하지만 그림자 교주의 자리를 버린다는 것은 예지의 힘을 잃는다는 의미인지라 광세천교에는 미래를 보는 자가 없어지고 말았다. 그들이 그 힘을 되찾은 것은 한동안 공석으로 남아 있던 그림자 교주의 자리를 채울 인재, 만상경이 나타난 후였다.

만상경이 말했다.

"내가 이 자리를 마련한 것은 너희의 교주를 직접 만나보고
자 함이라. 그러니 경거망동하지 마라. 별로 너를 죽이고 싶지
않다."

"하! 무슨 말도 안 되는 소리를 하는 거냐? 자리를 마련해? 이
런 흉악한 기환진을 펼쳐 두고 그딴 소리를 지껄이다니!"

암월령이 분노했다. 이 주변에는 실로 흉악하기 짝이 없는 기
환진이 펼쳐져 있었다. 유적을 노리고 작업해 나가고 있는 와중
에 기습적으로 발동한 기환진 때문에 얼마나 많은 교도들이 죽
어갔는지 모른다.

"되었다, 암월령."

그때 뒤쪽에서 누군가의 목소리가 울려 퍼졌다. 그리고 세 명
의 청년이 나타났다.

흑영신교도답게 온통 새카만 옷을 입은 그들은 언뜻 보면 세
쌍둥이처럼 보였다. 하지만 체격과 연령, 인상이 비슷한 자들을
머리를 박박 깎아놔서 그렇지 잘 보면 금세 다른 인물임을 알아
볼 수 있었다.

유단이 눈살을 찌푸렸다.

'기분 나쁜 놈들이군.'

광세천교의 칠왕인 그는 마공을 비롯한 온갖 사악한 비술을
보아왔다. 하지만 눈앞의 세 청년은 그에게도 묘하게 불길한 느
낌을 주었다.

일단 저 기이한 눈동자가 그렇다. 그들의 눈동자는 마치 말끔
하게 다듬어놓은 돌을 연상시키는 회백색이었으며, 거기에는

아무런 감정의 빛도 드러나 있지 않았다.

하지만 그중 가운데 선 자의 입에서 흘러나오는 말은 분명한 감정이 실려 있었다.

"새로운 그림자 교주라. 나의 반려가 어떤 인물인지 궁금해하던데 이제야 궁금증을 풀어줄 수 있겠구나."

"…설마 흑영신교주?"

유단이 숨을 삼켰다. 감정을 거세당한 듯한, 하지만 목소리에는 유쾌함과 기이한 위엄이 넘치는 저 청년이 흑영신교주란 말인가?

만상경이 말했다.

"나도 그쪽의 신녀에게는 관심이 있는데 안타깝군. 대대로 무척 아름답다고 들었거늘."

"나는 질투가 심해서 반려의 아름다운 모습을 외인에게 보여주고 싶지 않느니라."

"유쾌한 인물이로고. 선대는 꽤나 무뚝뚝하고 잔혹했다 들었는데, 이번 교주는 완전히 성품이 다른가 보군."

"하하하. 그와 나는 같지만 다른 인물이다. 그에 비추어 나를 판단하는 우를 범하지 말지어다."

교주의 말에 만상경이 눈살을 찌푸렸다.

"흠. 이거이거, 신녀께서 힘을 쓰고 계시군?"

"바로 맞혔노라. 느껴지느냐?"

"내 예지와 당신의 말이 조금씩 어긋나고 있어. 신선한 경험이야. 이런 재주도 있으셨다니 한층 더 보고 싶어지는걸?"

"아마 영원히 그럴 일은 없을 것이다."

"나도 그럴 거라고 생각해. 선대가 그랬듯이, 우리도 마찬가지겠지. 그나저나 하나 묻고 싶은데."

"무엇을 말이냐?"

교주가 고개를 갸웃했다. 여전히 교주의 목소리를 전하는 대머리 청년의 얼굴에는 표정이 없었기에 꽤나 기괴해 보였다.

만상경이 물었다.

"우리와 더 싸울 생각인가? 이 문제에 대한 예지가 둘로 갈리는군. 신녀께서 방해하고 계신 듯한데, 그래서 간만에 상대가 현재에 내놓을 대답이 궁금해지는 중이야."

"사실 그럴 마음도 없지는 않았다만……."

교주가 웃었다.

"그만두기로 하지."

"어째서? 난 솔직히 기대했는데."

"원격조종하는 인형으로는 대낮의 그대를 어쩔 수 없을 것 같구나."

"아하, 자기 몸도 아니면서 거기까지 알아본 건가? 대단한데? 흑영신교주라 그런 건가, 아니면 성운의 기재라서?"

만상경이 씩 웃었다. 교주가 흥미로워하며 말했다.

"둘 다라고 해두겠노라. 극양지체라니 참으로 광세천의 주구에 어울리는 몸이로다."

극양지체(極陽肢體).

그것은 전설로 전해져 내려오는 체질이었다.

본래 생명은 음(陰)과 양(陽)의 기운 모두를 갖고 있게 마련이며 남자는 양기가 더 강하고 여자는 음기가 더 강하다 하였다.

극양지체는 무조건 남자에게서만 나타나는 체질이다. 그리고 상식적으로는 존재할 수 없을 정도로 체내 기운 중에 양기의 비중이 높은 체질이었다.

상식적으로 생각하면 그토록 양기의 비중이 압도적인 존재가 사람의 형상을 유지할 수 있을 리가 없다. 하지만 광세천교에서는 종종 나타나는 체질이기도 했다.

사람으로서 존재할 수 없는 체질의 존재가 광세천의 가호로 사람으로서 살아간다. 광세천교도들은 극양지체가 광세천의 기적이 역사한 결과라고 믿었다.

양기는 생명의 기운이라 일컬어진다. 극양지체는 그 자체로 막대한 생명력의 보고였으며, 양기를 다루는 무공을 터득하기에 최상의 적합성을 가졌다. 또한 맑은 날, 햇살이 비치는 낮에 그 힘이 최고조에 달한다.

흑영신교주는 성지에서 의식만을 보내어 조종하는 인형의 눈으로도 그 사실을 꿰뚫어 보았다. 지금 이 자리에 나와 있는 팔대호법은 암월령뿐이다. 다른 부하들이 만상경이 통제하는 기환진에 걸려서 전력을 기대할 수 없는 지금, 암월령이 유단과 대적한다고 하면 교주가 만상경을 꺾어야 하는데 아무래도 손해가 커 보였다.

교주가 말했다.

"여기서는 그대가 이겼노라. 인정하지."

"뭐, 이겼다고 생각하진 않아. 그저 내가 여기에 판을 짜고, 여긴 반드시 먹을 생각으로 왔을 뿐이지. 멀리 보는 재주는 나보다 그쪽의 신녀께서 더 나으실 테니 아마 다른 쪽을 골랐겠지?"

"그렇다."

"감추려고도 하지 않네?"

"의미 없다는 것을 알고 있으면서 굳이 심력을 낭비하고 싶진 않노라. 어쨌든 나도, 그대도 서로의 목적을 달성한 셈이군."

"그래. 뭐, 당신을 직접 보지 못한 것은 좀 아쉽지만."

만상경이 고개를 끄덕였다.

성지에 있는 교주의 뜻을 거리를 초월하여 전해 받을 수 있는 이 인형들은 흑영신교에 있어서 대단히 귀한 재원이다. 교주가 이들을 잃을 위험을 감수하고 여기에 보낸 이유는 간단했다.

그림자 교주인 만상경을 직접 봐두고 싶어서였다.

그리고 만상경도 흑영신교주를 한 번쯤 봐두고 싶어서 굳이 여기에 행차했다. 둘 다 목적을 이룬 것이다.

문득 만상경이 물었다.

"난 당신을 만나면 꼭 물어보고 싶은 게 있었어."

"무엇을 말인가?"

"세상에 날 때부터 자신이 누구인지 안다는 기분은 어떻지?"

"호오."

이 순간, 머나먼 흑영신교의 성지에 있는 교주는 꽤나 즐거워하는 표정을 짓고 있었다.

만상경이 말을 이었다.

"우리는 스스로 광세천을 섬길 것을 선택한 몸이야. 교주도, 나도 그렇지. 하지만 당신과 신녀는 태어나면서부터 자기가 누구인지, 뭘 해야 하는지 안다며? 난 그게 어떤 기분인지 궁금해. 누구나 안고 태어날 수밖에 없는 스스로에 대한 무지(無知)를 경험해 보지 못한다는 거, 도대체 어떤 기분이지?"

그 말대로 흑영신의 화신이라 불리는 교주와, 그 반려인 신녀
는 태어나면서부터 자신이 무엇인지 안다고 한다. 그들은 유일
하며, 반복되는 운명을 지닌 존재였다.

그에 비해 광세천교는 모든 이들이 광세천에 대한 믿음을 선
택한다. 교주와 그림자 교주 역시 예외가 아니었다.

곧 교주가 입을 열었다.

"질문에 질문으로 대답하게 되는데… 그렇다면 나 또한 묻겠
노라. 미래를 안다는 것은 어떤 기분인가?"

"당신은 이미 미래를 아는 자에게 그 질문을 던져 보았잖아?"

"하하하. 내 생각에 그대의 대답은 신녀의 대답과 다를 것 같
다만?"

"흠. 그럴지도 모르겠군. 하지만 내가 먼저 물었으니 대답해
주시지? 그럼 나도 대답하지."

"그러도록 하마. 일단 그대의 질문은 틀렸다."

"뭐?"

만상경이 눈을 크게 떴다. 교주가 말을 이었다.

"나와 신녀는 다르다."

"무슨 뜻이지?"

"나는 처음부터 자신이 무엇인지 알고 있었다. 그러나 나의
반려는 그렇지 않느니라."

"흠……."

"가련한 연옥의 주민들은 어째서 자신이 태어났는지를 모르
고, 자신의 존재 의의를 찾아서 발버둥 친다. 확실히 나는 그런

무지에서 비롯되는 고통을 모른다."

교주의 말에 만상경은 잠시 생각에 잠겼다. 그리고 머리를 긁
적였다.

"한 번도 스스로의 존재를 의심해 보지 않았다는 이야기군."

"그렇게 말해도 틀리진 않을 것이다."

"재미없는 삶을 살았네, 흑영신교주."

"미래를 보는 자가 그리 말하는가?"

"내가 보는 미래는 여전히 알 수 없는 다른 부분을 알기 위한
재료로서 기능한다. 처음부터 끝까지, 이 세상의 모든 것을 다
아는 게 아니야. 그건 그쪽의 신녀도 마찬가지일 터."

"미래를 알기에, 더욱 큰 불안을 안다."

"그래. 신녀의 대답이 그것이라면⋯ 흠. 반할 것 같은데? 동
질감이 마구 느껴져."

"하하하. 내 아리따운 반려는 수줍음이 많으니 꿈도 꾸지 말
거라. 그리고 내 대답도 그와 비슷하겠구나."

"무슨 뜻이지?"

만상경이 의아해했다. 교주가 답했다.

"날 때부터 내가 누구인지 알았다. 무엇을 해야 하는지도 알
았다. 거기서 비롯되는 문제가 무엇일 것 같으냐?"

"⋯왠지 알 것 같아."

만상경의 표정이 변했다. 교주가 말했다.

"미래를 보는 자라면 알 수 있을 것이다. 그리고 그대들의 우
두머리는 더 깊게 이해할지도 모르겠구나."

"그렇군. 이번 대에 와서 너희가 이토록 서두르는 모습을 보

이는 것도 그런 영향인가."

"우리는 천 년을 넘는 장구한 시간 동안 한 걸음 한 걸음 내디
더 왔다. 사람의 생은 짧고 이루어낼 수 있는 것은 작지만 그 모
든 것이 모인 세상은 거대하다. 우리는, 이 그릇된 세상과 싸워
야 한다."

"당신은… 내일이 아니라 오늘을 보고 있군."

만상경은 비로소 교주가 진정 말하고자 하는 것을 이해했다.

교주는 날 때부터 자신이 누구인지 알았다. 무엇을 해야 하는
지도 알았다.

즉, 그는 자신이 얼마나 거대한 적과 싸워야 하는지도 알고
있었다.

마교라 불리는 흑영신교의 적은 세상 전체다. 신수의 가호를
받는 자들이 다스리고, 흑영신교의 교리를 사특하다 말하는 자
들이 구축한 세상과 싸워야 한다.

세상을 바꾼다.

아득한 고대로부터 인간들이 쌓아온 옳고 그름에 대한 기준
을 부수고, 올바른 진리를 강제한다.

그 어려움을 알기에 흑영신교도, 광세천교도 늘 신중했다. 그
들의 행보는 늘 아득한 미래를 향하고 있었다.

세상 전부를 구원의 길로 이끌기에는 인간의 일생은 너무나
도 짧다. 아득한 곳에서 이 세상을 바라보는 초월자의 의지를
등불로 삼아 서서히 나아간다. 언젠가 구원의 뜻을 이루는 그날
까지.

즉 역대 교주들은 항상 머나먼 미래를 보고 살았다.

자신의 대에 이룰 수 있을 리 없다. 그러니 할 수 있는 만큼
하고 후대에게 넘겨준다.

그런 태도가 당연했다. 특히 광세천교주와 달리 흑영신교주
는 자신이 죽어도 다음 대의 자신으로 이어질 것임을 확신하고
있기에 더더욱 그랬다.

그러나 이번 흑영신교주는 다르다.

그는 선대와 달리 미래가 아닌 현재를 보고 있었다.

무참하게 한번 짓밟혔다가 겨우 새로운 싹을 틔운 지금, 후대
를 기약하며 천천히 기반을 다지는 방어적인 자세를 취하는 대
신 모든 것을 던져서 승부수를 띄우려고 했다. 흑영신교가 그동
안 비축해 온 것들을 쏟아부으면서 공격적인 행보를 보이는 것
은 그런 이유였던 것이다.

교주가 말했다.

"그 오늘이 나의 삶이니. 나는 오늘 이겨 내일을 구할 것이
라."

"왜 우리 교주께서 그대에게 흥미를 갖는지 알겠어. 나도 전
보다 더 당신의 미래가 궁금해지는군."

"순수한 칭찬으로 받아들이지. 이걸로 서로 알고 싶은 것은
다 안 것 같군. 그럼 이만 작별이다. 결국 다시 보게 되겠지만."

"언제?"

"미래를 보는 자가 그리 묻는가?"

"나한테는 아직 안 보였거든."

"나의 반려가 말하길 아마도 머지않은 미래에 보일 거라는구
나. 지금까지 그래왔듯이. 그때가 되었을 때, 그대들이 어떤 선

택을 할지 흥미롭구나."

그 말을 끝으로 흑영신교주의 의식이 물러났다.

잠자코 있던 암월령은 만상경과 유단을 한번 노려본 다음, 인형 셋을 데리고 그 자리를 떠났다. 유단이 물었다.

"정말 그냥 보내도 되겠습니까?"

"됐어요. 이기긴 하겠지만 이쪽도 타격이 클 겁니다. 그런 피해를 감수할 이유가 없어요."

"음……."

"교주가 애송이라고 얕보면 안 됩니다. 지금의 술법을 보고도 그런 마음이 남아 있나요?"

"그런 건 아니었습니다."

유단이 고개를 숙였다. 만상경이 히죽 웃었다.

"그럼 우리는 목적이나 달성하지요. 이제부터 힘 좀 써야 할 겁니다."

두 사람은 기환진의 중심에 위치한 유적의 입구를 찾아내어 안으로 진입했다.

그 유적은 600년 전, 당시에 마교로 불렸다가 멸망한 또 다른 집단이 비밀 병기를 잠재워 둔 장소였다.

2

'형운.'

형운은 꿈을 꾸었다. 점점 따스해지는 지금 계절과는 전혀 어울리지 않는, 하얗게 얼어붙은 산의 꿈을.

그곳에 새하얀 털을 가진 설산여우가 웃고 있었다.

'유설 님.'

형운은 이것이 꿈이라는 사실을 알고 있었다. 그렇기에 유설을 보는 순간 주르륵 눈물이 흘렀다.

유설이 폴짝 뛰어서 형운의 품에 안겼다. 꿈이지만 이 보드라운 감각은 너무나도 생생했다. 그것이 더 슬퍼서 형운은 말문을 잇지 못했다.

유설이 형운의 눈물을 핥아주었다.

'울지 마, 형운.'

'하지만 유설 님은……'

'난 이날을 위해서 고향에서 나온 거야.'

'……'

'알고 있었어. 언젠가 이런 날이 올 거라고. 왜냐하면……'

'빙령의 의지가 온전한 사람의 형상으로 세상에 나설 수 있는지, 그걸 알고 싶었군요.'

왠지 형운은 그 사실을 알 수 있었다.

인간이 상상도 못 할 아득한 세월 동안 설산의 정기가 모여 이루어진 존재, 빙령.

그 빙령이 형운에게 관심을 가진 것은 일월성신이 이론상으로만 존재했던 완전한 기운의 그릇이기 때문이었다.

빙령은 사람과, 그리고 짐승과 계약을 맺고 세상에 관여했다.

사람으로 하여금 자신을 지키고, 설산에 사는 존재들에게 그 뜻을 대변케 하고자 하였으니 그것이 백야문이다.

짐승으로 하여금 자신을 지키게 하였으니 그것이 바로 빙령지킴이다.

하지만 빙령은 늘 부족함을 느끼고 있었다.

자신을 완전히 담을 수 있는 그릇을 갈망했다. 그러다가 발견한 것이 형운이었다.

이 그릇이라면, 어쩌면 자신을 담을 수 있을지도 모른다.

그래서 형운에게 자신의 분신체를 빌려주었고, 거기서 더욱 긍정적인 가능성을 보고는 유설을 보냈다.

그때부터 유설은 언젠가 이 결말이 찾아올 것임을 알고 있었던 것이다.

'후회하지는 않아. 정말이야.'

유설은 태어나면서부터 다른 동족들보다 훨씬 영특했다. 하지만 그 대신 너무나도 쇠약한 몸을 갖고 태어났다.

성년이 되지 못하고 죽을 운명이었던 유설에게 빙령이 자신에게서 갓 분화한 새로운 개체를 지킬 영수가 될 것을 제안했다. 유설을 선택한 것은 그녀가 빙령의 뜻을 이해할 지성을 지닌 존재였기 때문이다.

유설은 기꺼이 그 계약을 받아들여 빙령지킴이가 되었다. 그리고 그 자리에 속박된 채로 수백 년의 세월을 살아왔다.

인간의 일생에 몇 배에 달하는 세월이 흐르는 동안, 그녀는 빙령 곁에서 머물면서 지냈다. 그 자리에서도 설산 곳곳을 마치 자신이 그 자리에 간 것처럼 볼 수 있었지만, 결국은 방관자일 뿐이었다.

'서우는 처음으로 사귄 인간 친구였어.'

백야문의 일원들은 어디까지나 유설을 빙령지킴이로서만 대했다. 누구도 개인적인 교류를 원한 자가 없었다.

혼마 한서우는 달랐다. 우연히 그곳으로 찾아온 한서우는 자신의 목숨을 구해준 유설과 친구가 되어주었다.

불현듯 유설의 모습이 변했다. 그녀의 털빛과 같은 긴 백발과 불그스름한 갈색 눈동자를 가진 소녀의 모습으로. 둥근 동물의 귀가 쫑긋 서 있고 하얗고 도톰한 꼬리가 살랑거린다.

처음 만났을 때와 달리 그녀는 백색 바탕에 푸른색 장식이 들어간 옷을 입고 있었다. 인간 모습이 되면 늘 알몸으로 뒹굴거리는 그녀를 보다 못한 예은이 지어준 옷이다. 처음 옷을 받아서 입었을 때, 유설은 불편하다고 투덜거리면서도 좋아하는 기색이었다.

'서우의 이야기를 들으면서 늘 바깥세상에 가보고 싶었어.'

수백 년 동안 보아온 설산과는 다른 풍경을, 그곳에서 살아가는 인간들의 모습을 보고 싶었다. 그들과 이야기하고, 그들이 즐기는 것을 즐기고, 그들과 공감하고 싶었다.

'형운 덕분에 꿈이 이루어졌어. 고마워.'

'난… 아무것도 해드리지 못했어요.'

'아냐. 정말 많은 걸 받았어.'

'유설 님은 나한테 다 주기만 했는데… 난, 나는…….'

'울지 마, 형운. 우리는 헤어지는 게 아니야.'

유설이 손을 형운의 가슴에 얹으며 말했다.

'난 네 안에 있어. 나는 네 일부가 되어 살아가는 거야.'

유설이 활짝 웃었다.

'즐겁게, 행복하게 살아. 그게 네 안에 있는 나를 위하는 일이

니까.'

'유설 님.'

'안녕. 고마웠어.'

'유설 님!'

형운이 비명을 질렀다. 하지만 유설은 웃는 얼굴 그대로 빛이 되어 사라졌다.

3

형운은 눈을 떴다.

눈가가 축축하게 젖어 있었다. 형운은 양손으로 눈을 가리며 중얼거렸다.

"뭐가 고맙다는 거예요. 도대체 내가 뭘 해줬다고……."

잠시 그렇게 있던 형운은, 곧 주변이 소란스럽다는 사실을 깨달았다.

왠지 자신의 안에서도 기이한 울림이 일어나고 있었다. 상념을 떨치고 거기에 집중해 보니 아직 스러지지 않은 신기가 요동치는 것이 느껴졌다.

'뭐지?'

형운은 놀라서 몸을 일으켰다. 그리고…….

"안 돼! 이러다가는 오량 공자가!"

"이 허약한 사형! 정신줄 놓지 말고 버텨!"

"천유하! 힘을 내! 남자라면 근성을 발휘해 보란 말야!"

"아가씨, 이러다가는 아가씨까지……!"

사람들이 당장 뭔가가 끝장날 것처럼 절박하게 외치는 소리가 들렸다. 형운이 일어나서 보니 사람들이 모여 있는 곳에서 빛이 솟구치면서 강렬한 기파가 퍼져 나오고 있었다.

'이 기운은… 괴령의 요기잖아?'

형운은 흘러나오는 기파가 요기, 그것도 괴령의 요기라는 사실에 경악했다.

괴령은 분명히 자신의 손으로 끝장을 냈다. 그런데 어째서 그의 요기가 이토록 강렬하게 뿜어져 나오는 것일까?

그 답은 곧 알 수 있었다.

"세상에."

기둥이 파묻혀 있는 자리에 천유하와 오량이 서서 눈을 새하얗게 까뒤집고 있었다. 그리고 기둥으로부터 막대한 기운이 두 사람에게 흘러들어 간다.

어쩌다가 저렇게 된 것인지는 모르겠지만 아마 괴령이 미처 다 받지 못하고 남은 기운을 두 사람이 받게 된 것 같았다.

문제는 그 기운이 워낙 막대할 뿐만 아니라 정순한 기운이 아닌 요기라는 것이다.

물론 내공을 연마한 무인은 이질적인 기운을 받아들였을 경우, 자신의 기운으로 녹여서 정화할 수 있다. 하지만 그것도 어느 정도지 부정한 의념과 뒤틀린 기운의 결합이라고 할 수 있는 요기쯤 되면, 그것도 이토록 밀도 높고 압도적인 양이라면 도저히 그럴 수 없다.

일월성신인 형운의 눈에는 천유하와 오량이 겪고 있는 문제가 보였다. 그들의 기맥으로 유입된 요기가 중화되기는커녕 오히려 그들의 기운을 오염시키고 있었다.

서하령, 양진아, 마곡정, 양미준, 다연까지… 모두들 필사적으로 그 기운을 제어하는 데 도움을 주려고 했다. 하지만 서로 익힌 무공이 제각각인 사람들이다 보니 효과가 적었다. 서하령과 양진아가 천재적인 감각으로 기를 조율하지만 그것도 한계가 있었다.

'저대로는 잡아먹히겠군.'

그것은 즉 천유하와 오량이 요괴가 된다는 것을 의미한다. 그렇게 놔둘 수는 없었다.

"아무래도……."

형운이 심호흡을 한번 한 다음 앞으로 나섰다.

"저 녀석에게는 정말로 천운이 함께하는 모양이에요."

"네?"

워낙 내상이 심해서 물러나 있던 가려가 놀라서 형운을 바라보았다. 눈앞의 사태에 정신이 팔려서 형운이 깨어나는 줄도 모르고 있었다.

형운이 말했다.

"내가 이 자리에 없었다면, 성운의 기재가 요괴가 되는 꼴을 보게 되었을 테니까."

"무슨 말씀을……."

"누나, 준비하세요."

"네?"

"이제부터 내가 저 기운을 전부 한데 모아서 중화시킬 거예요. 하지만 지금의 저한테는 저 기운이 별로 의미가 없어요. 누나한테 최대한 많은 기운을 나눠줄게요."

"……."

가려가 멍청한 표정을 지었다.

그녀 역시 천재적인 재능의 소유자다. 형운이 무슨 말을 하는 것인지는 이해했다.

형운은 저 막대한 요기를 자신의 몸으로 받아들여서 정화하겠다고 하고 있었다.

저렇게 많은 사람이 달라붙었는데도 못 하는 일이다. 심지어 그중에는 기의 운용에 대해서 천재적인 감각을 지닌 성운의 기재가 세 명이나 있었다. 단순히 내공이 심후하다고 해서 해결할 수 있는 문제가 아니다.

하지만 형운이라면 가능했다. 가려는 그 사실을 깨닫고 전율했다.

"일월성신……."

"그래요."

형운은 고개를 끄덕이고는 그들 사이로 걸어 들어갔다. 양진아가 악을 썼다.

"뭘 꾸물거리고 있어! 너도 한 손 보태!"

"그럴 생각이야. 근데 난 도움은 필요 없어."

"뭐?"

"쉴 준비나 하고 있어."

형운의 몸에서 청백색의 신기가 피어올랐다. 거기에 반응하여 땅속에 파묻힌, 하운국 황실의 문장이 새겨진 기둥이 반응한다.

우우우우우······!

양진아가 경악했다.

"미쳤어? 지금 있는 것만으로도 감당이 안 되는 판에!"

저 요기를 끌어내는 열쇠는 신기였다. 천유하와 오량은 형운이 잠들어 있는 동안 신기로 기둥을 자극해서 저런 상태가 되었을 것이다.

그 기운을 다루는 데만도 다들 죽을힘을 다하고 있었다. 천유하와 오량을 돕는 과정에서 자신의 기맥이 요기에 집어삼켜질지도 모른다는 공포와 싸우면서.

그런데 형운은 거기에 더해서 잠자고 있던 또 다른 기둥의 요기까지 끌어냈다. 양진아가 형운의 정신 상태를 의심할 만도 했다.

서하령의 반응은 달랐다.

"할 수 있겠어?"

"넌 알잖아, 하령아."

"알아. 하지만 일월성신이라고 해도 한계는 있어."

"아까 전의 나라면, 네 말이 맞아. 하지만······."

형운의 몸으로 막대한 요기가 흘러들어 간다. 몸속으로 흘러들어 간 요기는 단숨에 형운의 기맥을 잠식하려고 했다.

그리고 그대로 녹아버렸다.

"지금의 내 한계는 그 정도가 아니야."

한없이 원기에 가까운 일월성신의 기운이 요기를 순식간에 녹여 버린다.

여덟 개의 기심, 그것도 하나는 유설의 의념이 깃들어 마치 영수처럼 기를 운용하는 능력을 부여하는 상태다. 적어도 기의 질 하나만을 기준으로 삼는다면 강호의 무인들 중 지금의 형운보다 뛰어난 자는 존재하지 않는다. 이존팔객이라 칭송받는 자들조차도.

후우우우우……!

서하령은 전율했다.

괴령에게 심령을 지배당한 동안의 기억은 없다. 하지만 그동안 무슨 일이 있었는지는 들었다. 유설이 없어진 이유를 명확히 아는 것은 형운뿐이었지만, 가려는 자신이 짐작하는 바를 들려주었다.

'그렇다고 해도 이렇게까지 변하다니.'

귀혁은 형운이 이 수준에 도달하는 것은 최소한 5년 후가 될 것이라고 추측하고 있었다. 지금의 형운을 본다면 그는 도대체 어떤 표정을 지을까?

"하령아, 물러나. 나 말고는 다 물러나는 게 좋아."

형운이 서하령의 손을 붙잡고 떼어내면서 말했다. 원래 타인에게 진기를 주입하고 있는 동안에는 함부로 떨어질 수 없다. 진기의 흐름이 단절되는 반동으로 주화입마에 빠질 수도 있기 때문이다.

하지만 형운은 서하령이 감당하고 있던 진기의 압력을 대신 받아내면서 그녀를 떼어놓았다. 그런 다음 그 앞에 붙어 있던 무사를, 또 그 앞에 붙어 있던 사람을 떼어내는 과정을 거쳐서 모두를 떼어내고 천유하와 오량과 손을 맞잡았다.

"두 사람 다 내 말이 들릴지 모르겠지만, 이제부터 내가 기운

을 밀어 넣을 거야. 기맥을 따라서 순환시킨 다음 다시 나한테
보내."

형운이 정화한 기운을 받고, 그것과 섞인 기운을 다시 형운에
게 보내고, 다시 형운이 그것을 정화해서 주는 방식이다. 그것
을 몇 번 하는 것만으로도 요기에 잠식당하던 두 사람의 기맥이
안정되기 시작했다.

길고 힘든 작업이었다. 요기에 잠식당할 공포는 덜해졌지만
천유하도, 오량도 달리는 호랑이 등에 올라탄 셈이다. 막대한
기운이 기맥 속에서 요동치며 내달리는 통에 자칫 실수하면 내
부가 모조리 박살 날 것 같았다.

형운도 여유가 넘치진 않았다. 거대한 기운이 자신의 안에 빽
빽하게 들어차는 것이 느껴진다.

'하지만 내 기심에는 여유가 없어. 아홉 번째의 기심을 형성
하지 않는 한 이 기운은 서서히 소실될 거야.'

형운의 기심 여덟 개는 완성되어 있었다. 이 기운을 받아들임
으로써 조금씩 확장될 수 있을지 모르지만, 거기까지가 한계다.
당장 아홉 번째 기심을 만들지 않는 한 이 기운은 일시적으로
몸에 깃들었다가 소멸해 갈 것이다.

그렇기에 형운은 가려를 준비시켰다. 이 기연을 아깝게 버릴
수는 없는 노릇이니까.

후우우우우…….

얼마나 시간이 흘렀을까?

기둥에 봉인되어 있던 요기가 남김없이 흘러나왔다. 더 이상
외부에서 유입되는 기운이 없으니 천유하와 오량은 자기 안에

들이부어진 기운을 다스리는 일만 남았다.

"누나, 오세요."

그들에게서 손을 뗀 형운이 가려를 불렀다. 복잡한 표정을 지은 채로 내부를 다스리고 있던 가려가 물었다.

"정말 괜찮겠습니까?"

"나를 지켜줄 거라면서요?"

"……."

"강해지세요."

형운의 말에 가려는 홀린 듯이 그의 곁으로 다가갔다.

4

결국 미우성에서 나타난 유적을 둘러싼 혼란 속에서 무언가를 얻은 이는 극소수였다. 괴령이 봉인된 자리에 모였던 자들을 제외하면 아래쪽으로 내려가 보지도 못하고 함정만이 가득한 미로를 헤매며 피를 보았을 뿐이다.

유적의 진정한 존재 의의를 알게 된 자들은 조용히 밖으로 빠져나왔다.

이 과정에서는 양진아의 활약이 컸다. 그녀에게는 해파랑과 서로 장거리에서 위치를 알리는 교감 능력이 있어서 굳이 유적의 상층부를 헤매지 않고도 합류할 수 있었던 것이다.

가장 좋아하는 사람은 감진오였다.

무인이 아닌 그는 서하령의 음공을 받은 것만으로도 한동안 거동이 힘들 정도의 내상을 입었다. 그런데도 얼굴에서 미소가 떠나질 않았다.

"이 재물들, 정말 괜찮은 겁니까?"

오량이 떨떠름한 기색으로 물었다.

봉인이 해제된 후, 일행은 그 아래쪽에 또 다른 비밀 공간이 있는 것을 발견했다. 거기에는 많은 금은보화와 기물들이 있었다.

감진오 입장에서는 최상의 성과를 얻은 셈이다. 다른 일행들도 고생한 보람이 있다며 좋아했다. 이 정도 성과면 상층부에서도 크게 포상할 것이다.

감진오가 물었다.

"뭐가 걱정이십니까? 고대의 영웅들이 후대의 사람들에게 포상으로 남겨준 것들인데."

중원삼국의 시조들은 배포가 큰 인물들이었던 것이다. 후대의 사람들에게 시련을 넘겨주는 대신 그 대가로 금은보화와 기물들을 준비해 두었다.

오량이 말했다.

"황실에서 가만있겠습니까? 영원히 알려지지 않으리라 기대하는 것은 무리 같습니다만……."

"아아, 그 점은 걱정 안 하셔도 됩니다. 오히려 적극적으로 알릴 생각입니다."

"황실에서 이쪽의 공적을 인정하고 치하하도록 유도할 생각이신 거군요."

오량은 곧바로 감진오의 말뜻을 알아들었다. 감진오가 빙긋 웃었다.

"네. 그리고 우리가 이미 알맹이를 얻은 이상 쓸데없는 희생은 피하는 게 좋겠지요. 황실에서 나선다면 사태가 정리되지 않겠습니까?"

지금 이 순간에도 유적 안에서는 탐욕에 물든 자들이 존재하지도 않는 보물을 노리며 칼부림을 해대고 있으리라. 그런 자들에게 사실을 알려주는 것은 그리 현명한 행동은 아니다. 하지만 그렇다고 해서 희생자가 늘어나는 것을 방치할 수도 없으니 감진오가 말한 것이 최선이리라.

오량도 고개를 끄덕였다.

"그렇군요."

"설령 우리가 얻은 재물을 다 황실에 넘겨주게 된다고 할지라도 공적이 사라지는 것은 아닙니다. 그리고 오량 공자는 그걸 빼고도 얻은 게 크지 않습니까?"

"그 말은 부정 못 하겠습니다만……."

오량이 쓴웃음을 지었다. 이번 일로 가장 크게 득을 본 것이 그였다. 봉인에 남아 있던 어마어마한 기운을 얻는 기연을 누린 것이다. 총단에 들어가서 당분간 수련에 몰두한다면 얼마 후에는 내공이 6심의 경지에 도달할 것 같았다.

그런데도 오량은 기뻐할 수가 없었다. 그의 시선이 멀찍이 떨어져 있는 형운에게 향했다.

'정말 큰 빚을 졌군.'

이번 일로 그는 형운에게 크게 은혜를 입었다. 형운이 아니었다면 기연을 얻기는커녕 요기로 인해서 목숨을 잃거나, 최악의 경우 요괴가 되고 말았을 것이다.

형운은 유적을 빠져나오는 내내 거의 말이 없었다. 형운이 자세한 사정을 설명하지는 않았지만, 그가 비통해하고 있는 이유가 유설이 사라진 것과 관련이 있다는 것은 모두가 짐작했다.

5

　천유하가 형운에게 다가갔다.

　"신세 많이 졌다."

　그가 형운에게 손을 내밀었다. 이번에는 정말 형운에게 큰 은혜를 입었다. 결과적으로 기연을 얻어서 내공이 급증했지만 형운이 아니었다면 비참한 최후를 맞이했을 것이다.

　"이 은혜는 언젠가 꼭 갚겠다. 혹시 내 힘이 필요해지는 일이 있다면 언제든지 불러줘. 어디에 있든 달려갈 테니."

　"기억해 두지."

　형운이 그의 손을 맞잡았다. 하지만 애써 웃는 얼굴에는 힘이 하나도 없어 보였다.

　천유하는 뭔가 더 말하려고 입술을 달싹이다가, 결국 아무 말도 하지 못하고 몸을 돌렸다. 형운과 이야기하고 싶은 것이 아주 많았지만 지금은 때가 아니라고 여겼기 때문이다.

　언젠가는 그와 함께 이곳의 일을 추억으로 이야기할 때가 오리라. 그리고 그것 말고도 이야기할 것들이 아주 많으리라.

　진규가 물었다.

　"그걸로 충분하느냐?"

　"더 적절한 때가 있겠지요."

그렇게 대답한 천유하가 문득 생각났다는 듯 말했다.

"이번에 돌아가면 한동안 죽어라 수련에만 몰두해야겠습니다."

"평소에도 열심히 하는 녀석이 그런 말을 하다니, 다른 녀석들이 싫어할 게다."

"부족함을 뼈저리게 느꼈습니다."

진규의 농담에 천유하가 쓴웃음을 지었다. 겸손을 떠는 게 아니었다. 이번에는 정말 자신이 아직도 멀었다는 사실을, 이대로 있으면 안 된다는 사실을 절감했다.

진규가 말했다.

"이 사부에게 아직 밑천이 남아 있으니 다행이구나. 하지만 아무래도 곧 다 털릴지도 모르겠군."

"아직 멀었습니다. 약한 소리 하시면 안 되지요."

"이런 이런. 제자가 늙은 사부를 편하게 두질 않는구먼."

진규가 흡족한 미소를 지었다.

6

형운은 일행들이 뭘 하든 멍하니 허공을 응시하고 있었다. 다들 형운의 심정을 배려해서 그를 귀찮게 하지 않는 가운데, 단 한 사람이 침묵을 깨고 다가왔다.

"풍혼권."

"무슨 볼일이지?"

양진아를 보는 형운의 시선은 별로 곱지 않았다. 지금은 누군가가 말을 걸어오는 상황 자체가 짜증을 불러일으켰다. 하물며 좋은 감정이라고는 없는 양진아라면 더욱 그럴 수밖에.

양진아가 입술을 삐죽였다.

"아니, 뭐… 일단은 고맙다는 인사는 해둬야 할 것 같아서."

"그렇다면 앞으로 소저의 자기중심적인 생각으로 나한테 싸움을 걸어주지 않았으면 좋겠군. 내가 소저한테 바라는 건 그게 전부야."

"으……."

신경질적인 대답에 양진아가 울컥했다. 하지만 형운의 눈을 보고는 애써 화를 눌러 참았다. 큰소리칠 입장이 아니라는 것도 알고, 형운이 심적으로 힘들어하고 있다는 것도 뻔히 보였기 때문이다.

양진아가 빨갛게 달아오른 얼굴로 말했다.

"천유하에게 대충 무슨 일이 있었는지는 들었어. 제정신이 아니었다고는 하지만 내 완패였고, 무인으로서 부끄러운 상태에 빠졌는데도 온정을 발휘해서 수습해 준 것에는 감사하고 있어."

형운의 표정이 묘해졌다. 양진아가 뭘 바라고 있는 건지 알 수가 없었기 때문이다. 그냥 고맙다는 말 하려고 온 거라면 구구절절하게 말을 늘어놓을 이유는 없을 텐데?

양진아가 슬그머니 시선을 피하면서 말했다.

"이번 일로 내 부족함도 알았고 해서 일단은 고향으로 돌아갈 생각이야. 그래서 말인데……."

양진아는 머뭇거리다가 품에서 뭔가를 꺼내서 내밀었다. 형운이 받아 들고 보니 금으로 만든 얇은 패였다. 표면에는 해검(海劍)이라는 글자가 음각되어 있었다.

형운이 물었다.

"이건 뭐지?"

"초대장이야."

"초대장?"

"그 패를 갖고 있으면 청해군도에 있는 우리 본거지로 올 수 있어. 내년 내 생일 때 너와 천유하를 초대할 테니 오도록 해."

"…나보고 해적이 득시글거려서 위진국의 수군들도 손을 못 대는 위험 지대에, 그것도 해적들의 제왕이라 불리는 당신네 무리의 본거지로 가라고?"

형운이 어이없어하며 물었다. 양진아가 울컥했다.

"그게 있으면 시시한 해적들 따위는 감히 너한테 손을 못 대. 우리 사부님의 손님이라는 증표니까."

"문제가 그것만은 아닌 것 같은데? 당신과 나의 입장 차이를 알고 있어?"

"알고 준 거야. 우리 청해용왕대를 어떻게 생각하고 있는지는 알겠는데, 천유하도 그랬지만 너도 우리에 대해서는 하나도 모르고 있어. 내 입으로 구구절절하게 설명해 봐야 신뢰해 주지는 않을 것 같고, 별의 수호자의 잘난 정보력으로 알아봐. 그러고서도 올 마음이 안 든다면… 천금 같은 기회를 날리는 거야."

"엄청 선심 쓰듯이 말하는군."

"그거 아무한테나 주는 거 아니거든? 아무나 우리 손님이 될 수 있는 거 아니야. 내가 신세 갚겠다고 이렇게까지 하는 경우는 흔치 않아. 난 성의를 보인 거라고. 알겠어? 네가 안 오겠다면 어쩔 수 없는 거야."

"……"

뭐 이런 여자가 다 있어? 형운은 새삼 그런 생각을 하며 그녀를 바라보았다. 양진아는 흥 하고 코웃음을 치고는 몸을 돌려서 가버렸다.

형운은 잠시 금패를 들고 이리저리 살펴보다가 품에다 집어넣었다. 그리고 눈을 감고 자신의 내면을 관조했다.

이러고 있으면 자신에게 녹아든 유설의 존재가 느껴진다. 완전한 하나의 기심으로, 아니, 그 이상의 무언가로 변화한 빙백기심에서 희미하게 유설의 의념이 묻어나는 것 같았다.

'형운.'

왠지 자신을 부르는 유설의 목소리가 들려오는 것 같아서, 형운은 손으로 얼굴을 가렸다.

제40장
각자의 신념

성운을
먹는자

1

흑영신교주는 흑영신교 성지의 어둠 속으로 들어섰다.

이곳은 그에게 있어 가장 편안한 장소였다. 쉬고 싶다는 생각이 들 때면 그는 안온한 어둠이 자리한 이곳으로 향했다.

그의 허락 없이 성지에 드나들 수 있는 인물은 극히 한정되어 있었다. 팔대호법조차도 감히 부름 없이 성지에 올 수 없었다.

"수고하셨습니다."

"날 기다리고 있었던 것이냐?"

성지의 어둠은 그야말로 칠흑이라 아무것도 보이지 않는다. 하지만 교주에게는 아무런 문제가 되지 않았다. 또한 신녀에게도.

"예."

"한동안 그대에게 소홀했구나. 미안하다."

"신경 쓰지 않으셔도 됩니다. 다만 최근의 수련이 너무 가혹한 게 아닌가 걱정할 뿐입니다."

"걱정되는 미래를 보았느냐?"

"……."

"그랬나 보구나. 주의하마."

교주가 빙긋 웃으며 신녀 옆에 앉았다. 그러자 신녀가 슬그머니 그의 어깨에 머리를 기대었다.

피 냄새와 약 냄새가 코를 찌른다.

교주의 몸은 상처투성이였다. 늘 여유가 넘쳐 보이는 그였지만 어릴 때부터 교주로서 필요한 것들을 갖추기 위해 노력해 왔다. 보통 사람이라면 수십 번은 더 죽었을 가혹한 마공의 수련, 온갖 사술을 연마해 온 결과 모두가 납득하는 능력을 갖게 된 것이다.

특히 하운국의 북방 설산에서 흉왕의 제자에게 패한 후로는 더욱 혹독하게 스스로를 몰아붙였다. 무공에 있어서는 엄격하기 짝이 없는 팔대호법들도 그의 안위를 걱정할 정도로.

"……."

그 누구의 시선도 미치지 않는 성스러운 어둠 속에서, 두 사람은 아무 말 없이 몸을 기대고 있었다. 늘 누군가의 시선을 받아야 하는 두 사람은 이런 시간을 귀중히 했다.

한참이 지난 후에 신녀가 말했다.

"…얼마 전에 미래를 보는 광세천의 종이 물었던 말을 기억합니다."

"나면서부터 자신이 누구인지 아는 기분은 어떠하냐던 그 질문 말이더냐?"

"네."

"그건 왜 이야기하느냐?"

"왠지 교주와 처음 만났을 때가 떠올랐습니다."

"나도 그날은 바로 어제처럼 생생하게 기억나는구나."

교주가 미소 지었다.

그의 목소리를 들으면서 신녀는 과거의 일을 떠올렸다.

2

신녀는 흑영신교 안에서 태어나지 않았다. 교주가 찾아내기 전까지는 연옥의 주민으로 살았다.

그녀가 태어난 것은 풍령국의 시골 마을이었다. 별것 없는 시골이기는 하지만 그 안에서는 잘사는 집안이었다. 아버지는 가정에 성실한 지주이며 상인이었고 어머니는 자식들을 사랑했다. 그리고 신녀에게는 두 오빠와 언니 하나가 있었다.

언제부터 미래를 보기 시작했는지는 잘 모른다. 아마 아주 어릴 적부터였을 것이다.

분명하게 보이기 시작한 미래를 주변에 이야기하자 다들 그녀를 보는 눈이 달라졌다. 뒤쪽에서 그녀의 존재를 두고 수군거리기 시작했다.

가족들은 그녀에게 함부로 그런 이야기를 하지 말라고 당부하고는 바깥출입을 삼가게 했다. 그녀도 그 당부를 지키고자 했지만, 그럴 수 없는 때가 왔다.

언니의 죽음 때문이었다.

신녀는 언니가 죽는 미래를 보았다. 당시 그녀의 능력은 지금에 비하면 보잘것없어서 볼 수 있는 미래는 장님이 지팡이로 앞을 더듬는 것처럼 불분명한 파편들이었고 자신이 원한다고 해서 볼 수 있다는 보장도 없었다.

하지만 시간이 지나고 자신이 본 미래가 실현될 날이 다가오자 알 수 있었다. 곧 역병이 돈다는 것을.

'역병이 돌아서 사람들이 죽어요. 언니도 밖에 나갔다가 병이 옮아서 죽을 거예요.'

신녀는 가족에게만 그 사실을 말했다.

그러나 세상에 비밀은 없다던가?

지나가던 하녀가 숨죽인 채로 그 말을 엿들어서 사람들에게 퍼뜨렸다. 그리고 얼마 지나지 않아서 역병이 돌았고, 가족들이 그토록 주의했는데도 언니는 역병에 걸려서 죽고 말았다.

언니 역시 일곱 살의 어린 나이였다. 집안에만 갇혀 있는 게 답답해서 살짝 집 밖으로 빠져나갔을 뿐이다. 그런데 그 행동이 죽음으로 이어질 줄 누가 알았겠는가?

사람들의 수군거림이 커졌다. 아버지 어머니가 하인들의 입을 단속했지만 소용없었다.

역병 다음에는 가뭄이었다.

'오빠, 나가면 안 돼요. 산에서 오빠를 해하는 칼이 기다리고 있

어요.'

가뭄으로 도적 떼가 들끓었다. 신녀의 간곡한 만류를 뿌리치고 상행을 나갔던 첫째 오빠가 도적들에게 죽었다.

사람들의 수군거림이 더 커졌다.

그 수군거림은 점점 불길함을 더해갔다. 닥쳐오는 현실이 힘들어지자 그들은 점차 원망할 대상을 찾기 시작했다.

어느새 사람들은 신녀가 역병과 가뭄을 불러온 사악한 존재라고 이야기하기 시작했다.

'그 아이는 요괴가 둔갑한 게 틀림없다. 그렇지 않고서야 그런 요망한 저주를 지껄여 댈 리가 있겠느냐?'

말에는 힘이 있다.

처음에는 아무런 생각 없이 떠들어댔을 뿐이다. 하지만 점차로 살을 붙여가면서, 수군거리는 본인들도 그게 진짜일지도 모른다고 생각하게 되었다.

그리고 더 시간이 지난 후에는 의심 없는 진실이라고 믿었다. 자기들이 꾸며낸 이야기에 세뇌당한 것이다.

신녀는 파국의 날을 예지하고 있었다.

아버지에게 그 예지를 이야기하자 아버지는 두려워하며 방법을 찾았다. 그는 돈으로 강하다고 이름난 무인들을 고용해서 가족을 지키기로 했다.

하지만 그것이 더 큰 화를 불렀다.

자신들이 만들어낸 거짓을 진실로 믿어버린 사람들은, 마치 사악한 존재를 퇴치하는 정의의 사도라도 되는 양 신녀의 집안을 습격했다. 신녀를 죽이면 자신들이 처한 힘든 현실이 사라지기라도 하는 것처럼.

'어린 여자아이의 탈을 쓴 사악한 재앙덩어리를 해치우자!'

위험을 감수하고 사악한 존재를 퇴치했으니 그 가족의 재물을 탐하는 정도는 죄가 되지 않을 것이다.

그들은 그렇게 믿는 것 같았다. 집안을 부수고, 값나가는 것들을 챙겨가며 난동을 부렸다.

사실은 그들도 알고 있었을 것이다. 신녀는 사악하고 두려운 존재가 아니라는 것을.

무의식중에라도 그녀가 얼마든지 해치울 수 있는 약한 존재임을 알지 못했다면 의기양양하게 해치우겠다고 나설 수 있었겠는가?

그들에게 현실을 일깨워 준 것은 신녀의 아버지가 고용한 무인들이었다.

무인들의 칼이 번뜩이고 사람들이 죽어나갔다. 그러자 사람들은 찬물을 뒤집어쓴 듯이 정신을 차렸다. 머릿속으로 만들어낸 거짓된 공포 대신 현실의 공포를 마주하고는 비명을 지르며 달아나기 시작했다.

무인들은 강도로 변한 이웃들을 격퇴했지만, 그 와중에 신녀의 어머니가 죽고 말았다. 아버지에게 선물받은 패물을 지키려는 그녀를, 가뭄이 들었을 때 그녀가 곡식을 나눠줘서 도와줬던 이웃이 칼로 찔렀던 것이다.

재앙은 그걸로 끝나지 않았다.

아버지가 고용한 무인들은, 시골에까지 자신의 솜씨를 팔러 와서 힘없는 일반인도 기꺼이 베어 죽이는 자들이다. 선량함이나 협의와는 거리가 멀었다.

그 일로 신녀의 능력에 대해서 자세히 알게 된 것들은 사악한 꾀를 부렸다.

'따님께서는 존귀한 분입니다. 저 능력은 하늘이 내리신 것이 틀림없습니다.'

부인을 잃은 분노에 사로잡힌 아버지에게 신녀의 능력을 감추고 쉬쉬해서 이런 일이 생긴 거라고, 오히려 그 능력을 이용해서 저 어리석고 사악한 자들을 지배해야 한다고 설득했다. 무인의 말솜씨가 교묘했으며, 아버지는 반쯤 이성을 잃은 상태였기에 그의 말대로 따랐다.

관부의 시선이 잘 닿지 않는 시골 마을이 사교집단화되는 것은 순식간이었다.

신녀는 그들에게도 신녀라고 불리면서 3년을 보냈다. 피해망상에 사로잡혀서 그녀를 죽이려고 했고, 그녀의 어머니를 살해한 자들이 그녀를 떠받들며 미래의 계시를 갈구했다.

무인들은 그런 사람들 위에 왕처럼 군림했다. 마을의 여자들은 그들이 바라면 기꺼이 몸을 바치는 몸종이 되었다.

어린 신녀는 절망했다.

미래를 볼 수 있건만, 바꿀 수 있는 것은 아무것도 없었다. 언제나 더 절망적인 미래가 보일 뿐.

선량한 사람들은 어디에도 없었다. 다들 미래에 대한 불안과 공포에 사로잡혀서 미쳐 가고 있었다.

아버지는 더 이상 웃지 않았다. 마을 사람들을 가축이라도 되는 것처럼 가혹하게 쥐어짰다.

둘째 오빠는 현실을 받아들이지 못했다. 반쯤 미쳐서 방에 틀어박혀 나오지 않았다.

신녀가 미치지 않고 그런 시간을 버텨낸 것은 미래를 보았기 때문이다.

'운명이 우리를 만나게 했노라.'

언제인지 모르는 미래에 한 소년이 그녀를 향해 웃고 있었다.

그 미래를 본 것은 단 한 번뿐이었다.

어쩌면 예지가 아니라 꿈이었는지도 모른다.

그런 의심을 품으면서도 신녀는 필사적으로 거기에 매달렸다. 온통 미쳐 가는 현실 속에서 그녀가 붙잡을 수 있는 유일한 희망의 끈이었기 때문이다.

광기에 물든 시간은 또 다른 불운이 닥쳐오면서 끝났다.

마을에 들른 여행자들은 정파의 협객임을 자처하는 무인들이었다. 그들은 마을에 휘도는 기이한 분위기를 보고는 속사정을 파헤쳐 보려고 했다.

사고가 터지는 것은 필연이었다.

문제는 그들이 뜨내기가 아니었다는 사실이다. 그들은 상당한 실력을 갖춘 무인들이었다.

마을 사람들은 그들을 독살하려고 했고 그것이 재앙을 불렀다. 사형제 중에 한 명이 독으로 죽자 그들은 분노로 미쳐 날뛰었다. 마을 사람들을 마교도라 부르면서 단호하게 베어버리는 그들의 폭주를 막을 수 있는 이들은 아무도 없었다.

그녀를 떠받들던 사람들이 죽었다.

그런 사람들을 착취하던 욕심 많은 무인들도 죽었다.

사교의 우두머리 노릇을 하던 아버지도 죽었다.

방에 처박혀서 현실을 외면하던 오빠도 죽었다.

……모두가 죽고 신녀만이 남았다.

더 이상 아무런 미래도 보이지 않는 상황 속에서 그녀는 조용히 눈물 흘렸다.

자신이 할 수 있는 일은 아무것도 없었다. 유일한 희망이라고 생각했던 것은 역시 꿈이었을 뿐이다. 이곳에서 죽는 것이 그녀의 운명이었다.

'요망한 것! 어린 소녀의 거죽을 뒤집어쓰고 사람들에게 사악한 광기를 불어넣었느냐?'

칼을 들이대고 그렇게 외치는 남자 앞에서 그녀는 아무 말도 하지 않았다. 피를 뒤집어쓴 채로 악귀처럼 흉흉한 눈으로 자신을 노려보는 무인에게 할 말이 떠오르지 않았기 때문이다.

남자는 말없이 자신을 바라보는 신녀에게 분노를 터뜨리며 검을 내려쳤다.

그리고 기적이 일어났다.

아직 어린 소년이었던 교주가 흑영신교도들을 이끌고 나타나 그녀를 구했다. 교주는 주변의 참상을 본 다음 말없이 그녀를 끌어안고 속삭였다.

'가엾은 나의 반려.'

상냥한 목소리를 듣는 순간, 신녀는 말라 버린 줄 알았던 눈물을 흘렸다. 그를 끌어안은 채 어린아이처럼 울음을 터뜨렸다.

그리고 깨달았다.

자신이 이 소년을 만나기 위해 태어났다는 것을.

3

흑영신교에 와서 신녀의 생활은 크게 달라졌다.

신녀라 불리는 것은 그때나 지금이나 똑같았다. 그러나 모두가 그녀를 두려워하지 않고 신성한 말씀을 전하는 존귀한 자로 대접했다. 또한 교에 내려오는 귀한 지식을 지닌 자들이 그녀에게 주어진 힘을 제어할 수 있는 방법을 알려주었다.

미래를 보는 것은 고통스러운 일이다. 그녀는 어릴 적부터 참혹한 미래를 보았고 그 미래가 바뀌는 일은 없었다.

하지만 흑영신교의 신녀가 된 후로는 달라졌다.

'이제 기꺼이 미래를 보거라. 선택은 나의 몫이니.'

교주는 그 누구보다도 아름다운 미소를 보이며 말해주었다.

그때부터 신녀는 스스로의 선택으로 미래를 엿볼 수 있게 되었다.

자신이 본 미래를 이야기해 주면 교주가 올바른 선택으로 원하는 미래를 구한다. 흑영신교는 그럴 힘이 있었다.

하지만…….

"우리… 얼마나 남았을까요?"

뜬금없는 물음에 교주가 천천히 고개를 돌려 그녀를 바라보았다.

"…어디까지 보이느냐?"

"언제인지는 모르겠습니다."

때때로 그녀의 예지는 먼 미래의 일들을 본다.

광세천교의 그림자 교주가 말했듯이 그녀는 가까운 일보다는 먼 일을 보는 데 뛰어나다. 중원삼국의 국력이 튼실한 지금, 흑영신교가 부족한 인력에도 불구하고 전 대륙을 상대로 거대한 목적을 위한 공작을 계속할 수 있는 것은 그녀의 예지가 뒷받침되어 주기 때문이다.

"세 가지 미래가 보입니다. 시기는 조금씩 다르지만, 공통된 것은……."

"그것이 우리에게 있어 결말이라고 말할 수 있는 지점이라는 것이더냐?"

"……."

"그 미래에서, 그대는 나를 보지 못하였구나."

"위대하신 분이시여……."

자신의 내심을 꿰뚫어 본 교주의 말에 신녀가 당혹스러운 표정을 지었다. 하지만 그 순간 어둠 속에서 뭔가가 입을 막아버렸다.

예지 능력자이면서도 신녀는 그것이 교주의 입술이라는 사실을 뒤늦게 알아차렸다. 교주의 온기가, 그리고 숨결이 느껴진다.

긴 입맞춤이 끝나고 교주가 입술을 떼었다. 어둠 속에서 그가 더없이 상냥한 목소리로 속삭였다.

"…선대의 내가 흥왕에게 죽을 때, 결의한 일이 있었던 모양이다."

"무엇입니까?"

"선대와 나는 같은 근본을 지녔으나 다른 인간. 그러나… 영혼에 새겨진 결의는 내게도 이어졌노라."

흑영신교주는 명확하게 이야기하지 않고 애매모호하게 대답했다. 하지만 왠지 신녀는 그가 하고자 하는 말을 알 것 같았다.

선대의 교주와 신녀는 모두 흥왕에게 죽었다.

미소 짓는 교주가 무엇을 생각하고 있는지, 깊이 생각할 것도 없이 알 수 있었다.

교주가 말했다.

"태어나면서부터 스스로가 누구인지 알았다. 무엇을 해야 할지도 알았다. 그래서 나는 선택했노라."

흩어진 어둠의 파편을 그러모아서 아득한 목적지를 향해 돌진할 것을.

흑영신의 화신이라는 본질이 같다고 하나 역대 교주들은 모두 다른 인간이다. 각자 다른 부모에게서, 각자 다른 자질을 갖고 태어나 각자 다른 성격으로 자신만의 삶을 살아갔다.

그러니 이 선택은 교주 자신의 것이다.

지난 천 년간을 통틀어 가장 뛰어난 그릇으로 태어난 그의 존재가 흑영신이 던진 승부수라 할지라도, 미래를 선택하는 의지는 연옥을 살아가는 한 인간의 것이다. 그저 신의 의지대로 조종되는 꼭두각시가 아니라 인간의 마음을 지닌 자로서 인간을 구원하려고 하기에 의미가 있다.

"너무 심려 말거라. 우리는 이길 것이다. 진정한 별의 운명을 담을 수 있는 그릇이 되어 고통받는 세상을 구원할지니."

세상 사람들 모두가 미쳤다고 말해도, 사특한 마교라고 손가락질하더라도 상관없었다. 그들에게는 신념이 있었으니까.

설령 미치광이의 신념이라도, 그것은 더없이 순수하고 올바른 것이다. 거룩하고 숭고한 희생의 마음으로 가득 차 있었다.

신녀는 서글픈 눈으로 교주를 바라보았다.

어미가 죽고

아비가 죽고

형제가 죽어…….

자비와 사랑을 베풀어준 자들은 모두 죽고 악의를 지닌 자들만이 남았다.

어째서 선량한 자들은 모두 죽고 악인만이 득세하는가?

어렵게 피어나는 선의가 악의에 짓밟히는 것이 숙명이라면, 이 세상은 애당초 고통받기 위해 태어나는 연옥이다. 인간은 모두 고통으로 삶을 채워가야 하는 죄인이다.

그 세상에서 만난 유일한 희망은 너무나 무거운 짐을 지고 있었다. 신녀는 울컥 솟구치는 눈물을 삼키며 고개를 끄덕였다.

"…네. 이길 것입니다. 꼭."

4

괴령을 쓰러뜨린 후, 형운 일행이 총단으로 오는 길에는 별 말썽이 없었다. 도중에 맞닥뜨린 문제라고 해봐야 자잘한 요괴들이나 산적 떼 정도였는데 일행의 무력이 워낙 출중해서 식후 운동거리조차 될 수 없었다.

총단에 도착하기 이틀 전, 일행은 성해 인근의 마을에서 머물렀다. 별의 수호자의 사업체가 있는 곳이라서 마음 편하게 쉬어갈 수 있는 장소였다.

형운이 자신은 외출하지 않을 것이니 저녁까지는 자유롭게 지내라고 허가했기에 무일은 일행의 다른 무사들과 함께 외출했다. 여행하는 동안 모두와 술 한잔할 정도의 친분을 쌓았기 때문이다.

오량의 호위무사가 말했다.

"쯔쯔. 그 아가씨는 역시 꼬시는 데 실패했구먼."

"가려 선배가 좀 완고해서요."

무일이 쓴웃음을 지었다.

가려는 여전히 사람들과 어울리지 않았다. 그러기는커녕 다른 사람들 앞에 모습을 드러내는 것조차 싫어했다.

'평소의 생활 자체가 가려 선배에게는 은신술 수련이나 같지. 그러니까 그런 실력을 가질 수 있는 거고……'

무일도 스스로 꽤나 재능이 있다고 생각하고 있었다. 하지만 가려의 은신술은 보면 볼수록 혀를 내두르게 될 뿐이다. 분명히 바로 옆에 있는데도 어느새 항상 사람들의 시야가 미치지 않는 사각지대를 찾아내서 그곳에 위치하거나, 눈앞에 있는데도 기척을 완벽하게 죽여서 마치 허상인 것처럼 무의식중에 시선이 그냥 지나칠 정도의 은신술을 그녀는 언제나 자연스럽게 쓰고 있다.

"아쉽지만 시커먼 남자들끼리 즐기도록 하지."

"다들 과음은 안 됩니다."

"젊은 사람이 딱딱하기는."

무일이 못 박아두자 다른 무사들이 혀를 찼다. 무일이 피식 웃었다.

"솔직히 저희 공자님이야 물렁하시지만 오량 공자는 안 그렇지 않습니까?"

"음. 뭐 그렇게까지 말하지 않아도 적당히 할 걸세. 취하지만 않으면 되는 거잖나, 취하지만 않으면."

호위무사들은 다들 내공으로 술기운을 배출하는 법을 터득하고 있었다. 그런다고 술기운을 완전히 이겨낼 수 있는 것은 아니지만 훨씬 덜 취한다.

이번에 유적에서 겪은 일들이 워낙 혹독해서였을까? 다들 총단을 눈앞에 두고 희희낙락했다.

무사 중 하나가 넌지시 물었다.

"그런데 혹시 형운 공자님은 밑에 사람을 더 들일 생각은 없다던가?"

"아직까지는 딱히 그런 의도를 보이시진 않았습니다. 하지만 모르지요. 워낙 종잡을 수 없는 분이라……."

무일의 대답에 다들 고개를 끄덕였다.

"하긴 그렇지."

"평소 행동만 보면 정말 그 유명한 영성님의 대제자가 맞나 싶을 정도고."

"윗사람치고는 정말 격의가 없지. 우리한테도 꼬박꼬박 존댓말 써주시는데 가식 같지도 않고."

"그런데도 그런 경천동지할 무위라니, 거참. 난 유적에서 형운 공자께서 싸우시는 걸 보고는 꿈을 꾸고 있는 게 아닌지 의심했다네."

다들 형운을 신기하게 여기고 있었다. 여태까지 그들이 접해 본 '윗사람'과는 너무 다르기 때문일 것이다.

그 점은 무일도 십분 동의하는 바였다. 이제 형운 밑에 들어온 지도 반년이 넘었는데도 매번 신기해 보일 정도다.

즐겁게 대화를 나누던 중, 무일의 시선이 객점 한구석으로 향했다. 잠시 그의 표정이 묘하게 바뀌나 싶더니 뒷간에 가고 싶다면서 자리를 떴다.

하지만 무일이 향한 곳은 뒷간이 아니었다. 뒷간으로 가는 길에 있는 빈 방이었다.

"…정말 신기한 작자들이군. 도대체 어떻게 이럴 수가 있지?"

무일은 어이없다는 듯 중얼거리면서 방 입구에 달린 발을 보았다. 작은 나무 구슬을 꿰어서 늘어뜨린 발을 자세히 보면 구슬 중 하나가 특이한 색을 띠고 있음을 알 수 있었다.

다른 사람은 눈치채지 못할, 하지만 무일은 보는 순간 알아챌 수 있는 기물(奇物)이었다. 무일을 대상으로 하는 은밀하고 강력한 술법이 걸려 있었다.

무일은 거기에 손을 대고 눈을 감았다. 따뜻한 느낌이 들면서 의식이 기물과 연결되었다. 그가 집중해서 떠올린 기억들이 기물 속에 새겨졌다.

그 기억들은 형운에 대한 것들이었다.

"…흠."

이렇게 작은 기물 속에 자신의 기억을 담을 수 있다니, 도대체 얼마나 고도의 술법인지 모르겠다.

'아니, 정말 놀라야 할 것은 이런 것을 어떻게 준비하느냐지.'

무일은 자신에게 형운의 정보를 요구하는 자들의 정체를 모른다.

어린 시절, 강주성의 삭룡단에 소속되어 살수 노릇을 하던 무일에게 새로운 미래를 제시한 자는 분명 마인이었다.

하지만 그의 제의를 받아들임으로써 무일은 더 이상 인성이 거세된 살인 병기의 삶이 아니라, 햇볕이 드는 곳에서 살아가는 사람으로서의 삶을 얻었다.

마인은 무일을 멀쩡한 표국에 하인으로 넣어주었다. 암흑가의 인물들에게 심부름꾼 노릇을 하는 부랑아로 살고 있던 무일에게 표국주가 정보 면에서 신세를 졌고 그에 대한 보답으로 하인으로 들였다는 설정이었다.

삭룡단의 보복은 걱정할 필요가 없었다. 얼마 지나지 않아서 암흑가의 이권을 둘러싼 항쟁으로 인해서 박살 났으니까.

그들은 무일에게 자신들의 정체를 말해주지 않았다. 그저 때가 될 때까지 열심히 무공을 연마하며 쓸모 있는 인력이 될 것만을 요구했다.

무일은 그들에게 은혜를 입은 입장이었으므로 순순히 그 말에 따랐다. 무일이 특출한 무공 재능이 있음은 금방 드러났고, 표국주는 연줄을 통해서 별의 수호자 강주성 지부에 그를 천거했다.

별의 수호자의 정보력이 뛰어나다지만 무일의 과거에서 이상한 점을 찾아낼 수는 없으리라. 무일을 별의 수호자에 천거한 표국주는 지금도 강주성에서 멀쩡하게 사업을 벌이고 있는, 심지어 주변에는 인격자로 소문이 자자한 사람이니까.

문제가 될 부분이라면 그들이 표국주의 눈에 들기 전에 무일이 뒷골목에서 어떻게 살았는지까지 집요하게 추적할 경우인데…….

이것도 별문제는 없었다. 무일은 자신의 스승이라 할 수 있는 강주성 지부의 무사에게 자신의 과거를 적당히 꾸며서 말해두었기 때문이다. 암흑가를 호령하던 흑도문파에서 살인 병기로 쓰기 위해 어려서부터 혹독한 훈련을 시켰노라고.

그것은 거짓말도 아니었고, 거기에 대해서 자세한 사정을 알고 있는 이들은 전부 죽었다. 아무리 별의 수호자라도 더 깊이 파고들 수는 없을 것이다.

'찜찜하긴 하지만 이제 와서 손을 끊기도 힘들고…….'

무일은 그들이 마교이리라 생각했다.

다른 단서는 전혀 없었지만 최초에 자신을 찾아온 것이 마인이었다는 점 때문이다. 주변에는 인격자로 소문났고 사업도 잘 운영하고 있는, 하지만 마인과 교류하고 있는 표국주라니 너무나도 적나라하지 않은가?

또한 그들은 형운의 사람이 되어서 정보를 수집할 것을 명하면서 그러기 위한 방법을 세세하게 알려주었다. 마치 모든 것을 내다보고 있는 것처럼…….

'지금처럼 말이지.'

무일의 그들에 대한 보고는 상식적인 방법으로 이루어지지 않는다.

그들은 무일이 총단 밖으로 나올 때, 어디를 지나갈지까지 귀신같이 알고 있었다. 길을 가다 보면 그들이 남겨둔 표식이 보였고, 그 표식을 따라서 가보면 이런 식으로 의념을 담을 수 있는 기물이 준비되어 있었다. 잠깐 거기에 손을 대고 형운에 대한 기억을 떠올리기만 하면 그의 일은 끝난다.

어떻게 이럴 수 있는지 소름이 끼친다.

'마교에는 미래를 보는 예지 능력을 가진 자가 있다더니 그래서 이런 일이 가능한 건가?'

무일이 떠올릴 수 있는 가능성은 그 정도였다.

어쨌든 꺼림칙한 일이다. 어린 시절에 은혜를 입었다는 이유

만으로 정체도 알 수 없는 이들을 위해서 이런 일을 하는 것
은……

무일은 한숨을 쉬면서 다시 술자리로 돌아갔다.

5

총단에 형운이 복귀한 후 열흘이 지났을 때, 귀혁이 형운의
거처를 찾아왔다.

형운이 복귀했을 때, 그는 다른 일로 총단에 없었다. 그러다
가 돌아오자마자 형운을 찾아온 것이다.

하지만 거처로 찾아와 보니 형운이 없었다. 공손하게 인사하
는 예은에게 귀혁이 물었다.

"형운은 어딜 갔느냐?"

"수련하시겠다고 나가셨습니다."

"수련 중이라고?"

귀혁이 퍽 해괴한 소리를 들었다는 표정을 지었다. 그가 이해
할 수 없다는 듯 물었다.

"혹시 내가 남긴 지시가 전달되지 않았느냐?"

"돌아온 후에는 2주간은 휴가를 가져도 좋다고 하신 지시는
확실히 전달했습니다."

"그런데 어째서?"

귀혁은 아직 형운이 무사히 돌아왔다는 것 말고는 상세한 사
정을 보고받지 못했다. 형운이 평소 안 하던 짓을 한다고 들으
니 불안이 밀려온다.

예은이 머뭇거리며 말했다.

"저어, 그것이……."

"말해보거라."

"이번 임무에서 유설 님께서 돌아가셨다고 합니다."

"……."

"제 생각에는 아무래도 그것이 원인인 것 같아서……."

오랜만에 돌아온 형운은 지친 표정을 짓고 있었다. 여행 피로 때문이 아니라 마음에 상처를 입어서 황폐해진 사람의 표정이 었다.

서글프게 웃으며 유설이 죽었다고 말하는 형운에게 예은은 자세한 사정을 묻지 못했다. 그랬다가는 당장에라도 울 것 같은 표정을 짓고 있어서였다.

돌아온 형운은 바쁘게 움직였다.

주로 기환술사들을 찾아가서 유설을 원래대로 돌릴 방도가 없는지를 물었다. 대답은 부정적인 것들뿐이었다. 그런 사례는 듣도 보도 못했다며 고개를 젓거나, 아니면 형운의 기분은 생각지도 않고 특이한 상태를 분석하기 위한 실험에 응해줄 것을 요구했다.

형운은 실낱같은 가능성을 얻기 위해서 그런 요구에도 응했다. 하지만 아직까지는 아무런 성과가 없었다.

"흠. 구체적으로 어떻게 된 것인지는 다른 사람들 말을 들어봐야 알 것 같구나."

예은은 아무래도 무공이나 기환술에 대한 지식이 없어서 형운이 어떤 의도로 행동한 것인지도 잘 모르고 있었다. 귀혁은 사정을 조사해 본 뒤에 올까 고민하다가, 일단은 형운을 만나보기로 했다.

형운은 지하 연무장에 있었다. 귀혁은 문을 열자마자 쏟아지는 기파에 깜짝 놀랐다.

'빙백설야공(氷魄雪夜功)?'

북방 설산을 연상케 하는 한기가 주변을 지배하고 있었다. 순간적으로 설산검후의 빙백설야공을 떠올린 것도 당연할 정도로.

하지만 곧 귀혁은 이 한기의 근원이 빙백설야공이 아님을 알아냈다. 상당히 흡사하긴 하지만 다른 기운이다.

후우우우우……!

연무장 한가운데서 냉기가 소용돌이치고 있었다.

막대한 한기가 한 점으로 집중되면서, 중심부에서 빛을 발하는 커다란 얼음 결정을 이루었다. 그 앞에서 형운이 이를 악물고 기운을 쏟아내고 있었다.

"형운아."

귀혁이 내력을 실은 목소리로 형운을 불렀다.

그 순간 기를 쓰고 냉기를 한 점으로 모으던 형운의 집중이 깨졌다. 무시무시하게 압축되어 있던 냉기가 제어에서 벗어나면서 폭발했다.

화아아아악!

새하얀 한기가 주변을 휘감으면서 일거에 주변이 서리에 파묻혔다. 광풍혼으로 한기의 폭풍을 비껴낸 귀혁이 마치 폭설이 내린 후의 겨울 산처럼 변해 버린 연무장 한가운데로 걸어갔다.

"헉, 헉, 허억……."

그 한가운데 형운이 무릎을 꿇고 앉아 있었다.

얼어붙을 듯 차가운 한기 속이건만, 전신에서 열기가 모락모락 피어오른다. 그리고 귀혁이 그에게 다가가는 짧은 시간 동안 거짓말처럼 호흡이 안정되었다.

'놀라운 회복력이로고.'

귀혁은 놀랐다.

형운을 마지막으로 본 지도 4개월이 다 되어간다. 길다면 길고 짧다면 짧은 시간이다.

그 기간 동안 형운은 귀혁이 놀랄 정도로 크게 변화했다.

분명 빙백기심이 생기면서 형운은 냉기를 운용할 수 있게 되었다. 하지만 지금 이 냉기는 설산검후 이자령의 빙백설야공을 연상케 할 정도로 무시무시하다. 그저 내공이 심후하다고 해서 다룰 수 있는 힘이 아닌 것이다.

게다가…….

'이건 아무리 봐도… 내공 자체가 진일보하지 않았는가?'

귀혁은 형운의 내공이 한 계 상승했음을 알 수 있었다. 그리고 7심, 정확히는 7.5심의 내공을 지녔던 형운의 내공이 더 상승했다면 그건 8심이 되었다는 소리다.

인간의 한계라 일컬어지는 경지가 9심이다. 온갖 기연을 겪으면서 강호에 살아 있는 전설로 불리는 자들도 8심에 머무르는 경우가 대부분이다.

그런데 불과 열아홉 살의 소년이 그 경지에 도달했다?

'말도 안 되는 일인데 내 눈앞에 있군.'

살면서 수많은 상식을 파괴해 온 귀혁이었지만 제자의 변화에는 놀랄 수밖에 없었다.

그는 형운을 지금 시대의 상식을 초월한 존재로 만들고자 노력해 왔다. 하지만 매번 형운이 보여주는 급격한 변화는 그의 예상을 초월하고 있었다.

"사부님, 돌아오셨군요."

형운이 놀란 표정으로 인사했다. 귀혁이 다가와서 물었다.

"무엇을 하고 있었느냐?"

"그것이……."

형운이 머뭇거렸다. 말하기 어려운 모양이었다.

"유설 님과 관련된 것이냐?"

"……."

"그런가 보구나."

"…네."

형운이 입술을 깨물었다. 귀혁은 잠시 동안 가만히 형운의 얼굴을 들여다보았다. 그러다가 무슨 생각을 했는지 불쑥 말했다.

"나가자."

"네? 하지만……."

"오랜만이지 않느냐. 답답한데 처박혀 있지 말고 바람이라도 쐬자꾸나."

귀혁은 형운의 대답을 듣지도 않고 나가 버렸다. 형운은 불만스러운 표정이었지만 따를 수밖에 없었다.

6

간만에 만난 사부와 제자 사이에 어색한 분위기가 흘렀다.

귀혁은 아무 말도 없이 계속 걸었다. 그대로 영성의 거처를 벗어나더니 불쑥 말한다.

"한번 달려보지 않겠느냐?"

"달리다니요?"

"이 사부를 따라와 보거라. 경공이 얼마나 늘었는지 보자꾸나."

귀혁은 형운의 대답을 기다리지 않았다. 그대로 땅을 박차더니 바람같이 달려간다.

"어, 어? 사부님? 잠깐만요!"

순식간에 벽을 타 넘고, 건물 위를 날듯이 질주하는 그를 멍청하니 보던 형운이 뒤늦게 따라서 출발했다.

'빠르다!'

죽 귀혁의 가르침을 받아온 형운이었지만 그가 전력으로 경공을 펼치는 것을 본 적은 딱 한 번뿐이었다. 바로 성해가 흑영신교의 공습을 받았을 때, 암운령을 막기 위해 소리를 초월한 속도로 달려왔을 때였다.

귀혁은 그때만큼 빠르게 달리고 있지는 않았다. 하지만 앗 하는 순간에 저편으로 멀어져 간다. 어찌나 빠른지 순식간에 영성의 거처를 벗어난 것은 물론이고 총단을 둘러싼 벽에 다가가고 있었다.

'놓치겠어.'

형운은 내공을 전력으로 끌어 올렸다. 8개의 기심이 연동하면서 무시무시한 기운이 휘몰아친다. 압도적인 기파가 폭발하면서, 형운이 발 딛고 있던 땅이 폭발하듯 터져 나갔다.

한 줄기 섬광으로 화한 형운이 가속한다. 한 번 땅을 디딜 때마다 수십 장을 뻗어나가서 벽을 박차고, 지붕을 박차면서 푸른 섬광의 궤적을 새겨놓았다.

질주하는 두 사람이 순식간에 시가지를 가로질렀다. 최대한 사람이 없는 곳을 통해서 달렸지만 그럼에도 형운이 딛는 곳마다 충격으로 폭발, 지나간 곳마다 광풍이 휘몰아치면서 사람들의 눈길을 모았다.

성해의 성벽은 높이가 20여 장(약 60미터)에 달했지만 둘에게는 아무런 문제가 되지 않았다. 성벽을 타 넘은 시점에서 형운이 귀혁을 따라잡았다.

귀혁이 형운을 보며 씩 웃었다.

"제법이구나! 그럼 본격적으로 달려볼까?"

"저도 아직 전력으로 안 달렸어요!"

"이 사부도 마찬가지란다. 이제부터는 어디 젖 먹던 힘까지 다해서 따라와 보거라!"

그리고 귀혁의 몸을 광풍혼이 휘감나 싶더니, 섬광이 폭발했다.

콰콰콰콰콰……!

폭음이 성벽을 강타했을 때는 귀혁과 형운 모두 저 멀리까지 달려가고 있었다.

성벽을 벗어난 두 사람은 마음껏 가속했다. 두 사람이 달리는 궤적을 따라서 대기가 찢어지면서 천지를 뒤흔드는 폭음이 울렸다.

형운은 왜 귀혁이 전력 질주를 하지 않았는지 깨달았다. 광풍혼을 이용, 최고 속도까지 가속하면 그 자체로 주변에 막대한 피해를 끼치기 때문이다.

동시에 형운은 지금껏 경험해 본 적이 없는 초고속의 세계 속에서 전율했다.

타인과의 싸움에서 초고속을 경험해 본 적은 있다. 하지만 전력을 다한 질주가 보여주는 세계는 또 달랐다.

그토록 넓어 보였던 풍경이 장난처럼 지나간다. 한 발 내디딜 때마다 수십 장의 거리가 사라지면서 숲도, 강도, 산조차도 획획 지나가 버린다.

실로 경이로운 감각이었다. 세상의 크기가 변해 버리는 것만 같다.

지금까지는 몰랐다. 지금의 경지에 오른 후 한 번도 전력을 다해서 질주해 본 적이 없기에 이렇게 달릴 수 있다는 것도 알지 못하고 있었다.

귀혁은 더더욱 가속한다. 형운이 가속하면 조금 더, 따라온다 싶으면 조금 더……. 형운의 한계를 시험하듯이 속도를 조절하고 있었다.

폭음이 울리며 놀란 새들이 날아오르고 짐승들이 달아난다. 그런 가운데 형운은 높디높은 산봉우리 끝에서 날아올라서 탁 트인 세상의 풍경을 눈앞에 두었다.

'아!'

어지러울 정도로 광활한 풍경이 시야로 쏟아져 들어오고 있었다. 수많은 산과 그 사이를 수놓은 숲, 그리고 쏟아지는 폭포와 거기서 피어오르는 운무(雲霧)까지……

형운은 잠시 그 아름다움에 취해서 모든 것을 잊었다. 자신이 무시무시한 속도로 떨어지고 있다는 사실조차도.

"이런!"

귀혁이 허공에서 방향을 틀어서 형운을 붙잡았다. 퍼뜩 정신을 차린 형운을 보며 그가 말했다.

"이런 때 정신줄을 놓다니 난 그렇게 가르친 기억이 없는데?"

"하하하. 그러게요."

"자, 그럼 정신 좀 차리거라."

"네? 아니, 잠깐… 우와아아아악!"

귀혁이 형운을 붙잡은 채로 허공에서 팽이처럼 회전했다. 그리고 저편의 호수를 향해 집어 던졌다.

콰콰콰콰콰콰!

호수의 수면이 폭발했다. 유성처럼 떨어지던 형운이 광풍혼을 전력으로 전개, 그대로 몸을 틀면서 수면을 미끄러졌기 때문이다. 수면이 뜯겨 나가듯이 폭발하면서 어마어마한 물보라가 일었다.

"호오! 제법 하는구나."

귀혁이 그 뒤를 따라서 수면에 내려섰다.

"으윽, 사부님. 너무하세요."

형운이 물에 젖은 생쥐 꼴이 되어서 투덜거렸다. 귀혁이 참으로 재미있는 꼴을 다 보겠다는 듯 턱을 쓰다듬었다.

"수상비(水上飛)는 또 언제 터득했느냐?"

"어?"

형운은 그제야 자기가 호수 면을 밟고 서 있다는 사실을 깨달았다.

수면에 처박히는 순간에는 광풍혼을 이용, 공기와 물을 밀어내면서 비행했다. 하지만 지금은 확실하게 상승의 경공이라는 수상비를 쓰고 있었다.

"그, 그러게요? 어떻게 한 거지?"

"자기가 써놓고 그런 말을 하다니 참⋯⋯."

"하지만 저도 모르고 있었는데요."

형운이 투덜거리면서 자신의 내면을 관조했다. 그러자 곧 어떤 식으로 내력이 운용되어서 수상비를 구현하고 있는지 알 수 있었다.

예전에 비슷한 경험이 있긴 했다. 예전에 북방 설산에서 빙령과 대화했을 때도 자기도 모르게 수상비를 쓰고 있었다. 하지만 그때는 자각하자마자 빠졌었는데 이제는 자각적으로 쓸 수 있게 되었다.

이유는 간단했다.

'유설 님이다.'

완전한 하나의 기심으로 화한 빙백기심의 힘이었다. 영수처럼 기를 다룰 수 있게 하는 그 능력이 형운에게 이런 일을 가능케 했다.

귀혁이 재미있다는 듯 형운을 보다가 말했다.

"정말이지 흥미롭구나. 형운아."

"네."

"내 소원이 하나 이뤄졌다."

"어떤 소원인데요?"

"제자랑 같이 마음껏 달려보는 게 소원이었단다. 한 20년쯤 후에나 가능할 줄 알았는데 벌써 이루어질 줄 몰랐구나."

귀혁이 유쾌하게 웃었다. 그러다가 혀를 찬다.

"하지만 기왕 달리기 시작한 것, 정말 지칠 때까지 달려보려고 했는데 아쉽구나. 이대로 국경을 벗어나 볼 생각이었거늘. 달린 지 일각(15분)도 안 되어서 정신줄을 놓다니."

"……."

형운이 멍청하니 그를 바라보았다. 아무 준비도 없이 무작정 달려 나가서 국경을 넘어?

그런데 생각해 보니 그게 불가능한 일이 아니었다. 두 사람이 지금까지 달려온 거리만 하더라도 족히 100리(약 40킬로미터)는 될 것이다. 그것도 지도상의 직선거리라는 점을 감안한다면 작정하고 계속 달릴 경우…….

'세상에.'

형운은 전율했다. 말도 안 되는 소리라고 생각했는데 현실적으로 충분히 가능한 일이었던 것이다. 머릿속에 자리 잡고 있던 상식이 와장창 깨져 나가는 소리가 들리는 것 같았다.

귀혁이 손을 들어 까딱였다.

"자, 그럼 어디 한번 덤벼보거라."

"…네?"

"오랜만에 대련 한번 해보자꾸나. 단, 전력을 다해라."

"아니, 갑자기 무슨 말씀이세요?"

"넌 강해졌다."

귀혁이 대뜸 말했다.

"어느 정도로 강해졌냐 하면 육체적인 능력과 내공, 그리고 그것을 운용해서 발휘하는 파괴력만 놓고 보면 능히 강호에서 별처럼 빛나는 명성을 얻는 자들의 수준이니라. 지금 인재 부족에 시달리고 있는데 오성으로 천거하면 난리가 나겠지만, 받아들여질지도 모르겠구나."

"아무리 그래도 오성이라니, 농담하시는 거죠?"

"스스로의 현실을 잘 분석해 보거라. 아닌 것 같으냐?"

"……"

형운은 할 말을 잃었다. 확실히 일월성신의 압도적인 육체 능력, 강호에서도 도달한 자가 얼마 없다는 8심 내공의 경지, 거기에 영수처럼 기를 다루는 능력까지… 형운은 이미 후기지수의 수준을 아득히 뛰어넘었다.

"그런데 넌 스스로의 가치를 모르는구나. 아니, 자기가 뭘 할 수 있는지조차 몰라. 이 사부가 뭐라고 가르쳤더냐?"

"…늘 자신의 한계를 알아야 한다고 하셨지요."

"넌 지금 스스로의 한계를 아느냐?"

대답할 말이 떠오르지 않았다.

일월성신의 능력이 워낙 뛰어나기에 본능적으로 할 수 있는 일과 없는 일을 구분하기는 한다. 하지만 그럼에도 스스로의 능력 중 너무 많은 부분이 미지로 남아 있었다. 당장 조금 전까지는 자신이 그렇게 달릴 수 있다는 사실도 모르고 있지 않았던가?

귀혁이 웃었다.

"단언컨대 넌 강호 제일의 행운아다."

"음. 이제 와서는 부정 못 하겠군요."

"이제 와서라니, 이 사부는 섭섭하구나. 이렇게 멋진 사부를 만나서 천명을 받은 것들도 입을 떡 벌리고 놀랄 정도로 놀라운 성취를 이루지 않았느냐?"

"부, 부정할 수 없는 말씀이긴 한데… 스스로 그렇게 말씀하시면 좀 그렇지 않아요?"

"사실을 말할 뿐인데 뭐가 문제더냐? 게다가…….."

후우우우우!

귀혁이 광풍혼을 일으켰다. 호수의 물이 광풍혼에 빨려 들어가면서 용오름 현상이 인위적으로 발생했다.

"이 사부는 지금의 네 전력을 받아서 한계가 어디까지인지 확인시켜 줄 수 있기까지 하다. 이 얼마나 큰 행운이란 말이냐?"

강호에서 고수라 불리는 이들은 하나같이 상식을 초월하는 초인이다.

그들은 늘 자신의 한계를 알고자 한다. 온갖 방법으로 스스로의 능력을 시험해 한계를 파악하고 다시 그것을 넘을 방법을 궁리한다.

지금 형운의 수준에 오른 무인이라면 이미 가르침을 내릴 수 있는 자가 없는 게 보통이다. 스스로의 한계를 알기 위해 발버둥 치는 것만으로도 족히 몇 년의 시간을 보내야 할 것이다.

하지만 형운에게는 귀혁이 있었다. 지금의 형운이 전력을 다

해도 거뜬하게 받아주고, 그다음에 갈 길을 알려줄 수 있는 최강의 스승으로서.

그 사실을 깨달은 형운의 눈이 빛났다.

푸른 섬광이 휘몰아치면서 형운도 용오름 현상을 일으켰다. 마치 용신(龍神) 둘이서 마주한 것처럼, 용오름을 일으키고 그 여파로 자욱한 운무가 피어나는 가운데… 형운이 말했다.

"사부님의 은혜, 감사히 받겠습니다."

"이 사부는 기다리다 지루해서 하품이 날 지경이구나. 언제까지 기다리게 할 셈이냐?"

"그럼!"

형운이 수면을 박차고 돌진했다. 두 사제가 격돌하면서 수면이 폭발하고 산 너머로 폭음이 메아리쳤다.

7

귀혁과 형운이 갑자기 총단을 벗어나자 기겁한 사람들이 있었다. 바로 석준이 이끄는 영성 호위대였다.

임무를 마치고 총단에 복귀해서 보고서들이나 보면서 휴식을 취할까 했는데 생각도 못 한 일이 터졌다. 석준은 급히 영성 호위대원을 소집해서 형운과 귀혁의 뒤를 쫓았다.

"헉, 허억, 헉……."

영성 호위대원들이 숨을 몰아쉬었다. 여행의 피로가 채 가시기도 전에 급하게 달려오느라 다들 지쳐 있었다.

석준은 부하들보다야 상태가 나았지만 역시 호흡이 거칠어져 있었다. 숨을 고르는 그에게 혀를 차는 목소리가 들려왔다.

"쯧쯧. 젊은 사람들이 그렇게 체력이 약해서 어떡하누?"

"…이건 젊고 늙고의 문제가 아닌 것 같습니다만."

석준이 투덜거렸다.

그에게 핀잔을 준 것은 전임 화성이었으며 임시로 지성의 자리를 맡고 있는 노고수 홍주민이었다. 늙어서 육신이 쇠했다고는 하나 내공이 8심에 달하는 그가 그렇게 말하니 억울할 수밖에.

홍주민이 장난스럽게 웃었다.

"그럭저럭 자네만큼은 튼튼해 보이는 아이가 또 하나 있군."

"으음. 저 아이는 최근에 기연을 주워 먹어서 그렇습니다. 부러운 일이지요."

"복면을 쓴 게 아쉽구먼. 복면 벗으면 이 늙은이의 눈이 호강할 것 같은데……."

홍주민의 시선이 향한 곳에는 가려가 있었다.

아니, 조금 전까지만 해도 있었다. 홍주민이 주시하자 자연스럽게 시야의 바깥쪽으로 이동한다. 그 행동이 너무 자연스러워서 홍주민조차도 일순간 가려를 시야에서 놓칠 뻔했다.

홍주민은 감탄했다.

"굉장하군. 은신술이 아주 경지에 달했어. 자네들이랑은 완전히 수준이 다른데?"

"……."

석준의 표정이 일그러졌다. 이래 봬도 은신술이라면 어디를 가도 일류로 대접받는 몸이거늘 이런 소리를 듣다니.

하지만 홍주민은 진지했다.

"대체 어떻게 가르친 건가? 저 정도쯤 되니 탁 트인 곳에서 일대일로 싸우면서도 은신술을 응용할 수 있는 거구먼."

전에 오량과 벌인 비무회 결승전은 홍주민도 관전했었다. 그 때도 정말 깊은 인상을 받았는데 지금은 더욱 그렇다.

석준이 피식 웃었다.

"원래부터 저랬습니다."

"음?"

"제가 데려올 때부터 저 아이는 은신술의 본질을 알고 있었 습니다. 체계화된 기술을 가르쳐 주기야 했지만 원래 고향에 있 을 때부터 다른 사람의 의식 밖으로 벗어나는 재주가 천재적이 었지요."

"호오."

"영성께 몇 수 가르침을 받은 후로는 저 아이만이 할 수 있는 기술로 승화되었습니다. 어르신 말씀이 맞습니다. 제가 가르친 아이이긴 합니다만, 전 날개를 가진 아이에게 나는 법을 가르쳐 줬을 뿐이지요."

석준은 흐뭇한 미소를 짓고 있었다. 홍주민이 물었다.

"무슨 딸자식 자랑하는 아빠처럼 말하는구먼."

"……."

"그럼 다시 출발해 보도록 하지. 자네들 너무 느려. 이래서야 영성을 따라잡겠나? 길 엇갈려서 다시 돌아가는 거 아니야?"

귀혁과 형운, 두 사제가 달려 나가면서 흩뿌린 기파가 워낙 강렬해서 총단의 고수들이 다들 놀라서 무슨 일인가 하고 뛰쳐

나왔다. 그중에 홍주민은 아예 영성 호위대원들을 따라나선 것이다.

하지만 그들은 벌써 한나절 가까이 달려왔는데도 형운과 귀혁이 있는 곳에 도달하지 못했다.

형운과 귀혁의 속도가 워낙 빠른 것도 빠른 거지만 지형을 무시했다는 점도 컸다. 형운과 귀혁은 달려가면서 산봉우리도 아무렇지도 않게 타 넘었다. 그에 비해 이들은 길을 따라 우회해야 하며, 어쩔 수 없이 산을 넘게 되면 그만큼 속도도 떨어지고 체력적으로도 부담이 컸다.

"음?"

영성 호위대원들이 속으로 욕설을 퍼부으면서 달리고 있을 때, 문득 홍주민이 먼 곳을 보면서 눈살을 찌푸렸다.

"슬슬 다 온 것 같군?"

그 말에 다들 표정이 밝아졌다. 이 빌어먹을 강행군이 끝난다니 기쁠 수밖에.

하지만 다음 순간 울려 퍼진 폭음에 그들의 표정이 굳어버렸다.

콰아…… 앙……!

굉음이 귀에 도달하기 전에 강맹한 기파가 기감을 강타하고 지나갔다.

그리고 저편에서 산봉우리 하나가 무너져 내리는 게 보였다.

아니, 그것으로 끝이 아니다. 높이 솟구쳐 있던 산봉우리 위쪽이 산산조각 나서 흩어지는 가운데, 두 개의 푸른 섬광이 하늘로 솟구치면서 격돌한다.

홍주민이 경악했다.

"저기 저거, 형운이라는 아이 아닌가?"

"전 아직 구분은 안 되는군요."

거리가 10리(약 4킬로미터) 가까이 떨어져 있어서 잘 보이지 않는다. 홍주민이 말했다.

"먼저 갈 테니 천천히 쫓아오게."

"네? 하지만… 어, 어르신?"

당황하는 석준을 무시하고 홍주민이 뛰쳐나갔다. 단숨에 산을 넘어서 달려가는 그를 멍청하니 보던 석준이 급히 뒤를 쫓는다. 다른 영성 호위대원들이 조금 처지는 가운데 단 한 사람, 가려만이 그를 쫓아왔다.

석준은 가려를 흘끔 보고는 자기도 모르게 웃었다. 복면을 쓰고 있지만 그녀가 초조해하고 있다는 것을 알 수 있었다. 사람과 관계되는 것 자체를 거부하던 그녀가 누군가 때문에 가슴을 졸이다니, 정말 기분 좋은 변화였다.

'공자께서는 도대체 무슨 마술을 부리신 건지……'

가려를 데려온 후부터 그녀에게 사람다움을 가르치고 싶었지만 그럴 수 없었다. 하지만 형운과 함께하는 동안 분명 좋은 방향으로 변해가고 있는 그녀를 보니 흐뭇하다.

곧 홍주민의 뒤를 따라서 산봉우리에 오른 두 사람은, 흐트러진 호흡을 바로잡을 생각도 못 하고 눈을 부릅떴다.

섬광이 폭발했다.

콰콰콰콰콰!

"어이쿠, 아직도 힘이 넘치는 건가? 주변 꼬락서니를 보니 한참 싸운 것 같은데."

석준과 가려만이었으면 그대로 증발해 버렸을 위력의 기공파였다. 하지만 홍주민은 그것을 거뜬히 막아내고는 웃었다.

그의 말대로였다. 귀혁과 형운의 격전은 장구한 세월 동안 이자리를 지킨 산을 무참하게 파괴했다. 호수를 다 뒤집어놓고 폭포를 꺾고 협곡을 붕괴, 산봉우리를 박살 내가면서 종횡무진 격돌한다.

8

귀혁이 말했다.

"슬슬 지친 것 같구나."

"아직 아니거든요!"

형운이 악을 썼다. 몸을 던져서 뛰어들면서 광풍혼을 휘감은 관수로 귀혁의 심장을 노렸다.

"어이쿠! 아주 사부를 잡을 생각으로 살수를 퍼붓는구나!"

귀혁이 그것을 비껴내는 순간, 무심반사경이 발동하면서 섬전 같은 연환 공격이 이어진다. 그 순간만 시간을 몇 배로 가속한 것 같은 빠르기였다.

하지만 귀혁에게는 통하지 않는다.

"크억!"

무심반사경을 발동한 형운의 연환 공격은 총 27수였다. 그야말로 찰나에 이어지는 27수의 공격을 전부 막아낸 귀혁이 물 흐르는 듯한 일장으로 반격, 형운의 가슴에서 폭음이 울려 퍼졌다.

실 끊어진 연처럼 날아가던 형운이 반쯤 무너진 절벽을 박차고 뛰어오른다.

'크, 이제 슬슬 내력이……!'

한나절 넘게 전력을 다해서 귀혁과 치고받았다. 그러다 보니 형운의 기심과 기맥조차도 비명을 지르고 있었다. 호흡이 거칠어지면서 내력 수급이 원활하게 이루어지지 않는다.

그래도 아직 할 수 있는 게 남았다.

형운은 이 격투에서 깨달은 것들을 한데 모아 마지막 공격을 준비했다.

'나선유성혼(螺線流星魂)—일수백연(一手百聯)!'

내지르는 주먹을 따라서 무수한 유성혼이 쏟아져 나왔다. 전부 주먹을 휘감는 광풍혼처럼 나선형으로 고속 회전하면서 그 위력을 배가시키고 있었다.

"이건 안 통한다고 했을… 음?"

귀혁의 눈이 이채를 띠었다.

단 한 번의 주먹으로 무수한 유성혼을 뽑아낸다. 이전의 형운은 일권에 한 발의 유성혼만을 뽑아냈지만 지금의 형운은 이런 일도 가능하다.

물론 이 정도로는 귀혁에게 통용되지 않는다. 그런데 형운은 여기에 또 다른 응용을 보여주었다.

파파파파파파!

소나기처럼 쏟아지는 유성혼의 일부가 냉기를 띠고 있었다. 공기 중의 수분이 얼어붙으면서 날카로운 한기의 소용돌이가 발생한다.

그 속에서 형운과 귀혁이 춤을 추듯 격돌했다.

마치 환상 같은 광경이었다. 쏟아지는 섬광의 소나기가 냉기의 소용돌이를 발생시키고, 그 속에서 형운의 형상이 허깨비처럼 꺼지면서 안개가 되었다가 위치를 바꾸며 나타나기를 반복하면서 전방위에서 귀혁에게 맹공을 퍼부었다.

운화(雲化)였다.

신기를 쥐었을 때 터득한 운화를 지금의 형운은 신기 없이도 쓸 수 있었다.

아까 전까지만 해도 형운은 자신이 운화를 쓸 수 있다는 사실조차 모르고 있었다. 하지만 전심전력으로 귀혁에게 맞부딪치며 온갖 기기묘묘한 절예들을 몸으로 맛보는 동안 잠재되어 있던 가능성들이 깨어났다.

일월성신, 그리고 유설의 의지가 깃든 빙백기심.

이 둘의 잠재력이 깨어나서 신기의 힘조차 재현해 내고 있었다.

"호오!"

귀혁이 감탄했다.

운화는 신기가 없는 형운에게는 부담이 큰 기술이었다. 하지만 형운은 지칠 대로 지친 상황에서도 이를 악물고 운화를 연발했다.

그 결과 기감, 시각, 공간 감각, 호흡을 통한 박자 감각까지 모조리 어그러뜨리면서 매번 다른 시간축을 달리는 듯한 연환 공격이 구현되었다.

"하하하! 좋구나!"

귀혁이 박장대소했다. 제자의 성장이 기분 좋아서 웃음을 참을 수 없었다.

그러면서도 그의 몸이 정신없이 움직였다. 손발이 마치 공간을 뛰어넘듯이 필요한 지점으로 이동하면서 형운의 모든 공격을 막아냈다.

파앗!

충격이 형운의 볼을 찢었다. 귀혁이 현란한 공방이 교차하는 와중에 날린 격공(隔空)의 기(技)였다. 공간을 뛰어넘어서 적을 치는 극상승의 기예를 피해낸 것이다.

아니, 형운은 이 순간을 기다리고 있었다.

지금까지 몇 번이나 격공의 기에 허를 찔려서 당했다. 그렇기에 이것을 포착할 기회를 노렸다.

기를 시각화해서 보는 일월성신의 눈이 귀혁이 격공의 기를 쓰는 순간을 포착했다. 그리고 극한까지 활성화한 감극도가 반격을 성공시켰다.

'이게 내 마지막 공격이다!'

찢어진 볼에서 나는 핏방울이 튀는 것보다 더 빠르게, 형운의 주먹이 쏘아져 나갔다.

이 주먹에는 공간을 관통하는 과정 자체가 없었다. 격공의 기를 스쳐서 피하면서 반격을 날리는 동작을 귀혁이 포착하는 순간, 그 몸이 운화하면서 꺼지듯이 사라졌다가 눈앞에 주먹이 나타났다.

콰아아아아!

폭음이 울리며 물보라가 피어올랐다. 증기가 피어오르고, 높이 솟구쳤던 물방울들이 비처럼 쏟아져 내린다.

그 속에서 형운이 무릎을 꿇었다.

"아…… 성공할 줄 알았는데……."

"아주 제법이었다."

귀혁이 형운의 주먹을 붙잡은 채로 빙긋 웃었다.

"내가 운화를 몰랐을 때 이 수법을 당했다면……."

"그랬으면 사부님 얼굴에 한 방 먹였을까요?"

"무극의 권으로 피할 수밖에 없었겠구나."

"……."

형운의 표정이 벌레 씹은 듯 일그러졌다. 귀혁이 껄껄 웃었
다.

"하지만 훌륭했다. 아직도 불완전한 감극도로 내 감극을 침
범한 것만으로도… 음?"

귀혁이 눈을 크게 떴다. 말을 들어줄 형운의 고개가 푹 숙여
졌기 때문이었다.

"녀석."

귀혁은 웃어버렸다.

형운을 들쳐 업는 그에게 홍주민이 다가왔다.

"이야, 좋은 구경을 했구먼."

"관객을 들이기 싫어서 이 멀리까지 왔는데 헛수고였군요."

"더 멀리 가지 그랬나?"

"사실 국경은 넘어볼 생각이었습니다만 이 녀석이 도중에 정
신줄을 놔버리는 바람에……."

귀혁이 등에 업힌 형운을 흘끔 보며 대답했다. 홍주민이 껄껄

웃었다.

"아무래도 이제 내가 지성 자리를 내놔도 될 것 같네만?"

"무슨 말씀을. 아직 멀었습니다. 한참 고생하셔야지요."

"허어, 도대체 나를 얼마나 고생시켜야 직성이 풀리겠나?"

"장로회에 따지시면 됩니다. 아니면 뭐 적절한 실력과 경륜도 갖춘 다른 인재를 하나 키우시든가……."

"그런 인재가 내 눈앞에 있는 것 같은데……."

"아직은 안 됩니다. 열아홉 살짜리 오성이라니, 장로회에서 허락할 것 같습니까?"

"그걸 도무지 믿을 수가 있어야 말이지. 이 아이가 열아홉 살이라! 방금 전의 싸움을 보면 뭐 나이를 잘 안 먹는 영수의 혈통이라도 이었다고밖에 생각이 안 되는데……."

"이 녀석의 과거를 탈탈 털어봤자 순수 혈통의 인간이라는 것밖에 안 나올 겁니다. 안되셨군요."

귀혁이 형운을 업은 채로 걸으면서 말했다.

"어쩌면 또 한 번 시대가 변하고 있는지도 모릅니다."

"무슨 의미인가?"

"9심이 인간이 이룰 수 있는 내공 수위의 한계로 여겨진 지도 벌써 200년이 넘게 지났지요."

기록에 따르면 최초로 9심의 내공을 이룬 자는 200년 전에 나타났다. 그 전까지는 8심이 인간의 한계라고 일컬어지고 있었다.

"200년이나 정체되어 있었으면 슬슬 한 단계 더 나아가도 좋지 않겠습니까?"

"자네의 제자가 그 변화의 시발점이라는 건가?"

"그렇습니다."

"…제자 사랑이 아주 지극하군그래."

"하하하."

귀혁이 웃었다. 그가 석준과 함께 있는 가려에게 눈길을 주었다.

"걱정 말거라. 지쳐서 잠들었을 뿐이니."

"아."

가려는 이 와중에도 형운만을 쳐다보며 노심초사하고 있었던 것이다. 가려가 복면 안쪽의 얼굴을 붉혔다.

"그럼 돌아가 보기로 할까? 애써 왔는데 미안하군."

"그러시다면 부디 앞으로는 이런 일이 없으셨으면 좋겠습니다만……."

석준이 윗사람에 대한 예의로 애써 한숨을 참았다. 한나절 동안 죽어라 달려왔건만, 오자마자 온 길을 그대로 되돌아가야 하다니…….

귀혁이 말했다.

"곧바로 돌아가지 말고 인근에 들러서 좀 쉬어 가도록 하지. 총단에는 따로 기별을 보내도록 하고. 애들한테는 맛있는 것 좀 먹이도록 하게."

"그리도록 하겠습니다."

"나한테는 뭐 없나?"

홍주민이 물었다. 귀혁이 피식 웃었다.

"높으신 분들인 우리는 비싸고 맛있는 술이나 마시지요."

9

형운이 눈을 떴을 때는 한밤중이었다. 창문으로 달빛이 스며들어오며 어둠을 어슴푸레하게 밝히고 있었다.

"음……."

기억에 없는 방이다. 넓고 호화로웠으며 꽤 높은 곳에 위치해 있는 것 같았다.

몸을 일으킨 형운은 옷도 갈아입혀져 있는 것을 보고는 피식 웃었다. 원래 입고 있던 옷은 귀혁과 싸우는 동안 다시는 못 입을 꼴이 되어버렸다. 신발도 본격적으로 경공을 전개한 시점에서 찢겨 나갔고.

"깨어났구나."

"사부님."

형운은 방 저편에 귀혁이 앉아서 술잔을 기울이고 있는 것을 발견했다.

"이리 오거라."

형운은 맞은편에 앉자 귀혁이 말했다.

"한잔 받거라."

"병상에서 일어난 환자한테 술부터 먹이세요?"

"내 눈에 그런 사람은 안 보인다만?"

"거참."

형운은 어이없어하면서도 공손하게 술잔을 들고 술을 받아서 마셨다. 그윽하고 달콤한 향기가 나는 술이었다.

술잔을 비운 형운이 따라주는 술을 받은 귀혁이 말했다.

"마음은 좀 풀렸느냐?"

"……"

"가슴이 꽉 막힌 것 같을 때는 그렇게 한바탕 날뛰어주는 것도 좋은 방법이다."

자신의 속내를 꿰뚫어 보는 귀혁의 말에 형운이 얼굴을 붉혔다.

확실히 귀혁과 한바탕하고 나니까 머리가 좀 맑아진 것 같다. 유설을 잃은 후로 지금까지 계속 무거운 돌이 가슴에 얹힌 느낌이었는데 조금은 가벼워진 느낌이 들었다.

귀혁이 말을 이었다.

"너처럼 큰 힘을 갖게 되면 그것도 쉽지 않지. 원래 별거 아닌 무인이 술 먹고 난동을 부려도 일반인과는 비교도 할 수 없는 민폐인데 너만 한 힘을 가진 놈이 그러면… 더 말할 필요 없겠지?"

"…그래서 거기까지 가신 거였어요?"

"겸사겸사다."

그렇게 대답한 귀혁이 물었다.

"그러고 보니 아까 수련장에서는 뭘 하고 있었던 게냐?"

"아, 그건… 음."

"말하기 부끄러운 일이었느냐?"

"딱히 그런 건 아니고요. 그냥……"

형운은 머뭇거리다가 한숨을 푹 쉬었다.

"혹시 빙백기심의 힘을 전부 쥐어짜 내서 외부의 한 지점에

모을 수 있다면 유설 님을 저한테서 분리할 수 있지 않을까 해서요."

"……."

"…그런 눈으로 바라보지 마세요. 제가 운화를 해서 몸이 기화했다가 다시 원래대로 돌아오기도 하잖아요. 유설 님이 자신을 기화해서 제 빙백기심과 하나가 된 거니까 그 역도 가능하지 않을까 싶어서, 그래서……."

형운이 부끄러운 듯 얼굴을 붉혔다. 혹시나 이 방법이라면 가능하지 않을까 하는 실낱같은 희망에 매달려서 며칠을 보내고 있었다. 하지만 성과는 전혀 없었다.

귀혁이 턱을 쓸었다.

"나름 재미있는 발상이구나. 그렇지만 그건… 흠. 형운아, 너는 스스로가 신이라고 생각하느냐?"

"네? 신이라니요?"

"네가 하려는 것은 분리라기보다는, 창생(創生)이라고 봐야 한다."

"생명을 창조한다고요? 아니, 그게 왜 그렇게 해석되지요? 전 그저……."

"무슨 말을 하고 싶은지는 안다만, 합일과 분리는 전혀 다른 이야기다. 네 몸은 네가 지금까지 먹은 것들로 이루어져 있지 않느냐?"

"그렇지요?"

"네 몸을 이룬 요소들을 다 원래대로 분리해서 복원하는 게 가능할 것 같으냐?"

"음……."

"두 가지가 합일하여 새로운 것으로 변했다. 그럼 그건 이미 그 재료가 된 두 가지와는 완전히 다른 무언가가 된 것이다. 네 피를 정제한다고 해서 원래의 약재들을 뽑아낼 수 없는 것처럼, 그런 방법으로는 그분을 되살릴 수 없다."

"……."

형운이 입술을 깨물었다.

귀혁이 말했다.

"형운아, 무슨 일이 있었는지 이야기해 주지 않겠느냐?"

"보고받지 않으셨나요?"

"네게 듣고 싶은 것이다."

"……."

"네 이야기부터 듣고 싶어서 일부러 보고는 나중에 올리라고 해두었다."

그 말에 형운은 자기도 모르게 실소를 흘리고 말았다. 그리고 나간 동안에 있었던 일들을 하나하나 이야기했다.

광세천교의 습격을 받고, 그들이 인공적으로 만들어낸 성운의 기재 모사품 광요와 싸워서 이긴 것.

유적을 찾아갔다가 천유하와 양진아를 만난 것.

유적 안에서 괴령과 싸우는 과정에서 유설의 희생으로 승리를 거둔 것까지 모두…….

긴 이야기를 다 들은 귀혁이 말했다.

"형운아."

"네."

"애썼구나."

그 말에 형운은 울컥 눈물이 쏟아질 것 같았다. 위로의 말이 아니라 고생을 치하하는 사부의 한마디가 왜 이리도 가슴을 파고드는지 알 수가 없었다.

귀혁이 말했다.

"유설 님은 불행하지 않았을 것이다. 그분이 네게 남긴 말씀에는 어떤 기만도 없지 않느냐?"

그 말대로였다. 꿈속에서 형운은 유설의 진심을 알 수 있었다. 그녀와 하나가 되었기 때문에 말만으로는 알 수 없는, 마음에 담겨 있는 것들을 가슴 아프도록 느꼈다.

"그분은 자신에게 주어진 운명에 짓눌리지 않았다. 스스로 형운이라는 인물을 지켜보고 운명을 선택한 것이다. 슬퍼하지 말라고 하지 않겠다. 만남이 있으면 헤어짐이 있는 법이라지만 누군가를 영영 떠나보내는 것은 당연히 슬프고 아픈 일이지. 하지만 나는 네가 슬퍼하기보다 스스로를 자랑스러워하길 바란다."

그 말에 형운이 고개를 들었다. 귀혁이 제자의 눈을 보면서 말했다.

"그만한 분께서 너를 위해 기꺼이 자신을 희생한 것이다. 스스로를 자랑스러워하거라. 그리고 그분이 자랑스러워할 수 있는 사람이 되거라. 그것이 남겨진 자의 책무다."

"저는……."

형운은 목이 메었다.

지금도 자신의 안에서 유설의 존재가 느껴진다.

손을 뻗으면 닿을 것만 같은데, 고개를 돌리면 목소리가 들려올 것만 같은데… 그녀는 더 이상 어디에도 없었다.

유설의 말이 떠올랐다.

'나, 돌아오지 못할 거야. 그래도 잊으면 안 돼?'

그녀는 처음부터 자신의 운명을 알고 있었다.

'난 네 안에 있어. 나는 네 일부가 되어 살아가는 거야.'

자신을 위해 즐겁게, 행복하게 살아달라고 했다.

귀혁이 시선을 창밖으로 던지며 말했다.

"사내 녀석이 그렇게 눈물이 많아서 어쩌겠느냐?"

"우는 거 아니에요. 그냥……."

형운이 술잔을 들고 변명했다.

"…술에 목이 막혀서 그런 거예요."

"저런. 비싼 술인데 맛도 모르는 녀석이 불만이라니, 정성스럽게 술을 빚은 장인들에게 미안해지는군."

귀혁은 능청을 떨면서 형운의 빈 잔에 술을 채워주었다.

10

일을 마치고 광세천교의 본거지로 복귀한 그림자 교주, 만상경은 교주에게 보고를 올리고는 한 사람을 찾아갔다. 죽은 변재겸을 대신해서 광요를 담당하고 있는 현길이었다.

현길의 거처로 들어선 만상경이 눈을 휘둥그레 떴다.

"뭘 하고 있는 건가?"

현길과 광요가 바닥에 수십 장의 그림들을 펼쳐 둔 채 쑥덕거리고 있었던 것이다. 그리고 그 그림은 바로…….

'웬 춘화도(春畫圖)야, 이거?'

온갖 여성들의 색정적인 모습을 그린 그림들이 수십 장이나 널려 있었던 것이다. 광세천교의 구영 중 한 명과 비밀 병기라 불리는 성운의 기재 모사품이 수십 장의 춘화도를 늘어놓고 시시덕거리고 있는 모습은 참으로 기묘해 보였다.

현길이 흠칫 놀라며 물었다.

"누구십니까?"

현길은 만상경을 본 적이 없었다. 그림자 교주의 존재는 광세천교 내에서도 비밀스러워서 수뇌부가 아니면 그 정체를 아는 자가 드물었다.

만상경이 피식 웃었다.

"아, 이거 내 소개가 늦었군. 자네가 삼영으로 승격되었을 때는 내가 밖에 나가고 없었거든. 나는 교주의 그림자 노릇을 하는 만상경이라고 하네."

"그림자를 뵙습니다."

놀란 현길이 급히 몸을 숙이며 예를 표했다. 만상경이 손을 내저었다.

"딱딱한 예는 공식 석상에서만 해도 되네. 교주도 나도 귀찮은 걸 싫어하거든."

"으음……."

"그런데 진짜 뭘 하고 있는 건가? 웬 춘화도를 이렇게 나……."

그렇게 말하던 만상경의 표정이 묘해졌다. 갑자기 예지가 찾아왔는데 그게 참 생각지도 못한 일이었기 때문이다.

"…이거 지금도 생산 중인 건가?"

"어떻게 아셨… 아, 그림자시니 당연하군요. 크흠."

현길이 부끄러워하며 헛기침을 했다. 만상경이 슬그머니 그림들 사이를 피해서 안쪽으로 발걸음을 옮겼다. 살짝 열린 문틈을 통해서 방 안을 들여다보니…….

화공들이 벗은 여자들을 앞에 두고 열심히 춘화도를 제작 중이었다.

"……."

만상경은 꿀 먹은 벙어리가 되어서 그 광경을 보다가 고개를 돌렸다. 현길이 겸연쩍어하며 말했다.

"이건 광요의 재활 훈련의 일환입니다."

"…이게?"

"네. 절대 사리사욕을 채우려고 하는 짓이 아닙니다."

"그렇게 말하는 것치고는 왠지 광요는 무반응인데 자네 아래쪽이 불끈거리고 있는 것 같네만."

"으음. 이건 뭐… 남자로서 생리적인 반응 아니겠습니까."

"좀 납득이 가는 설명을 듣고 싶은데? 내가 상상 못 한 일이라는 점에서는 아주 높은 점수를 주고 싶긴 한데 교의 인력을 쓸데없이 쓰고 있다면 그건 좀……. 자네는 구영의 일원이니 여자들을 들여서 쾌락을 탐하는 거야 상관없지만 이건 낭비가 너무 심하지 않나?"

"그건 상관없다니 관대하시군요."

"욕망은 인간의 본질이다. 우리 교인이라면 성과를 내는 만큼 자신의 욕망을 채우는 것을 보상으로 삼을 권리가 있지."

그럴싸한 말이고, 말을 하는 만상경은 광세천교에서 압도적인 위엄을 자랑하는 인물이다. 하지만 춘화도를 밟을까 조심하면서 걸음을 내딛는 모습에서는 위엄이라고는 눈곱만큼도 찾아볼 수 없었다.

'왠지 슬퍼지는군. 내가 할 말은 아니지만 우리 교, 좀 품격이 부족하지 않나?'

그렇게 생각하는 현길 앞에서 만상경이 빈 의자를 끌어내서 앉았다. 설명을 요구하는 그의 시선에 현길이 말했다.

"제 스승님, 그러니까 전 삼영이었던 변재겸은 광요에게서 사적인 욕망과, 거기에 기인하는 자유로운 사고 능력을 거세하고 명령에 철저하게 따르는 도구로 만들었습니다."

"변재겸의 특기가 그거였지. 실제로 그렇게 도구화한 것들이 뛰어난 전투력을 발휘하기도 했고."

"그랬지요. 하지만 전 광요에 대해서는 스승님의 방침이 틀렸다고 생각합니다."

"어째서지?"

"광요는 스승님이 만든 시시껄렁한 인간병기와는 다르니까요. 모사품이라고는 하나 성운의 기재입니다. 한마디로 검증된 천재죠."

"그렇지. 그래서 그 나이에 벌써 변재겸이 만들어낸 인간병기들을 훨씬 넘어서는 무위를 이루지 않았나?"

"천재성이라는 것은 뭘 의미하는 걸까요?"

"음?"

"욕망과 자아를 거세당하고 사부가 원하는 대로 주입된 정보에 대해서 탁월한 학습 능력을 보였다……. 이게 정말 천재성이라고 할 수 있겠습니까?"

무공에 대한 숙련도를 제외하고 볼 때, 광요의 육체 능력과 내공은 성운의 기재라서 뛰어난 게 아니다. 인체 개조를 거쳐서 얻은 성과다.

"욕망과 자아가 없는 존재는 창의력도 없습니다. 범인은 상상할 수 없는 것을 상상하고, 심지어 그것을 실현해 냄으로써 상식을 파괴하는 것이 바로 천재."

"자네의 주장대로라면 변재겸의 교육은 강한 인간병기를 만들었을 뿐, 성운의 기재의 검증된 천재성은 파괴해 버렸다는 건가?"

"그렇지요."

"재미있는 견해군. 변재겸의 원칙보다는 훨씬 지지해 주고 싶고. 욕망이야말로 인간을 살게 하고 미래를 만들어내는 원천이니. 하지만……."

만상경이 고개를 갸웃했다.

"그거랑 이 춘화도는 대체 무슨 상관인가?"

"아까도 말씀드렸다시피 재활 훈련 중이지요."

"이걸로 어떻게?"

"스승님의 교육 때문에 광요는 스스로 생각하는 것을 굉장히 고통스러워합니다. 뭐 그 부분은 단시간 내에 해결할 수는 없다고 보는지라 교의 여러 인력들에게 협조를 구하고 있습니다."

특히 심령을 다루는 사술을 쓸 줄 아는 기환술사들이 현길에게 자주 불려 오고 있었다. 광요가 안고 있는 문제를 타파하기 위해서는 좀 과격하더라도 인위적으로 정신을 건드릴 필요가 있다고 보았기 때문이다.

현길이 말을 이었다.

"그리고 스스로가 뭘 원하는지도 모르지요. 그러니까 그걸 아는 것부터 시작하는 겁니다."

"음. 그러니까 이건… 취향을 알기 위한 건가?"

"예. 역시 그림자다우신 통찰력입니다."

"은근슬쩍 내 얼굴에 금칠을 하는군. 하지만 취향을 알기 위해 왜 굳이 이런 방법을 쓰지?"

"광요가 고자가 아니기 때문입니다."

"…뭐?"

"면밀하게 조사해 본 결과 광요의 거시기는 확실하게 제 기능을 하고 있는 데다가 크기와 모양도 훌륭… 아니, 왜 그런 눈으로 보십니까?"

"음. 아무것도 아닐세. 계속 말하게."

"오해하시는 것 같은데 저 그런 취향 없습니다."

"아무것도 아니라니까."

"정말입니다만……."

현길이 불만스러운 표정을 지었다. 하지만 아무리 격의 없는 태도를 보인다고 해도 그림자 교주 앞에서 까불거릴 수도 없는 노릇이라 변명을 포기하고 말을 이었다.

"고자가 아닌 이상, 가장 근본적인 욕망부터 시작해야 한다고 보았습니다. 사람이 가장 우선시하는 식욕, 성욕, 수면욕부터."

"과연. 그런 이유인가?"

만상경은 현길의 의도를 이해했다. 최대한 다양한 예시를 던져 주고 그중에서 '마음에 드는 것' 을 고르게 한다. 보통 사람에게 있어서 취향을 갖는다는 것은 아주 당연하지만 광요에게는 학습을 통해서 되찾아야만 하는 것이 되어 있었다.

현길이 말했다.

"식사도 최대한 다양한 음식을 준비시키고 있습니다. 요즘은 단것을 선호하는 경향이 조금씩 보이고 있지요."

"훌륭해. 이 황당한 광경도 철저하게 이론적인 뒷받침이 있다니 삼영의 자리를 이을 만하군."

"과찬이십니다. 그리고 무공도 같은 방식을 취하고 있습니다."

광요의 무공은 전부 변재겸이 골라서 익히게 한 것이다. 자기가 생각하는 이상적인 인간병기에 어울리는 '기능' 을 갖추게 하기 위해서.

현길은 다양한 무공을 던져 주고 광요에게 취향에 맞는 것을 고르게 하고 있었다. 광요의 학습 능력은 타의 추종을 불허하는지라 던져 주는 족족 익히는 중이다.

만상경이 미소 지었다.

"흥미롭군. 자네의 교육 방식이 광요를 어떻게 바꿔놓을지……."

"성과가 나오기까지는 좀 시간이 걸릴 거라는 문제가 있긴 합니다만."

"그 정도는 감수할 만하지. 앞으로 필요한 게 있으면 얼마든지 말하도록 하게. 자네 권한으로는 힘든 게 있다면 내가 지원해 주지."

"감사합니다. 사실 꼭 필요한 게 있긴 합니다."

"뭔가?"

"칠왕 중 한 분을, 누구라도 좋으니 광요의 대련 상대로 쓰고 싶습니다."

"칠왕을?"

"음. 칠왕까지는 아니더라도 구영이나… 사실 뛰어난 무인이라면 누구나 좋긴 합니다."

"그거라면 내가 하지."

"네?"

만상경의 말에 현길이 깜짝 놀랐다. 만상경이 씩 웃었다.

"칠왕에 앞서 내가 상대해 주겠다는 말이다. 결국 광요의 한계를 자극할 정도로 강하면서, 동시에 최선을 다한 광요를 상대하면서도 손속에 사정을 둘 수 있는 실력자가 필요한 것 아닌가?"

"정확하게 보셨습니다만……."

"내가 그 역할을 해주겠다는 말이다. 한동안은 이곳에 머물 생각이니까."

"음……."

"참으로 불경한 시선이로고. 내가 약해 보이나?"

"그런 것은 아닙니다만……."

"아니긴 뭐가 아닌가. 딱 그렇게 보고 있으면서."

만상경이 못마땅한 표정으로 손을 들었다. 순간 광요가 몸을 날려서 현길 앞을 가로막았다.

팍!

현길이 깜짝 놀랐다. 바로 뒤쪽에 있던 물잔이 터져 나갔던 것이다.

'격공의 기?'

광요가 왜 몸을 던져서 자기 앞을 막았는지 알았다. 만상경이 그를 공격한다고 여겼던 것이다.

분명 만상경은 손을 들어 현길을 겨누고, 기공파를 발했다. 그런데 사이에 있는 광요와 현길은 전혀 건드리지 않고 뒤에 있던 물잔만을 부숴 버렸다.

기공파의 궤도를 바꿔서 노렸을 수도 있다. 하지만 현길은 무인은 아닐지언정 상당한 수준의 기환술사였다. 만상경이 발한 기공파의 궤적이 완벽하게 공간을 뛰어넘어서 출현했음을 알아보았다.

만상경이 씩 웃었다.

"어떤가?"

"…훌륭하십니다."

현길이 식은땀을 흘렸다. 만상경은 그와 비슷한 20대 중반 정도로 보였다. 하지만 그 나이 대라고는 믿을 수 없을 정도로 높은 경지의 무인이었다.

만상경이 말했다.

"흑영신교의 신녀 때문에 미래를 보는 자는 허약하다는 잘못된 인식이 퍼져 있는 것 같은데, 본 교의 그림자 교주라면 응당 강해야 한다. 지금의 교주께서 내 선대 그림자 교주셨지."

"불경한 생각을 한 것, 사죄드립니다."

"알면 되었다. 그럼 조만간 날을 잡아서 내게 청하도록."

11

현길의 거처를 나와서 복도를 걷는 만상경에게 먼 곳에 있는 자의 목소리가 들려왔다.

─현길은 어땠나?

만상경은 그것이 교주의 목소리임을 알고 대답했다.

"재미있습니다. 우리 교인들이 다들 그렇지만 저자도 상당히 심하게 망가져 있어요."

─망가진 자가 망가진 자를 고칠 수 있다고 보나?

"망가졌기 때문에 고칠 수 있을 것 같습니다만. 그런데 애당초 왜 변재겸이 광요를 망가뜨리게 놔둔 겁니까?"

─내가 그때 교주직을 계승하고 할 일이 워낙 많아서 신경 쓰기가 귀찮았다.

"……"

─반은 농담이고 반은 진담이다. 귀찮다기보다는 여력이 없었지. 우리 교 꼬락서니가 얼마나 개판이었는데.

"으음. 흥왕과 멸존 그 작자들이 참 우리 교를 독하게 두들겨 팼군요."

멸존은 광세천교가 무상검존 나윤극을 가리키는 별칭이었다.

만상경이 쓴웃음을 지었다. 현길이 만상경을 같은 또래로 보았지만 만상경은 겉보기보다는 나이가 많아서 30대 중반이다. 하지만 광세천교에 귀의한 지는 아직 채 10년도 되지 않아서 한번 파탄지경까지 몰렸던 혼란기를 잘 몰랐다.

―그것도 그렇지만, 광세천의 의지를 해석해 본 결과 그게 필요한 과정이었던 것 같다.

"광요를 망가뜨리는 게 말입니까?"

―그래. 모사품이기는 해도 어쨌든 성운의 기재이지 않나?

"그렇지요."

―한번 철저하게 망가지지 않았다면, 과연 우리 교를 위한 존재가 되었을까?

"그건… 흠. 일리가 있군요. 성장해서는 교의 배신자가 되었을 수도 있겠어요."

만상경이 그건 생각 못 했다는 듯 감탄했다.

역사적으로 볼 때, 성운의 기재가 늘 협의를 아는 영웅이었던 것은 아니다. 인성과 재능은 별개의 것이니까.

하지만 영웅이라 불렸던 자치고 마교에 동조했던 자는 거의 없었다. 아주 없지는 않았지만 대체로 끝이 좋지 않았다.

"어쨌든 제가 보기에 현길 저자는 망가졌지만, 자기가 망가졌기 때문에 자아와 욕망, 그리고 그것을 바탕으로 하는 열망에 집착하는 것 같군요."

―흔한 우리 교인이군.

"그렇지요? 다음에 가면 그런 이야기나 해볼까 합니다."

―그리고 그 대련 상대 말인데…….

"안 됩니다."

―아직 말도 안 했는데.

"교주씩이나 되어서 새파랗게 어린애들이랑 투닥거리고 싶으십니까?"

―요즘 영 움직일 일이 없어서 몸이 녹스는 것 같단 말이다.

"백년을 그렇게 계셔도 녹슬지는 않으실 텐데."

―살아 있는 자로서의 감각이라는 게 얼마나 섬세한데 그런 소리를.

"정 그러시면 칠왕이나 골라잡고 교육시키시지요."

―다들 교주님의 존체가 어쩌고 하면서 하기 싫어하니 문제지.

"교육에 그런 게 어딨습니까?"

―그런가?

"그렇죠."

―흠. 그렇군. 하지만 다들 바쁘니 문제지. 대련하다가 부상을 입힐 수도 있고.

"그럼 그냥 참으세요."

―매정한 놈.

"저도 할 일 많으니까 상대 못 해드립니다. 그렇게 심심하시면 이번에 데려온 것들이나 시험해 보시죠?"

—성능 시험인가? 그건 할 만하겠군.

"부수시면 안 됩니다."

—알아, 알아.

만상경이 당부한 것은 이번에 괴령이 봉인된 유적을 미끼로 손에 넣은, 600년 전에 마교라 불렸다가 멸망한 혈신교(血神敎)의 비밀 병기들이었다.

문득 교주가 물었다.

—흑영신교 놈들이 손에 넣은 건 어떨까?

"글쎄요, 아직 뭔지 안 보입니다. 하지만 굳이 혈신교의 유산을 내주고 취한 걸 보면 더 그럴싸한 무언가겠죠."

만상경은 흑영신교 측이 의도적으로 자신들에게 혈신교의 유산을 주었음을 알고 있었다. 그들이 보기에 더 높은 가치를 지닌 뭔가 쪽에 더 많은 인력을 투입한 게 분명하다.

—하여튼 재미있는 놈들이야. 봐도 봐도 질리질 않는군. 이번 세대는 특히나……

교주가 낮게 웃으며 말했다.

인류의 역사를 뒤져보면 마교라 불린 집단은 많았다. 중원삼국이 대륙의 패권을 쥔 후에는 워낙 국가의 규모가 커졌기 때문에 마교로 지정받기도 쉽지 않다. 그러나 이전에는 수많은 나라들이 대륙을 갈라 먹고 있었기에 마교로 지정되기도 비교적 쉬운(?) 편이었다.

하지만 마교라 불렸던 집단은 결국 모두 파멸했다.

국가가 그 존재를 금하기에 신앙을 갖고 있다는 사실이 증명되기만 해도 척살당한다. 그런 집단이 길게 유지되기가 어디 쉬운 일이겠는가?

그렇게 천 년도 넘는 장구한 세월이 지나고 나니 결국 남은 것은 광세천교와 흑영신교뿐이었다.

서로를 증오하는 두 집단은, 동시에 오직 서로만을 인정했다.

문득 만상경이 물었다.

"혼원교는 어땠습니까?"

―혼원교라. 그놈들은… 확실히 아까운 놈들이었지.

대부분의 사교들은 그 가르침이나 행위가 너무 이질적이라 일정 규모 이상으로 크기가 어렵다. 그들이 다 관부의 눈과 손이 좀처럼'닿지 않는 오지에 자리 잡는 것도 그런 이유다.

광세천교와 흑영신교는 정말로 특별한 예외였다.

규모가 방대한 것은 물론, 독자적인 무학과 술법 체계를 계승, 발전시켜 왔으며 그것을 연마한 빼어난 인력도 상당한 수다. 작심한다면 국가와 정면으로 싸울 수는 없을지언정 산발적인 공격으로 사회를 붕괴시킬 수 있는 힘은 갖추고 있다. 그럼에도 본거지조차 비밀에 감춰져 있어서 국가가 토벌령을 내리지 못한다.

그런 일이 가능한 것은 광세천과 흑영신이 뿌리가 되어주기 때문이다. 둘 다 중원삼국의 황실을 가호하는 신수들과도 천기를 두고 다투는 거대한 초월자들이었다.

전 세대에, 광세천교와 흑영신교는 긴 싸움 끝에 결국 성지의 위치가 밝혀져서 토벌당했다.

그 후로 광세천교와 흑영신교는 각각이 모시는 신의 계시를 듣고 새로운 성지를 세웠으니, 이곳에 대해서 관부와 그 협력자들은 아직 전혀 실마리를 잡지 못한 상태였다.

─혼원교 놈들은 쓸데없는 짓만 안 했어도 우리와 어깨를 나란히 할 수 있었을지도 모른다.

광세천교와 흑영신교를 제외하면 마교라 불릴 정도로, 즉 국가에서 존망의 위협을 느낄 정도로 교세가 커진 집단은 다들 국가의 혼란기로 인해 민생이 어지러워지는 틈을 타서 발원했다. 그런 시기에 폭발적으로 교세가 커져 가면서 민란을 일으키다가 결국은 토벌당해 사라져 갔던 것이다.

혼원교도 이런 경우에 속했다.

하지만 다른 마교들과의 차이점은 이들이 상당히 체계적으로 미쳐 있었다는 사실이다.

혼원교는 초월적인 무언가에 기대지 않았다. 하늘의 뜻조차 부정하면서 오직 사람에게만 가치를 부여했다.

그 결과 사람의 지혜와 잠재력을 끌어 올려 새로운 세상의 기반을 닦고자 하였으니… 앞날을 정확하게 내다보는 예지를 비롯, 그들이 일으킨 숱한 이적들은 신화가 되어 오랫동안 조직을 유지할 수 있는 기반이 되었다.

─혼원교 초창기에는 정녕 천재라 불릴 만한 자들이 모여 있었다고 한다. 그런 자들이 만들어낸 범상치 않은 성과가 장구한 세월을 이어갈 수 있는 기틀이 된 것이지.

"그렇군요. 그런데 쓸데없는 짓이라면?"

─사람의 손으로 신을 만들고자 했다.

"별로 이상한 짓은 아니지 않습니까?"

만상경이 고개를 갸웃했다. 사람의 손으로 사람을 초월한 무언가를 만들고자 하는 시도는 얼핏 들으면 굉장히 특별한 일인 것 같지만 마교라 불리는 집단에서는 그리 드문 짓이 아니었다.

─행위 자체가 아니라 정도의 문제지. 그놈들은 정말로 그런 존재를 만들 뻔했거든.

"호오?"

─혼마라는 놈이 그 실패의 흔적이라고 할 수 있다. 실패작인데도 그 정도지.

"흠. 한 번쯤 만나보고 싶어지는군요."

─아서라. 너라도 죽는다.

"저도 꽤 강해졌습니다만?"

─칠왕 중 누구라도 너를 무력으로 이길 수 있을지언정 잡을 수 없겠지. 하지만 그래서 혼마와 싸우면 너는 죽는다.

"…어째서지요?"

만상경이 고개를 갸웃거렸다.

극양지체인 그는 무공의 천재다. 그림자 교주가 되지 않았다면 칠왕의 자리에 올랐을 정도의 무위를 지녔다.

게다가 그림자 교주에게 주어지는 예지 능력이 더해지면 천하에 당할 자가 거의 없다. 자평이 아니라 광세천교 최강의 무위를 지닌 교주가 그리 공언했다.

─예지 때문이다.

"음?"

─예지 능력자가 예지에 의존하는 것은 당연한 일이다. 하지만 상대가 네 예지 능력을 자유자재로 농락할 수 있다면 어떻게 되겠느냐?

"혼원교가 예지에 깊은 조예를 지녔다는 이야기는 들었지만… 전 광세천의 그림자로 임명된 몸입니다만?"

—흑영신교의 신녀도 혼마가 무슨 짓을 할지는 예지를 못 하느니라. 예지 능력의 사각지대를 알고 이용하는 놈이지. 혼원교는 절대적인 지성과 예지를 지닌 존재를 만들어내고자 하다가 파멸했으나, 그 찌꺼기를 이어받은 것만으로도 혼마는 마인을 포식하는 자이며 동시에 예지 능력자의 천적이 되었다.

"천하에 무서운 게 없… 지는 않고 멸존과 흥왕만 무서워하는 줄 알았던 교주께서 그렇게 말씀하시다니 대단하긴 대단한가 보군요."

—누가 그놈들을 무서워한다고 그러느냐? 난 그저…….

"네. 알겠습니다."

—이놈이 오냐오냐하니까 정말…….

만상경이 화를 내려는 교주를 싹 무시하고 말했다.

"하지만 세상 참 만만치 않군요. 제가 그림자로 간택받았을 때만 해도 세상에 적수가 없을 줄 알았는데 팔객의 면면만 봐도 만만한 작자가 없으니."

—그렇게 만만하면 우리가 천 년 넘게 이러고 있겠느냐? 민란도 일으켜 보고, 국가 수장들을 죄다 없애서 국가를 멸망시켜 보기도 하고, 우리가 직접 나라를 세워보기도 하였거늘 목표에 닿지 못했지.

"그래서 궁금합니다."

—뭐가 말이냐?

"이번 흑영신교주가 도대체 뭔 짓을 벌이려고 하는지."

─나도 동감이다. 그러니까…….

교주가 차갑게 웃었다.

─절벽으로 달려가는 놈의 등을 출혈까지 감수하면서 떠밀어 주고 있는 것 아니겠느냐?

12

귀혁은 형운의 무공 수련에 다시금 박차를 가했다.

"지금 네 상태는 상당히 위험하다."

일월성신과 빙백기심의 특이성이 있기는 하지만 형운의 무공은 아직 고수의 경지라고 할 수 없다. 그런데 그 기반만이 압도적인 수준에 이르러 있었다.

"이런 불균형은 조금만 잘못되어도 돌이킬 수 없는 파탄을 불러일으킬 수 있지. 네가 품은 압도적인 기운을 통제할 수 있는 실력을 갖춰야 한다."

"네."

형운도 스스로의 부족함을 절감하고 있던 터였다. 괴령과의 싸움에서 자신이 육체와 내공에 걸맞은 실력을 갖추고 있었다면 유설이 희생할 일도 없었을 테니까.

남들보다 압도적인 기반이 있는 만큼 형운은 남들보다 빠르게 상승무공의 기술을 노려볼 수 있다. 그것을 위해 귀혁은 지금까지보다 훨씬 자주 형운과 함께 수련했다.

물론 그는 지금까지도 형운을 지도하는 데 많은 시간을 들였다. 하지만 지금은 분명한 차이점이 있었다.

이전에는 귀혁 자신의 수련과 형운을 지도하는 시간을 분리해 놓고 있었다. 그에 비해 이제는 귀혁 자신의 수련을 형운과 함께 하면서 지도했다.

즉 귀혁 스스로가 행하는 수련 방식을 형운에게도 적용하는 것이다.

"아이고, 죽겠다……."

형운이 거처에 와서 쓰러졌다.

매일매일 수련을 마치고 나면 정말 죽을 맛이다. 강건한 신체와 심후한 내공을 갖춘 형운이지만 귀혁의 수련이 요구하는 조건은 가혹하기 짝이 없었다. 기술적으로 미숙한 형운은 귀혁이 1의 힘을 소모하는 상황에서 10 이상의 힘을 낭비하다가 금세 바닥을 드러내고 만다.

"수고하셨어요."

예은이 차를 가져다주었다. 형운이 그것을 받아 들고 홀짝거렸다.

"아, 우울한 맛이야……."

고된 훈련을 끝내고 왔는데 기다리는 것은 마시기 괴로운 약차니 그럴 수밖에.

예은이 말했다.

"마 공자님이 왔다 가셨어요."

"하령이도?"

"네."

"으, 상대해 줄 기운이 있어야 말이지."

마곡정은 심심하면 찾아오고 있는데 요즘은 거의 얼굴을 못

봤고, 본다고 해도 대련 상대는 못 해줬다. 귀혁의 수련이 워낙 가혹해서 다른 데 신경 쓸 여력이 안 남아서였다.

형운이 말했다.

"또 한참 투덜거리다 갔겠네."

"두 분이서 차를 드시면서 담소를 나누시다가 돌아가셨어요."

"다른 사람도 아니고 마곡정한테 '담소'라는 표현은 좀……."

"볼 때마다 옷차림이 참 안타까워요. 다들 그 이야기뿐이에요."

"다들?"

"시녀들 모두요. 마 공자님 보면 다들 난리예요."

"…으음."

왠지 잘 상상이 안 간다. 물론 마곡정이 생긴 것 하나만은 실로 그림 같은 미공자임은 인정하지만…….

'역시 사람은 옷차림이 중요한 건가.'

물론 아무리 거지같이 입고 다녀도 마곡정은 참 잘생겼지만, 그렇지만… 산적 두목처럼 입고 다니는 그를 보고 있노라면 형운조차도 묘하게 슬퍼지곤 하는 것이다.

"아으, 그리고 보니 연진이도 슬슬 다시 부르긴 불러야 하는데… 사부님이 임무로 외출하시기 전까지는 무리겠어."

"요즘 힘드신데 무리하시면 안 돼요."

예은이 쓴웃음을 지었다. 형운이 눈을 감은 채로 투덜거렸다.

"무리하는 걸로 보여?"

"거기서 누군가를 챙겨주시는 건 무리 같아요."

"음. 그런가……."

나른한 목소리로 중얼거린 형운이 꾸벅꾸벅 졸기 시작했다. 예은이 말했다.

"옷 갈아입으시고 들어가서 주무세요."

"응……."

"말로만 그러시지 말구요."

"으, 알겠어. 예은아, 잠시만, 잠시만 이러고……."

"꼭 그러시다가 그냥 잠드셨죠."

예은이 옷자락을 잡아당기며 잔소리를 퍼붓자 형운이 투덜거렸다.

"가려 누나도 그렇고 예은이 너도 그렇고 날이 갈수록 내 엄마가 되어가는 것 같다?"

그 말에 예은이 뾰로통해졌다. 형운이 그래도 일어나기 귀찮아하자 누워 있게 한 채로 데굴데굴 굴린다. 다른 높으신 분에게는 절대 못 할 행동인데 상대가 형운이다 보니 예은도 이제 될 대로 되라 주의를 관철하고 있었다.

그렇게 요리 굴리고 조리 굴려가면서 형운의 상의를 벗길 때였다.

"형운 있나?"

문이 벌컥 열리면서 한 사람이 들어오더니 흠칫 굳었다.

"아……."

오량이었다. 왠지 다급한 표정으로 들어왔던 그는 형운과 예은의 모습을 보고 굳었다.

그의 눈에는 벌러덩 누워 있는 형운의 옆에 앉은 예은이 그의 옷을 반쯤 벗긴 광경이 들어왔다. 형운이 반쯤 벗은 몸을 드러 낸 가운데, 하필이면 예은의 손이 그의 가슴 위에 얹어져 있는 모양새가 참으로 야릇해 보인다.

"오량 선배? 웬일……."

놀라서 묻던 형운은 그의 표정을 보고는 슬그머니 시선을 자기 몸으로 옮겨보았다. 예은도 상황을 깨달았는지 얼굴을 붉히고 있었다.

오량이 슬쩍 시선을 피하며 말했다.

"으음. 둘이서 좋은 시간 보내려고 했던 것 같은데 미안하군. 하지만 아무리 자기 거처라도 그런 일은 좀 더 남들 눈이 안 미칠 만한 곳에서 하는 편이……."

"그, 그런 거 아니거든요. 그냥 자려고 옷을 갈아입고 있었을 뿐입니다."

얼굴이 새빨개진 형운이 몸을 일으켰다. 물론 오량은 전혀 믿는 눈치가 아니었다.

곧 어색한 분위기 속에서 마주 앉은 두 사람에게 예은이 차를 내왔다. 형운이 물었다.

"그런데 무슨 일로 오신 겁니까?"

함께 생사의 경계를 넘은 전우라고는 하나 두 사람 사이는 여전히 그리 가깝지 않았다. 이렇게 오밤중에 서로의 거처를 찾아올 만한 관계는 아니다.

오량이 말했다.

"곧 자네에게도 소식이 올 거라고 생각하는데, 황실에서 우리를 불렀다네. 부끄럽게도 너무 놀라서 허겁지겁 찾아온 거고."

"황실에서요?"

형운이 깜짝 놀랐다. 오량이 고개를 끄덕였다.

"무슨 이유에서인지는 밝히지 않았지만 자네와 나를 찾은 것으로 보면 대충 예상이 가지."

"유적 문제겠군요."

"그중에서도 신기와 관련된 문제일 거라고 생각한다."

"과연."

유적 임무에 임했던 인원 전부가 아니라 형운과 오량만을 불렀다면 그럴 가능성이 크다. 형운이 의아해했다.

"하지만 어떻게 알았을까요?"

"나도 그게 궁금하다네. 윗선에서는 거기까지 알리진 않은 것으로 아는데… 조검문 쪽이 아닐까?"

"음. 하지만 그쪽은 황실과 직접 닿는 연락망이 있는 것은 아닐 텐데……."

조검문은 지방의 명문정파다. 이름을 알린 정파가 다 그렇듯 많은 조검문도들이 관부에서 일하고 있으며 그것이 그들의 입지를 반석처럼 다져 주었다.

하지만 그렇다고 해도 황실과 직접 끈이 닿아 있는지는 전혀 다른 문제다. 조검문에 그런 존재는 천유하 하나뿐이지만 과연 그가 황실에 직접 말을 전했을까?

오량이 말했다.

"어쨌든 마음을 단단히 먹는 게 좋을 것 같네."

"그렇군요. 알려주서서 감사합니다."

"내 일이기도 하니 감사할 필요까지는 없네. 오히려 갑자기 찾아와서는 좋은 시간 보내려고 했던 것을 방해한 것이 미안해서 원⋯⋯."

"그건 오해라고 했잖습니까."

"뭘 그렇게 부끄러워하고 그러나."

얼굴을 붉히는 형운을 본 오량이 놀려대며 웃었다.

제41장
운룡의 일족

성운을 먹는 자

1

황실에서 오량과 형운을 콕 집어서 불렀다는 사실에 별의 수
호자 상층부는 동요했다. 총단에 머무르고 있던 장로들과 오성
들이 모여서 급히 회의를 벌였다.

하지만 황실의 의도를 추측해 보기에는 너무 근거가 적었다.
황실에서는 부른 의도를 밝히지 않았다. 공을 치하하고자 하는
것인지, 아니면 죄를 묻고자 하는 것인지, 그도 아니면 심문을
하고자 하는 것인지…….

이런 상황에서 회의를 벌인다 한들 제대로 된 결론이 나올 리
없다. 게다가 그들에게 주어진 시간이 너무 짧았다.

다음 날 아침, 운룡족의 일원인 운희가 황실의 사자로서 총단
에 도착했다.

황궁에서 성해까지 한순간에 축지로 날아온 운희는 성주가 내준 마차를 타고 별의 수호자 총단에 들어섰다. 미리 소식을 받고 대기하고 있던 형운과 오량은 마차에서 내리는 그녀를 보며 긴장했다.

'하나도 안 변하셨네.'

형운은 몇 년 전에 보았던 운희의 모습을 떠올렸다.

옷차림이 변했을 뿐, 그녀는 그때 그대로였다. 여전히 십 대 중후반의 소녀 같은 모습에 투명한 광택이 흐르는 긴 백발과 엷은 청백색을 띤, 동공조차도 검지 않은 기이한 눈동자. 그리고 머리에 난 사슴의 그것을 닮은, 하지만 얼음으로 만든 것 같은 반쯤 투명한 우윳빛 뿔까지.

그때와 달라진 게 있다면…….

'엄청나다.'

그녀를 보고 있는 형운 쪽이다.

일월성신의 눈이 그녀의 기운을 본다.

처음 봤을 때도 당장 고개를 조아려야 할 것 같은 압도적인 위엄을 느꼈다. 하지만 지금 형운의 눈에 보이는 그녀의 기운은…….

'이런 기운이 사람의 형상을 하고 돌아다닌단 말인가?'

괴령이 봉인되었던 힘을 다 찾았다면 그녀에게 비할 수 있을까?

안될 것 같다. 형운의 주관으로는 마치 거대한 산이 다가오고 있는 것처럼 느껴진다.

무엇보다 그녀를 이루는 기운 자체가 인간의 것과는 완전히 다르다. 하운국의 시조가 남긴 신기를 품어봤기에 알 수 있었다. 그저 의지만으로도 섭리를 복종시키는 힘, 신기가 그녀에게서 피어난다.

왜 신수의 일족이 인세의 일에 관여하지 않는지, 아니, 정확히는 관여하지 못하도록 제약을 받고 있는지 절절하게 실감이 갔다.

신수의 일족은 천기가 허락하지 않는 한 인세에서 자신의 힘을 마음껏 쓸 수 없으며, 그것으로 누군가의 목숨을 취하거나 운명을 유린해서는 안 된다. 하운국의 황실을 가호하는 운룡족도 자유롭게 활동할 수 있는 것은 황궁 안으로 국한되어 있었다. 아니, 심지어 황궁 안에서조차도 인간의 운명에는 함부로 간섭할 수 없다고 한다.

형운은 그들에게 제약을 가한 하늘의 뜻이 옳다고 여겼다.

'이런 힘을 가진 존재들이 인세에서 마음대로 행동할 수 있다면…….'

그렇다면 인간의 자유의지 따위는 아무런 의미도 없어지리라.

"황실의 사자를 뵙습니다."

"음?"

형운과 오량이 예를 표하자 운희가 고개를 갸웃했다. 그녀가 고개 숙인 형운을 빤히 바라보다가 말했다.

"고개 좀 들어보거라."

형운과 오량이 그 말에 따랐다. 그러자 운희가 오량에게 손을 내저었다.

"너는 말고… 아, 그런다고 다시 고개를 숙일 것까지는 없다."

그녀는 형운을 빤히 바라보았다. 인세의 존재가 아닌 듯 신령스러운 아름다움을 갖춘 얼굴로 그렇게 바라보니 살짝 얼굴이 붉어졌다.

운희가 고개를 갸웃했다.

"너 전에 황궁에 오지 않았었더냐?"

"갔었습니다."

"그때가 언제였지?"

"3년쯤 되었습니다."

"그거밖에 안 지났나? 그런데 이렇게나 변했어? 인간은 정말……."

운희가 혀를 내둘렀다. 불과 3년밖에 안 지났지만 형운은 그녀가 봤을 때와 비교하면 너무 많이 변했다. 한창 성장기였으니 당연한 일이다.

하지만 그녀가 형운을 보고 놀란 것은 단지 외모 때문만이 아니었다.

"너 사람 맞느냐?"

"…맞습니다만?"

"사람으로 변신한 영수… 는 아닌데 왠지 그런 느낌도 좀 나고, 사람이라고 보기에는 뭔가, 음, 어떻게 사람의 기운이 이렇지?"

신수의 일족인 그녀가 보기에도 형운은 정말 신기한 존재였다. 무공을 익혀서 정순한 기운을 지닌 인간은 많이 보아왔다.

그러나 형운과 비교한다면 가장 깨끗한 물과 흙탕물 정도의 격차가 있었다.

"크흠."

한참 동안 형운을 관찰하던 그녀는 옆에서 들려온 헛기침 소리에 퍼뜩 정신을 차렸다. 형운이 너무 신기해서 상황을 까맣게 잊고 있었던 것이다. 그녀가 귀엽게 웃으며 말했다.

"이런. 미안하구나. 뭐 하러 왔는지 깜빡하고 있었네."

"……"

이 자리에 있던 모두의 마음속에서 운룡족에 대한 환상이 한 꺼풀 벗겨져 나갔다.

"그럼… 음. 일단 가볼까? 빨리 처리하려고 온 거니까."

"운희 님."

귀혁이 그녀를 불렀다. 운희가 대답했다.

"괜찮다, 귀혁. 벌주려고 데려가는 것 아니니까 염려 안 해도 된다. 돌려보낼 때도 내가 올 거고."

"감사합니다."

"그럼."

운희가 그렇게 말한 직후였다.

그녀와 형운, 오량이 사라졌다.

마치 그 자리에 존재하지도 않았던 것처럼, 눈으로 보고 있는 동안에 세 사람의 모습이 없어졌다. 다들 놀라서 수군거렸다.

귀혁이 중얼거렸다.

"벌주려고 데려간 게 아니라면… 설마 또 이상한 기연을 주워 먹고 오는 건 아니겠지?"

2

한순간에 풍경이 바뀌었다.

형운은 환예마존 이현과 함께 지내던 동안에 축지를 여러 번 겪어본 바 있었다. 그래서 어느 정도 마음의 준비를 하고 있었음에도 놀라운 것은 어쩔 수 없었다. 아무런 조짐도 없었는데 풍경이 급변하다니.

"헉."

오량은 깜짝 놀라서 주변을 둘러보았다. 형운도 천천히 주변을 살폈다.

'황궁이 아닌 것 같은데…….'

전에 와본 황궁하고는 다르다. 아니, 겉보기로 보면 황궁이 맞는 것 같았다. 황궁의 양식으로 꾸며진 호화로운 공간이었으니까. 하지만 형운은 왠지 공기부터가 이질적이라고 느끼고 있었다.

그곳에 익숙한 얼굴이 있었다. 그쪽에서 먼저 알은척을 했다.

'천유하, 역시 왔군.'

형운도 자신과 오량이 불려 온 시점에서 그도 불려 올 거라고 예상했기에 놀라지는 않았다. 운희 앞이었는지라 세 사람은 함부로 목소리를 내지 못하고 눈짓으로만 인사를 주고받았다.

운희가 몸을 돌리며 말했다.

"이쪽이란다."

세 사람은 그녀를 따라 걸었다.

곧 처음 당도한 공간의 한편에 있던 문이 열리자 형운과 오량의 눈이 휘둥그레졌다.

"세상에……."

비로소 형운은 왜 이 공간에 흐르는 기운이 그토록 이질적인지 알 수 있었다.

눈앞에 펼쳐진 것은 인세의 풍경이 아니었다. 흙 대신에 구름이 펼쳐져 있고 그 위에서 구름이 뭉쳐 이루어진 짐승의 형상들이 돌아다니는 곳을 인세라고 보기는 어렵지 않겠는가?

"설마 여기가… 운룡궁(雲龍宮)?"

형운이 믿을 수 없다는 듯 중얼거렸다.

신수의 가호를 받는 황제가 기거하며 옥좌에서 백성을 굽어보는 천공의 궁전.

이전에 황실에 방문했을 때, 운희의 초대를 받은 서하령이 운룡궁에 다녀와서는 이 세상 같지 않다는 감상을 피력했었다. 그때는 무슨 소린가 싶었는데 직접 보니 절절하게 이해할 수 있었다.

운희가 빙긋 웃었다.

"그렇단다. 황제는 하계에 내려가 있다. 마주칠 일은 없을 테니 긴장 풀거라."

그런다고 긴장하지 말라는 것은 무리였다. 형운과 오량은 바짝 얼어붙은 채로 주변에 시선을 빼앗겼다.

구름으로 이루어진 바닥은 보기만큼 푹신하지는 않았다. 잔디밭을 거니는 정도의 푹신함이다. 밟을 때마다 구름이 조금씩 분산되면서 흘러가는 광경이 시선을 빼앗았다.

흙을 구름으로 대신하고 있을 뿐, 그 외의 요소들은 인세의 정원과 비슷했다. 물론 인세의 정원에는 구름 분수나 그걸 타고 오르는 오색의 광채를 흘리는 물고기인지 새인지 모를 짐승, 구름으로 이루어진 온갖 짐승의 형상은 없지만.

오량이 물었다.

"우리… 살아 있는 거 맞지?"

혹시 죽어서 사후 세계에 온 것은 아닌지 의심스러운 모양이다. 운희가 웃었다.

"살아 있다."

"아, 죄송합니다. 제가 감히……."

"괜찮다. 우리는 인간들처럼 격식을 엄격하게 강요하지는 않느니. 기본적인 예의만 지키면 된다."

운희를 보면 정말 그런 것 같지만, 그렇다고 해서 마음을 놓을 정도로 넉살 좋은 인간은 정말 드물 것이다. 적어도 형운이나 오량이나 그런 성품의 소유자는 아니었다.

'저 녀석은 이미 와봐서 그런가?'

형운이 흘끔 천유하를 바라보았다. 천유하도 주변의 풍경에 놀라고 있기는 했지만 두 사람보다 훨씬 침착해 보였다.

하지만 곧 그의 표정에서도 침착함이 사라졌다.

구구구구구…….

먼 곳에서부터 비롯된 굉음과 함께 땅이, 아니, 정확히는 구름이 뒤흔들렸다. 그리고 주변의 풍경이 급격하게 변하기 시작했다.

주변을 이루고 있던 구름이 갑자기 펼쳐진다. 그리고 끝없이 펼쳐진, 위도 아래도 없고 대지조차 보이지 않는 하늘 속에서……

"……."

다들 비명조차 지르지 못했다.

용이 있었다.

몸에 구름을 휘감고 있으며 비늘은 새하얗고 투명해서 어렴풋이 하늘의 빛깔을 띠고 있는 거대한 용이.

그 용이 너무나도 커서 항상 유지하고 있던 거리에 대한 감각, 공간의 크기를 가늠하는 감각이 무참하게 붕괴했다.

멀리 있다는 것은 알겠다. 손을 뻗어서 닿기는커녕 전력으로 몇 날 며칠을 달려간다 해도 닿을까 의심스러울 정도로 멀다.

그런데도 시야에 전체 모습이 다 들어오지 않는다. 뱀처럼 긴 몸통이 꾸불거리는 것을 따라 눈을 돌려보면 아무리 멀리 바라봐도 끝없이 이어져 있다. 심지어 용의 머리조차도 한눈에 들어오지 않고, 저편에서 이쪽을 향하는 눈동자는 수십 개의 호수가 들어갈 정도로 거대해 보였으며, 얼음으로 만든 것 같은 반쯤 투명한 우윳빛 뿔은 그 어떤 산악보다도 높게 뻗어 있었다.

설산의 눈처럼 옅은 청백색을 띤, 동공조차도 검지 않은 눈동자는 운룡족의 그것과 흡사하다. 하지만 너무나도 커서 그 속에 세상 전체가 담겨 있는 것 같았으며 마주하는 것만으로도 그 속으로 빨려 들어가는 기분이 들었다.

'신수(神獸) 운룡……!'

실로 당연한 사실이건만, 형운은 한참 뒤에야 그 사실을 깨달았다. 그 존재를 마주하는 순간 완전히 압도당해서 머릿속이 텅

비어버렸던 것이다.

아니, 머리가 텅 빈 것은 지금도 마찬가지다. 보고 있는 것만으로도 숨이 막힌다. 경이를 넘어서 영혼이 질식할 것 같은 위압감이 밀려들었다.

어느 순간, 그 모든 위압감이 씻은 듯이 사라졌다.

"헉……!"

형운은 거친 숨을 토해내며 그 자리에 주저앉았다. 전신이 부들부들 떨리고 땀이 비 오듯이 흘러내렸다.

오량과 천유하도 마찬가지였다. 둘 다 숨조차 제대로 쉬지 못한 채 괴로워하고 있었다.

"숙부, 장난이 지나치시군요."

운희의 싸늘한 목소리가 들려왔다. 그러자 부채를 펼치는 소리와, 뒤이어 남자의 목소리가 울렸다.

"혹시 신기가 몸에 남아 있지 않은가 시험해 보기에는 이만한 것이 없지 않느냐?"

기억에 있는 목소리였다. 형운이 어질어질한 정신을 다잡고 고개를 들었다.

외모상으로 보면 형운과 비슷한 나이로 보이는, 하지만 비인간적인 특징을 지닌 운룡족 청년이 부채를 펼치고 있었다. 백색 바탕에 청색의 문양이 들어간 장포를 입은 그는 이전에 황실에 왔을 때 만났던 운조였다.

그를 보는 순간, 형운은 기이한 느낌을 받았다.

'뭐지?'

순간적으로 그와 운희의 기파가 구분되지 않았다. 똑같은 존재가 둘 있는 것 같은 느낌이 들었다.

기이한 혼돈은 잠시였다. 곧 형운은 두 사람을 형상의 차이와 품은 기운의 크고 작음, 그리고 미미한 기질의 차이로 구분할 수 있었다.

'조금 전의 일 때문인가? 아니면……'

형운이 의문을 느낄 때, 운조가 부채를 내리며 말했다.

"하지만 신명을 받지 않은 인간에게는 심각한 위협이 될 수도 있었겠군. 내 실수를 사과하지. 신기가 잔존해 있다면 호응할 것이라 여겼기에 그만."

"으음……"

형운이 침음하며 몸을 일으켰다. 그런 그를 본 운조가 깜짝 놀랐다.

"음? 벌써 움직일 수 있느냐?"

"네."

형운은 속으로 울컥했지만 애써 표정을 관리하며 대답했다. 화가 나기도 하지만 동시에 평생 다시 못 할 경이로운 체험을 했다는 기분도 들어서 마음이 복잡했다.

운조는 정말 신기한 녀석을 다 보겠다는 듯 형운을 관찰했다. 운희와 똑같은 반응이었다.

오량과 천유하는 아직 상태가 말이 아니었다. 운희가 한숨 섞인 목소리로 말했다.

"운기하거라. 귀혁의 제자, 그러니까, 음, 이름이……"

"형운이라 합니다."

"그래, 형운. 네가 좀 도와주거라."

"알겠습니다."

형운은 그 말에 따라서 두 사람을 일으켜서 앉히고는 운기조식을 도와주었다. 그렇게 반각 정도 운기행공하고 나서야 두 사람의 상태가 안정되었다.

운희가 천유하에게 물었다.

"괜찮느냐?"

"예, 회복했습니다. 그런데……."

"어디 많이 아픈 곳이라도 있느냐?"

"그런 것은 아닙니다. 아까 저희가 본 그것 말입니다만……."

"운룡이시니라."

"역시 그랬군요."

"신명을 나누지 않은 인간은 신위(神威)를 접하는 것만으로도 죽음을 맞이할 수 있다. 너희가 보통 인간보다 훨씬 큰 기운을 품었기에 무사할 수 있었던 것이니라. 인간이 접할 수 있는 운룡의 신위는 우리까지지."

천유하가 의아한 표정을 지었다. 운희의 말이 묘한 어감을 띠고 있었기 때문이다.

운조가 피식 웃었다.

"우리 또한 운룡이라는 말이다."

"운룡의 일족이시니 신위를 지니신 것은 당연한 것 아닙니까?"

"그런 의미가 아니라 우리가 운룡의 일부라는 말이다."

더더욱 의미를 알 수 없는 말이다. 천유하와 형운, 오량이 똑같은 표정으로 서로를 바라보았다.

그때 또 다른 목소리가 끼어들었다.

"둘 다 여전히 설명하는 솜씨가 최악이로고."

두 사람의 운룡족이 새로이 모습을 드러냈다. 운희만큼 축지에 능하지는 않은지 나타나는 순간 뒤쪽 공간에 물결 같은 파문이 일어났다.

한 명은 중년 여성이었고, 또 한 명은 아직 열 살도 안 되어 보이는 어린 소녀였다.

"하계에서의 활동도 왕성한 녀석들이 왜 그런지 원."

옆에서 또 다른 목소리가 들려온다. 운조와 마찬가지로 백색 바탕에 청색의 문양이 들어간 장포를 걸친 당당한 장신의 미장부가 걸어오고 있었다.

형운은 그들 모두를 보며 놀랐다.

'똑같다.'

모두가 놀랍도록 똑같은 기운을 품고 있었다. 일순간 그들이 전부 동일 인물이라고 생각했을 정도로.

그것은 잠시였다. 운조를 봤을 때처럼 곧 그들의 형상, 기운의 크고 작음, 그리고 개개인의 기질 차이로 구분이 된다.

하지만 형운은 그들의 본질이 놀랍도록 똑같다는 사실을 알았다.

인간처럼 그저 생물로서 같은 종이 품는 근본적인 동질감 정도가 아니다. 완전히 동일한 존재가 약간씩 다른 상태로 존재하고 있는 것 같았다.

'이렇게나 다른데, 그런데 어떻게 저럴 수가 있지?'

겉으로 보면 다섯 명의 운룡족은 확연히 달라 보인다. 생김

새, 성별, 체격, 목소리, 그리고 주변에 감도는 분위기까지 다르지 않은 것이 없다.

그런데 근본적인 부분, 아마도 운룡족이 타고나는 부분의 동일성이 다른 부분을 압도한다.

다섯 명 모두 인간을 아득히 초월하는 기운의 집약체다. 형운이 보기에 외적으로 드러나는 각각의 개성은 전체의 1푼에 불과하며 9할 9푼은 완전히 똑같았다. 그래서 처음 그들을 보았을 때 동일 인물이 아닌가 착각했던 것이다.

'운룡족이라는 것은 대체 뭐지?'

3

운희가 놀라서 물었다.

"조부님께서 웬일로 이곳에 오셨습니까?"

운조를 숙부라 부르는 것도 그렇지만 이 또한 미장부의 외모와 전혀 맞지 않는 호칭이었다. 그러나 인간보다 아득히 오랜 세월을 살아가는 그들에게는 자연스러운 일이었다.

"운희, 넌 황족 애들 말고 어른들에게도 관심 좀 두거라. 부상 때문에 한동안 휴가를 받았느니."

"운룡군의 대장군께서 휴가를 내시면 전선 지휘는 어떻니까?"

"유능한 부하들이 알아서 잘할 것이다. 그리고 아무리 작은 것이라 하나 인세에 남겨둔 신기에 관련된 일이니 너희에게만 맡겨둘 수는 없지 않겠느냐? 당장 운조 저놈이 얼마나 경망스럽게 일을 저지르는지 봐라."

"으음. 아니, 그 정도는 괜찮을 줄 알았지요."

"시끄럽다. 그러다 이 인간들이 죽기라도 했으면 어쩌려고 그런 것이냐?"

"하하하. 아무리 그래도 제가 그렇게 놔뒀겠습니까?"

운조가 슬그머니 시선을 피했다.

운희의 조부라 불린 미장부가 상석에 자리에 앉았다. 그것을 본 형운은 비로소 자신들이 둥근 원형의 공간에 와 있다는 사실을 깨달았다.

이 또한 신비로운 공간이었다. 분명히 둥근 벽이 주변을 감싸고 있거늘, 벽 자체가 물처럼 투명했으며 그 너머로 구름이 춤추는 푸른 하늘이 펼쳐져 있었다. 오로지 푸른 융단이 깔린 하얀 석조 바닥과 천장으로 솟은 기둥만이 뚜렷한 실체를 뽐냈다.

미장부가 말했다.

"신기와 인연이 닿았던 인간의 아이들이여, 만나서 반갑다. 나는 천계 운룡군의 대장군을 맡고 있는 운가휘라고 한다."

말하는 표정과 목소리는 부드러웠으나 그 내용은 충격적이었다. 세 사람이 급히 무릎을 꿇고 예를 표하려 할 때, 그가 손짓했다.

"딱딱한 예는 접어두거라. 운조의 장난으로 심신이 지쳤을 텐데 모두 편하게 앉도록."

그 말과 함께, 그 자리에 있는 모두의 등 뒤에 의자가 나타났다. 거기에 앉는 순간 공간의 정중앙에 나타난 원형의 탁자를 둘러싸고 앉은 형태로 위치가 바뀌어 있었다.

형운과 천유하, 오량 모두 이제 놀랄 기력조차 없어서 담담하게 받아들였다. 운가휘가 말했다.

"운희와 운조는 이미 자신을 소개한 것 같으니 두 사람만 소개하지. 이쪽은 우리 운룡궁의 천견장(天見長)을 맡고 계시는… 음. 천견장이 어떤 직책인지부터 말해줘야 하나?"

"천계, 그리고 마계처럼 하계와 인접한 외계의 상황을 살피는 것이 주 업무입니다. 위험한 움직임이 있으면 보고해서 조치를 취하게 하지요."

중년의 여성이 말했다. 운가휘가 말했다.

"그렇다. 외계의 존재가 하계에 개입함으로써 일어날 수 있는 천재지변의 대부분은 천견(天見)으로 사전에 감지함으로써 방지하고 있지. 여기 운월지 님께서는 그 업무를 총괄하시는 책임자시다."

"저도 말해두지만 그렇게 일일이 고개를 숙이면서 예를 표할 필요는 없습니다. 하계 황실의 예법은 시간이 지날수록 이상한 격식이 덧붙여지고 덧붙여져서… 마치 수백 년은 청소를 안 해서 먼지가 켜켜이 쌓인 방을 보는 기분이라 피곤하군요."

급히 고개를 숙이려던 세 사람은 어색하게 동작을 멈추었다. 신수의 일족 하면 황족보다도 더 높으신 분들이라 감히 고개를 들고 있어도 되는지 의심스러운데 이런 태도를 보이니 혼란스럽기 짝이 없었다.

"그리고 이쪽은 내 외손녀인 운여다. 나이가 나이다 보니… 음. 아니, 인간 기준으로 보면 백 살도 많긴 하군. 하여튼 아직 어려서 직위는 없다."

"……."

운룡족 기준으로는 백 살도 새파란 어린애인 모양이다. 하긴 외모만 봐도 그래 보이긴 한다.

운가휘가 턱을 쓰다듬었다.

"그럼 우리 소개는 다 한 것 같군. 자네들은 누군가? 지상에 남겨둔 천기와 인연이 닿았다는 것밖에 들은 것이 없다 보니. 별의 기운을 품은 자네부터 소개해 보겠나?"

"소인은 조검문의 천유하라 하옵니다. 조검문의 장로 우격검 진규께서 제 스승님 되십니다."

"아, 예령공주를 구했다는 그 소년… 이라고 부르기는 뭣하군. 이제는 청년이라고 하는 게 맞겠지."

"그러하옵니다."

"운희가 하계 이야기를 할 때 몇 번 이야기한 적이 있지. 별의 힘을 받고 태어나 황족을 구하고 신기와 인연이 닿다니 과연 풍운 속에서 살아가는 인간이로구나."

운가휘가 재미있다는 듯 고개를 끄덕였다. 그리고 오량에게 시선을 두자 오량이 허겁지겁 말했다.

"벼, 별의 수호자의 오량이라고 하옵니다. 오성의 일원이신 풍성 초후적께서 제 스승님 되십니다."

"그렇군."

그가 별 관심을 보이지 않자 오량은 실망했다. 하지만 실은 당연한 반응이었다. 높으신 분들이 아랫사람 볼 때 그렇듯, 운룡족이 하계의 인간의 이름을 알 정도로 관심을 두는 경우는 정말 드물었다. 그리고 풍성 초후적은 대단한 무인이기는 하나 운룡족이 관심을 둘 만한 일을 한 적이 없었다.

이어서 운가휘의 시선이 자신에게 향하자 형운이 말했다.

"소인은 별의 수호자 소속의 형운이라 하옵니다. 오성의 일원이신 영성 귀혁께서 제 스승님 되십니다."

"호오, 귀혁의 제자인가? 본인도 이상하더니 제자는 더 이상하군?"

"……."

운룡족, 그것도 천계의 대장군이 스승의 이름을 알고 있을 뿐만 아니라 대뜸 '이상하다'고 말하면서 재미있어한다. 이걸 기뻐해야 할지 말아야 할지 참으로 심란했다.

천견장 운월지가 말했다.

"인간이 맞는지 의심스러운 기운의 그릇이군요. 이런 존재가 하계의 존재, 그것도 인간이라니 놀라운 일이에요. 운여, 그가 어떤 존재인지 알겠습니까?"

"해와 달과 별, 그리고… 얼어붙은 산의 심(芯)이 하나로 모인 존재."

그때까지 가만히 있던 운여가 형운을 신기한 눈으로 바라보며 말했다. 운월지가 기특해하며 운여의 머리를 쓰다듬어 주었다.

"그래요. 열심히 천견을 공부한 보람이 있군요. 그는 바로 별의 수호자의 연단술사들이 전설로 이야기하던 일월성신입니다. 지금껏 이론상으로만 존재해 온 것으로 아는데 실현되었을 줄이야. 여태까지 비슷한 존재가 몇 번 있기는 했지만 결국은 모두 완성에는 이르지 못했지요. 사특한 무리들이 이론을 훔쳐 내어 재현하려다가 끔찍한 재앙을 부른 적도 있었고."

형운이 흠칫 놀랐다. 이렇게까지 정확하게 자신의 내력을 꿰뚫어 볼 줄이야?

운가휘가 말했다.

"실로 놀랍군. 광세천의 가호를 받는 극양지체처럼 강대한 자의 보살핌을 받는 것도 아니고, 단지 인간의 위업으로 그러한 존재를 이루었다니. 성존, 그 위험한 괴짜가 왜 별의 수호자라는 조직을 산하에 두고 있는지 이해가 갈 것 같구나."

스승이 이상한 사람 취급을 받은 것에 이어 조직의 우두머리가 위험한 괴짜라는 소리를 들었다. 형운은 한층 더 심란해졌다.

운가휘가 말했다.

"오늘 신기와 인연이 닿은 그대들을 부른 것은 당시의 자세한 이야기를 듣고자 함이다. 그러니 한 사람씩 그때 자신이 본 것과 느낀 것을 가감 없이 말하도록 하라."

4

천유하, 오량, 형운은 각기 다른 공간으로 나뉘어서 당시의 일을 이야기했다. 유설의 이야기를 할 때 형운은 심란해졌지만 감추지는 않았다.

이야기가 끝난 후, 세 사람은 다시 조금 전의 공간에 다시 모였다.

운가휘가 말했다.

"이야기는 잘 들었다. 본래는 황실에서 마무리 지었어야 할 일인 것을, 예상치 못하게 계획이 어그러지는 바람에 그대들이 무거운 책임을 졌구나. 큰일을 해주었다."

운룡족은 세 사람에게 당시의 일을 자세히 듣는 한편, 그들에게 깃들었던 신기의 잔재가 남아 있지 않은지도 살폈다. 그 결과 신기는 제 몫을 다하고 사라졌음을 확인했다.

"그대들의 공을 치하하고자 하니 바라는 것이 있으면 말해보거라. 금은보화도, 다른 재물도 좋다. 무공이나 기환술 같은 지식을 바란다면 그 또한 힘 닿는 대로 구해주겠노라."

그 말에 세 사람은 서로를 바라보았다. 실로 눈이 번쩍 뜨이는 소리였다.

하지만 정작 이런 이야기를 들으면 마땅히 한 가지가 떠오르지 않는 법이다. 오량과 천유하가 고민하고 있을 때, 형운이 나서서 말했다.

"한 가지 바라는 것이 있습니다."

"무엇이더냐?"

"제가 말씀드린 사실 속에서, 스스로를 희생한 영수의 존재가 있었습니다."

"설산의 빙령을 지키는 유설이라 하였더냐?"

"예. 저는 그분을 되살리길 원합니다."

"흠……."

그 말에 운가휘를 비롯한 운룡족들이 모두 난감한 표정을 지었다.

"미안하구나. 우리가 신위를 물려받은 신수의 일족이라 하나

죽은 목숨을 살릴 수는 없노라."

그 말에 형운은 크게 실망했다.

이런 대답을 예상하고는 있었다. 신기를 손에 쥐어봤기 때문이다. 신기는 그저 명하는 것만으로도 섭리를 지배할 수 있는 힘이지만, 섭리를 무시하는 기적을 일으킬 수는 없었다.

"다만 그대의 경우는 예외적인 사례라 해줄 수 있는 일이 없지는 않다."

그 말에 형운이 깜짝 놀랐다. 운가휘가 말을 이었다.

"유설이라는 영수는 자신을 이루는 모든 것을 그대와 합일하였다. 그것은 즉 육신만이 아니라 영혼까지도 그리했다는 의미다."

"……."

"그대와 하나가 된 유설의 영혼을 분리하여 재생의 기회를 부여할 수는 있겠구나."

그 말에 형운이 희색을 띠었다. 그러나 운가휘의 말은 아직 끝나지 않았다.

"그러나 그것이 그대가 바라는 유설의 부활은 아니다."

"예?"

형운은 놀라서 되묻고 말았다. 운가휘가 안타까운 듯 말했다.

"그대에게서 유설의 영혼을 분리해 줄 테니 빙령에게 가져가거라. 그러면 빙령은 유설을 다시 태어나게 할 것이다. 그것은 인간의 기준으로는 긴 시간에 걸친 일일 것이며, 그렇게 해서 재생된 존재는 그대가 유설이라고 불렀던 영수와 같은 영혼을 공유했으되 동일한 존재는 아닐 것이다."

"아……."

형운은 운가휘가 하는 말을 이해할 수 있었다.

마치 기억을 지워서 인간의 의식을 백지로 되돌리고, 그 위에 경험이 쌓이면서 새로운 인격을 형성하는 경우와 마찬가지다. 그 경우 기억을 잃기 전의 인격과 잃은 후의 인격은 동일 인물이라고 할 수 있을 것인가?

게다가 어쩌면 그런 새로운 시작조차도 인간의 일생보다 더 긴 시간이 흐른 후에야 이루어질 수 있을지 모르는 일이다. 형운이 죽은 후에야 그녀의 재생이 이루어진다면 두 번 다시 만날 수 없다.

그것을 형운이 바란 유설의 부활이라고 할 수 있을까?

'그래도, 나는…….'

형운은 왈칵 눈물이 솟구칠 것 같은 기분을 참으면서 고개를 숙였다.

"부디 그렇게 해주시옵소서."

"그것으로 충분하겠느냐?"

"예. 어떤 형태로든 유설 님이 살아서 세상을 볼 수 있다면… 저는 그것으로 만족할 수 있나이다."

"알겠다. 네 소원은 이루어질 것이다."

운가휘가 고개를 끄덕였다.

5

천유하는 아직 숨이 이어지고 있다면 어떤 상황에서도 사람을 구할 수 있는 약을 원했다. 운룡족의 가호가 깃든 그 약은 아직 별의 수호자에서도 만들어내지 못한 효용이 깃들어 있는 신약이었다.

오량은 고민 끝에 내공을 한층 더 높일 수 있는 영약을 청했다. 유적에서 형운 덕분에 기연을 얻어서 곧 내공이 6심을 이룰 수 있을 것 같은 상황이었지만, 현재 초후적의 제자 중에서 눈밖에 난 입장에서는 장래를 생각해서 내공 증진을 위한 영약을 확보해 두는 것이 이득이라 여겼기 때문이다.

그런데…….

"일월성단을 내리도록 하마."

……라는 대답이 돌아오는 바람에 다소 좌절했다.

운룡족 입장에서도 구명의 약이라면 모를까 내공 증진을 위한 약은 별의 수호자에서 만드는 것 이상의 약이 없었던 것이다. 그리고 일월성단이야말로 인세에 알려진 비약의 계급도를 그리면 가장 꼭대기에 위치해 있었다.

일월성단이 별의 수호자 내부에서도 얼마나 까다롭게 취급받는지를 생각하면, 어쨌든 무조건 하나를 확보해 두었다는 점에서 오량은 만족했다.

그리고 형운은 운룡족들의 도움으로 자신과 하나가 된 유설의 영혼을 분리할 수 있었다. 운룡족들은 주먹만 한 구슬에 유설의 영혼을 담아주었다.

"그걸 빙령에게 가져가거라."

"망극하나이다."

형운은 고개 숙여 인사했다.

가슴이 두근거린다. 분명 이것은 형운이 바라던 바는 아니다. 그러기는커녕 어쩌면 이것으로 형운이 알던 유설은 완전한 죽음을 맞이하는 것인지도 모른다.

그래도 언젠가 유설의 영혼을 가진 존재가 이 땅에서 다시 발 딛고 살아갈 수 있다면… 유설이 바라던 대로 온갖 인간들과 이야기하고, 그들이 즐기는 것을 즐기고, 그들과 공감하며 살 수 있다고 생각하면 그것만으로도 위안이 되었다.

문득 천견장 운월지가 말했다.

"나는 유설이라는 영수를 알지는 못하지만, 한 가지는 말해 줄 수 있겠군요."

"말씀을 경청하겠습니다."

"앞으로 그녀의 영혼이 어떤 존재로 재생하든 간에, 당신 또한 그녀의 삶일 것입니다, 형운."

"……"

"운룡족인 우리가 운룡의 일부이듯이, 섭리를 대변하며 천기를 움직이는 거대한 신위가 꾸는 꿈으로서 삶을 구가하듯이… 그대와 하나가 된 영수 유설의 의념은, 그대와 함께 살 것입니다."

형운은 그녀가 말하고자 하는 바를 알 수 있을 것 같았다. 유설은 스스로의 의지로 형운과 하나가 되었으며, 영혼을 분리한 지금도 그 의지는 형운의 안에 있었다. 그리고 그 의지는 형운이 죽는 그날까지 함께할 것이다.

문득 형운은 한 가지 사실을 깨닫고 물었다.

"그 말씀대로라면, 운룡족은……."

"그래요. 우리는 모두 운룡의 일부입니다. 세상을 구성하는 섭리로서가 아니라, 세상 속에서 살아갈 수 있는 존재로서 투영된 운룡이지요. 우리는 모두 운룡의 꿈이며, 언젠가는 운룡의 일부로 돌아갈 운명으로 태어납니다."

"아……."

비로소 형운은 운희와 운조가 처음에 했던 말의 의미를 알 수 있었다.

그들은 인간과 닮은 모습을 하고 인간처럼 혈족 관계를 맺는 개체로 보이지만 실은 전부 운룡의 다른 모습인 것이다. 운룡의 화신으로서 신명을 나눈 하운국의 황실과 관계를 맺고, 천계의 보다 낮은 곳에서 각각의 삶을 구가하는 것이 그들의 의무였다.

"당신은 이해할 수 있을 겁니다. 왜냐하면 당신의 눈에 깃든 권능은 천견을 행하는 신안(神眼)에 가까우니까요. 처음 우리를 봤을 때, 저들과는 다른 의미로 놀랐지요?"

"…네."

"그래서 말해주는 겁니다. 오로지 당신만이 진정으로 그 사실을 이해할 수 있을 테니까."

운월지가 빙긋 웃었다. 그리고 말했다.

"그럼 작별이군요. 하지만 당신과는 언젠가 다시 만날 것 같은 예감이 듭니다."

운월지는 그 말을 끝으로 운여를 데리고 축지로 사라졌다. 운가휘가 말했다.

"그럼 나도 이만 실례해야겠군. 운희, 뒤는 네게 맡기겠다."

운가휘도 축지로 사라졌다.

운조가 형운을 보며 말했다.

"천견장님께서 저런 말씀을 하시다니 넌 반드시 우리랑 보겠구나."

"네?"

"훗날의 즐거움으로 남겨두자꾸나. 그럼."

운조는 애매모호한 말을 남긴 채로 떠나갔다.

운희가 말했다.

"그럼 돌아가자꾸나."

제일 먼저 천유하가 운희와 함께 사라졌다.

그리고 잠시 후, 다시 돌아온 그녀가 형운과 오량을 데리고 축지했다.

올 때처럼 아무런 조짐도 없이 주변 풍경이 바뀌었다. 하지만 이번에는 별의 수호자 총단이 아니라 정문 앞이었다.

운희가 말했다.

"유감스럽게도 너희들의 총단 안으로는 직접 축지할 수가 없는지라 이곳으로 왔다. 그럼 들어가 보거라."

"감사했습니다."

운희는 고개를 한번 끄덕이고는 그대로 사라져 버렸다. 만남과 헤어짐에 아무런 미련도 두지 않고 떠나가는 그 태도는, 어찌 보면 그것만으로도 그녀가 인간이 아니라는 것을 보여주는 것만 같았다.

오량이 중얼거렸다.

"…꿈을 꾼 것 같은 기분이군."

"그러게요."

제대로 오고 가는 과정조차 없이 휙휙 공간을 뛰어넘다 보니 그런 느낌이 더 강하다. 운룡궁에 가서 신수 운룡과 운룡족을 본 일이 다 백일몽에 불과한 것은 아니었을까, 그런 의심이 들 정도로 현실감이 없었다.

하지만 형운의 손에는 분명 유설의 영혼이 담긴 구슬이 쥐어져 있었다. 형운은 그것을 꼬옥 쥔 채로 총단 안으로 걸어 들어갔다.

문득 오량이 말했다.

"새삼 자네한테 감사하게 되는군."

"네?"

형운이 돌아보자 그가 겸연쩍은 듯 머리를 긁적였다.

"언제부터인가 꿈을 포기하고 있었지."

"……."

"사실은 꽤 오래전부터였을 거야. 자네한테 패해서 경력이 엉망진창이 되기 전부터 말이지. 사부님의 눈에 들어서 풍성의 제자라는 좋은 지위를 얻었지만, 처음에 품었던 꿈… 그래, 야심이라고 불러도 좋을 목표를 포기하고 있었어. 머리가 좀 컸을 무렵부터는 주변에 뛰어난 사람이 너무 많아서, 나는 아무리 노력해도 정상에 오를 수는 없을 거라고 생각해 버렸거든."

포기와 좌절을 고백하는 오량의 눈은 아련한 빛을 띠고 있었다. 그가 쓴웃음을 지으며 말했다.

"하지만 형운, 자네 덕분에 다시 꿈을 꾸게 되었다. 식어버린 줄 알았던 야심에 불이 붙었어."

어차피 이제 최고가 되기는 글렀으니 그저 엉망진창이 된 경력을 바로잡아서 적당히 좋은 자리에 올라서 편하게 살면 된다. 그렇게 생각하며 꿈을 포기하고 있었다.

하지만 신기를 손에 쥐고 세상을 위협할 거대한 재앙과 맞서 싸우고, 형운의 도움으로 기연을 얻으면서 죽어버린 줄 알았던 꿈이 다시 꿈틀기리기 시작했다.

오량이 말했다.

"난 최고가 되고 싶다. 자네에게는 말해둬야 할 것 같았어."

"저도……."

형운은 타오르는 열망이 담긴 오량의 눈을 정면으로 마주 보며 말했다.

"마찬가지입니다. 왜냐하면 아무것도 아니었던 저를 선택해주신 사부님께도, 그리고 제게 모든 것을 다 주신 유설 님께도 자랑스러운 사람이 되고 싶으니까요."

이 순간, 형운은 처음으로 야심을 품었다.

지금껏 한 번도 스스로의 의지로 최고가 되고자 한 적이 없었다. 그저 귀혁을 믿고 그가 이끄는 대로 걸어가고 있었을 뿐이다.

그 결과 별의 수호자의 무인들 사이에서 정점이 되어 귀혁의 영성의 자리를 물려받을 수 있었을지 모른다. 그러나 그것은 형운의 꿈이 아니었다.

형운이 꿈꾸는 것은 늘 소박했다. 자신과 주변의 안위, 그뿐이었다. 자신의 힘이 닿는 한 힘을 가진 자들로 인한 폭거를 막을 수 있으면 그것으로 만족할 수 있었다.

하지만 이제는 다르다.

최고가 될 것이다.

어떤 역경이 닥쳐와도 이겨낼 수 있는 최고의 무인이 되어 귀혁의 자리를 이어받을 것이다.

형운은 그렇게 결의했다.

그에게서 뿜어져 나오는 열기를 느낀 오량이 씩 웃으며 손을 내밀었다.

"우리는 경쟁자다. 하지만 나는 네게 입은 은혜를 잊지 않아. 빚은 언젠가 꼭 갚겠다."

"기대하지요."

형운도 미소 지으며 그의 손을 맞잡았다.

제42장
만독불침(萬毒不侵)

성운을 먹는 자

1

황실에서 돌아온 형운은 곧바로 북방 설산으로 떠날 마음을 먹었다. 한시라도 빨리 유설의 영혼을 빙령에게 가져가고 싶었기 때문이다.

그러나 귀혁이 허가를 해주지 않았다.

"마음이 급한 것은 알겠지만 지금은 안 된다."

"사부님!"

"운룡족이 네게서 분리시킨 유설 님의 영혼이 담긴 구슬은 지극히 안정되어 있다. 어느 정도 시간이 흐른다고 해서 문제가 생기지 않을 것이다."

"하지만……."

"그것이 네게 얼마나 중요한 일인지는 이 사부도 이해하고 있다. 하지만 지금은 안 된다. 너는 지금 너무 위험한 상태다.

최소한 네가 지금 배우고 있는 기술들을 완전히 터득하기 전까지는 외출을 허할 수 없다."

귀혁의 뜻은 완강했다.

유설과 합일한 형운의 힘을 확인한 그는 본격적으로 고위 기술의 지도에 들어갔다.

지금의 형운은 지닌 능력과 그것을 활용하는 기술의 균형이 전혀 맞지 않는다. 능히 팔객과 비견할 수 있는 육체와 내공을 지녔으면서도 그것을 제대로 활용할 만한 기술을 몰랐다.

귀혁은 형운과 함께 수련하면서 아낌없이 기술을 가르쳤다. 덕분에 형운이 무공을 대하는 감각은 무시무시한 속도로 변화해 가고 있었다.

"무공에 대한 기준이 급격하게 달라지는 지금, 너는 아직 새로운 중심을 확립하지 못했다. 어떤 상황을 만났을 때 자신이 그것을 해결할 수 있을지 없을지조차 혼동하는 상태로 어딜 위험 속으로 나가겠다는 것이냐?"

준엄한 꾸짖음에 형운이 입술을 깨물었다.

귀혁의 말은 구구절절 옳아서 한 마디도 반박할 수 없었다. 지금의 형운은, 오히려 고위 기술 지도를 받기 전과 비교해도 약할지도 모른다.

귀혁이 말했다.

"조급해하지 말거라. 마음이 급해지는 것이야 당연하지만, 그것이 심마(心魔)를 불러 너 스스로를 상하게 할 수 있으니."

"…네."

귀혁의 말을 받아들인 형운이 말했다.

"사부님. 그렇다면 달리 청할 것이 있습니다."

"무엇이냐?"

"실은……."

형운은 더없는 열정으로 무공 연마에 힘쓰는 한편, 이번에 생각한 것을 행동으로 옮겼다.

2

형운의 직속 인원은 얼마 되지 않는다. 예은을 비롯한 시종들, 그리고 가려와 무일로 끝이다.

여러 호위무사들이 형운을 호위하지만, 그들은 어디까지나 영성 호위대 소속이다. 형운이 귀혁의 제자이기에 인원을 빌려주는 것이다.

지금까지 형운은 자신의 기반을 만들고자 하는 움직임이 전혀 없었다.

물론 본인이 원하지 않아도 이래저래 명성을 날리고, 성존이 관심을 표하면서 조직 내의 입지는 상당히 쌓였다고 봐도 좋다. 그래도 자기 휘하에 사람이 얼마나 있는지는 앞으로를 생각할 때 꽤나 중요한 요소였다.

형운은 황실에서 돌아온 지 보름째 되는 날, 자신의 직속 호위단을 구성할 권한을 장로회에 요청했다.

이 행동이 일으킨 파문은 컸다. 다들 술렁이기 시작했다.

3

"왜 갑자기 생각을 바꾸셨습니까?"

문득 가려가 물었다.

귀혁과의 수련을 마치고 늘어져 있던 형운이 의아해했다.

"누나가 그런 걸 묻다니 별일이네요."

"죄송합니다. 주제넘는 물음이었습니다."

"아뇨, 누나야 알아야죠. 사람 모집하면 누나가 단장 노릇 해야 하는데."

"…네?"

그 말에 가려가 놀랐다. 형운이 왜 그러냐는 표정을 지으며 대답했다.

"누나가 내 사람 중에서는 제일 선배잖아요. 호위단을 결정하면 단장은 당연히 누나지요."

"……."

가려의 얼굴에서 핏기가 가셨다.

사람을 대하는 것도 불편해서 무일하고도 임무 외에는 거의 이야기를 나누지 않는다. 그런데 무사들을 통솔하는 단장 노릇을 하라고?

"모, 못 합니다."

"해야 해요. 조직에는 위계질서라는 게 있잖아요."

"저보다 경륜과 실력이 있는 분이 오실 겁니다."

"그런 사람이 제 밑으로 오겠어요? 누나보다 나이 많은 사람이 올 수는 있어도 실력이 나은 사람이 올 일은 없어요."

형운이 단언했다.

이미 가려의 실력은 일개 호위무사라고 할 수 있는 수준을 뛰어넘었다. 괴령을 해치운 형운으로 인해 기연을 얻어 내공도 증가한 지금은 더더욱 그렇다.

가려가 당황했다.

"으……."

"포기하세요. 누나가 해야 해요."

"……."

가려는 울상을 지었다. 복면으로 얼굴 반을 가리고 있는데도 당장에라도 울음을 터뜨릴 것 같은 상태임을 알 수 있다.

'아, 내가 너무하는 건가? 누나한테 몹쓸 짓을 하는 것 같기도 하고…….'

가려의 표정이 너무 애처로워서 순간적으로 그런 생각이 들었을 정도다. 하지만 형운은 마음을 다잡았다.

'아냐 아냐. 그러다가는 끝이 없어. 현실적으로 누나가 해야 되는 일이 맞기도 하고.'

가려의 바람대로 경륜도 있고 실력도 있는 사람이 오면 좋겠지만 인재를 구하는 일이 그렇게 쉬울 턱이 있나? 그런 사람들은 이미 다들 그만한 직위를 갖고 있게 마련이다.

"어쨌든……."

형운은 쓴웃음을 지으며 이유를 설명했다.

"언제까지 스승님 신세만 지고 살 수는 없으니까요. 저도 내년이면 스무 살이니까 슬슬 장래를 생각하긴 해야지요."

"으음. 사람은 어떤 식으로 구하실 생각입니까?"

장로회에서는 형운의 요청을 수락했다. 그래서 총단 사람들은 과연 형운이 어떤 이들을 자신의 직속 호위무사로 삼을지 촉각을 곤두세우고 있었다.

"그 건은 일단 일차적으로 손을 써두었고, 나머지는 내일 석준 아저씨랑 이야기를 해봐야 해요."

"대장님께 인력을 나눠달라고 부탁하실 생각입니까?"

"그게 가장 확실할 것 같아서요. 그 외에도 손을 써뒀고요."

"손을 써두셨다니 어떤……."

"그 건으로는 곧 누나도 같이 움직이게 될 거예요."

형운이 빙긋 웃었다.

4

다음 날, 형운은 석준을 찾아가서 이야기를 나누었다.

형운이 찾아온 목적을 아는 석준이 난색을 표했다.

"영성님께서 전폭적으로 협력해 주라고 하시긴 했습니다만… 솔직히 저희로서는 난감합니다."

다른 오성의 호위대가 그렇듯이 영성 호위대도 독자적인 인재 선정과 육성 과정을 확립하고 있었다. 한 사람의 정식 호위대원을 키우는 데 상당한 시간과 돈이 투자되는데, 그렇게 길러낸 인재를 자기가 필요하니까 쏙 빼 가겠다고 하면 반감이 일어날 수밖에.

"가려를 데려가신 것만 하더라도… 제 개인적으로야 좋은 일이라고 보긴 합니다만, 내부에서는 말이 좀 나왔다는 것을 알아주셨으면 좋겠습니다."

"알고 있어요. 저도 무작정 영성 호위대원을 달라는 막무가내 요구를 하러 온 것은 아닙니다."

형운은 석준을 찾아오기 전에 이야기를 어떻게 풀어나갈지 충분히 숙고했다. 지금까지도 조직의 동향이나 성향이야 파악해 두고 있었지만 본격적으로 행동에 나선 이상 그와 감정을 상하는 일은 피해야 했다.

"제가 부탁드리고 싶은 것은 두 가지입니다. 하나는 견습생들에게 의향을 물어봐 주시는 겁니다."

"…견습생을 쓰시겠다는 겁니까?"

"최근에 영성 호위대에 자리가 비는 일이 없어서, 실력은 충분하지만 승급하지 못하고 대기 중인 인원이 꽤 있는 걸로 알아요."

오성이 직속으로 거느릴 수 있는 호위대원의 수는 한정되어 있다. 대원들이 나이가 들거나 부상을 입어서 은퇴하거나, 혹은 사망자가 나와서 자리가 비지 않는 한 견습생들은 정식 대원으로 승급할 수 없다.

당연히 견습생을 들여서 육성할 때는 이런 점을 고려해서 적절한 규모를 유지한다. 하지만 그래도 예측이 빗나가서 자리가 많이 비는 때도, 한참 동안 자리가 안 나는 때도 있게 마련이다.

지금은 좀처럼 자리가 안 나는 시기였다. 형운은 그 점을 지적하고 있었다.

"무작정 달라고 요구하는 게 아닙니다. 본인들의 의향을 물어봐 주세요."

"흠……."

석준은 허를 찔린 기분이었다. 형운이 이런 제안을 할 줄은 예상 못 했다.

충분한 자격을 갖췄음에도 자리가 안 나서 승급 못 하는 견습생들은 석준 입장에서도 골치 아픈 부분이었다. 그렇다고 다른 곳으로 보내자니 자신들을 위한 인재로 키우기 위해 투자한 돈과 시간이 너무 큰 걸림돌이다.

석준이 한숨을 쉬었다.

"솔직히 놀랐습니다. 용케 이런 생각을 하셨군요."

"사람들하고 친하게 지내면 많은 이야기를 듣게 되지요."

형운이 빙긋 웃었다.

눈과 귀로 삼을 만한 사람은 곳곳에 있다. 형운이 아랫사람들과 격의 없이 지내는 것은 잘 알려진 바다. 굳이 그들에게 이야기를 캐내려고 애쓸 필요는 없다. 흘러 다니는 이야기를 듣고 몇 가지 필요한 정보만 신경 써서 입수해도 많은 것을 알 수 있다.

석준이 고개를 끄덕였다.

"좋습니다. 공자님이 그렇게까지 말씀하시는데 제가 인색하게 굴 수는 없지요. 애들의 의향을 물어보도록 하겠습니다."

"감사합니다. 두 번째 부탁은… 이 사람들에 대해서 한번 조사해 봐 주세요."

형운이 가져온 종이 뭉치를 내밀었다. 그것을 받아 들고 읽어 본 석준이 놀랐다.

"후보를 이만큼이나 뽑아두셨습니까? 어느새……."

그것은 형운이 자신의 직속 호위무사 후보로 올린 인물들의 목록이었다. 형운이 말했다.

"은퇴하신 분들의 인맥은 꽤 쓸 만하지요."

"과연……."

석준은 혀를 내둘렀다.

형운은 이전에 가려에 대한 이야기를 알아보려고 은퇴한 영성 호위대원들을 정보원으로 썼던 적이 있었다. 그들은 영성 호위대에서 은퇴했을 뿐 별의 수호자에서 이런저런 일들을 하고 있는 경우가 많고, 그렇지 않더라도 조직 내부로 연결된 쓸 만한 인맥을 가졌다.

형운은 그들을 통해서 자신이 원하는 조건에 부합하는 후보들을 추릴 수 있었다.

석준이 허탈한 웃음을 지었다.

"이거, 공자님은 가끔씩 저를 깜짝 놀라게 하시는군요. 이번 건에 대해서는 계속 놀라기만 하게 됩니다."

"잘 부탁드릴게요. 이 문제도 그렇고, 앞으로 가려 누나가 단장으로서 조직을 이끌어 나가는 부분에 대해서도."

그 말에 석준이 쓴웃음을 지었다. 형운이 무슨 말을 하고자 하는지 단박에 알아들은 것이다.

"가려에게는 아주 험난한 일이 되겠군요."

"다른 사람에게 맡길 수도 없는 노릇이라서요. 종종 말씀 들으러 찾아뵙겠습니다."

"그런 문제라면 기꺼이 도움이 되어드리겠습니다."

석준이 고개를 끄덕였다.

형운이 후보로 올린 인물들은 실력과는 별개로 인맥이나 출신 성분 때문에 자리를 잡지 못한 인물들이었다. 영성 호위대가 그들의 과거에 대해서 문제가 없나 조사한 뒤, 형운이 개개인에게 접촉해서 포섭했다.

일단 행동을 개시하자 형운은 빠르게 움직였다. 귀혁의 전폭적인 지지 아래, 불과 열흘 만에 필요한 인원의 포섭과 소속 이동을 끝내 버렸다.

형운이 호위단의 인물들을 보며 쓴웃음을 지었다.

"누나, 미안해요."

가려는 벌레 씹은 표정을 짓고 있었다.

당연하지만 그녀보다 경륜이 있고 실력도 좋은 무인은 오지 않았다. 석준이 내준 영성 호위대 견습생들이 두 명, 그리고 형운이 직접 포섭한 젊은 무사들이 여섯 명으로 총 인원은 여덟 명이었다. 장로회에서 허가해 준 인원은 열 명이었지만 두 명 정도는 여유를 남겨두기로 했다.

"먼저 저를 믿고 여기에 와준 여러분에게 감사합니다. 아직은 별것 없는 몸이지만 여러분의 선택에 보답할 수 있는 사람이 되겠습니다."

형운이 그들을 앞에 두고 말했다. 그들을 앞에 두고 포부를 밝힌 것은 스스로의 결의를 점검하는 과정이었다.

"오늘부터 여러분은 정식으로 제 호위단으로 일하게 됩니다. 아마 당분간은 대외 활동을 할 일은 없을 것 같군요. 당분간은 호위무사로서 해야 할 일을 배우고, 서로 손발을 맞추는 것을 위주로 훈련을 하도록 하세요."

호위단장은 가려, 부단장은 무일이었다.

네 명씩 두 개 조로 나누고 경력이 있는 무인을 조장으로 뽑았다. 이제부터는 형운의 낮, 밤 호위도 이들이 맡게 될 것이다.

이것은 형운이 언제까지나 귀혁의 보살핌만 받지는 않겠다는, 독립을 위한 첫걸음이었다.

6

그렇게 며칠이 지났을 때, 마곡정이 불쑥 찾아왔다. 오늘도 역시나 예은이 탄식하게 만드는 산적 두목 같은 차림새였다.

"호위단 만들었다며? 갑자기 무슨 바람이 불었냐?"

"⋯그러는 너는 무슨 바람을 맞았냐?"

형운이 그렇게 물은 것은 마곡정의 얼굴이 시퍼렇게 멍들어 있어서였다. 마곡정이 얼버무렸다.

"그냥 수련하다가 다쳤어."

"오량 선배한테 맞았나 보지?"

"누가 오 사형 따위한테 맞아!"

마곡정이 발끈했다. 형운이 실실 웃으며 지적했다.

"오량 선배가 너보다 세잖아?"

"큭, 그, 그건⋯⋯!"

괴령이 있던 유적에서, 정신이 나갔다고는 하지만 패배해서 제압당한 것이 사실이다. 게다가 그곳에서 기연을 얻은 오량은 무서울 정도의 집중력으로 수련에 임해서 초후적의 관심을 끌고 있었다.

"젠장. 인정하지. 하지만 곧 설욕할 거다."

그렇게 말한 마곡정이 못마땅한 눈으로 형운을 바라보았다.

"근데 언제부터 오 사형하고 그렇게 친해졌냐? 전에는 오 사형이 형운이라는 두 글자만 보면 발작을 일으켰는데……."

"그야 너를 사이좋게 때려눕힌 후부터지."

"……."

마곡정은 할 말이 없어졌다. 자기가 어쩌다가 이런 소리를 듣는 신세가 되었단 말인가? 형운이 실실 웃으며 물었다.

"그런데 오량 선배가 아니면 역시 하령이한테 맞은 거지?"

"아니, 그건……."

마곡정의 표정이 일그러졌다. 고개가 조금씩 처지는 모습이 애처로워 보여서 형운이 화제를 돌렸다.

"둘 다 한동안 잘 안 보이더니, 같이 수련한 모양이지?"

"…같이 수련하기는 무슨. 내가 일방적으로 들들 볶이고 있는 거다."

마곡정이 한숨을 푹 쉬었다.

유적에서 겪은 일은 그곳에 있던 모두에게 충격을 주었다.

서하령도 예외가 아니었다. 그녀는 돌아온 뒤로 무공 수련에 골몰하는 한편, 그동안 계속 외면하고 있던 영수의 힘에 관심을 두었다.

"나도 마찬가지 심정이긴 하지만, 누나도 두 번 다시 그런 일을 겪긴 싫은 거지."

괴령이 굉장히 특별한 존재라는 것은 안다. 천 년도 더 된 건국신화에 나오는 거물이 아닌가.

하지만 그런 존재가 또 없으리라는 법은 없다. 그런 공포가 서하령을 움직였다.

형운이 물었다.

"그럼 영수의 힘을 통제하는 훈련을 하고 있는 거야?"

"응."

"…너무 위험하지 않아?"

광령익조의 혈통은, 다른 영수의 혈통을 기준으로 판단하기에는 너무나도 이질적이다. 그 힘을 일깨우는 것이 너무나도 위험하다고 여겼기에 서하령도 지금껏 외면해 온 것이 아니었나.

마곡정이 말했다.

"그렇기는 하지. 하지만 솔직히 누나보다는 내가 더 위험해."

"응? 왜?"

형운이 의아해하자 마곡정이 치를 떨었다.

"평소에도 무서운 누나가 영수의 힘을 일깨울 때마다 얼마나 무시무시한 줄 아냐? 게다가 힘 조절도 잘 못해! 상대해 보면 진짜 죽을 맛이라고!"

"…아, 그건 확실히."

영수의 힘을 일깨운 서하령은 능력이 현격히 상승하지만, 마치 폭주하는 말에 올라탄 것처럼 통제가 불안정해진다. 그 무시무시한 힘이 제대로 조절되지 않는다면 상대하는 입장에서는 공포스러울 수밖에.

마곡정이 눈살을 찌푸렸다.

"그래도 그렇게까지 필사적인 누나는 처음 봐서 안 도와줄 수도 없고."

"필사적인 하령이라니 왠지 상상이 잘 안 되는데……."

"아주 진귀한 볼거리지. 요즘은 진짜로 독기가 풀풀 뿜어져 나온다니까."

"너도 고생이다."

"뭐 나도 공짜로 일하고 있는 건 아니니까."

마곡정이 어깨를 으쓱했다.

영수의 힘을 통제하는 데 도움을 주는 대신, 이 장로가 마곡정에게도 비약을 지원해 주고 있다. 고생하는 만큼의 대가는 받는 셈이다.

형운이 말했다.

"하령이한테는 지금까지 수련에 도움을 받았으니 나도 도와주고 싶은데… 내 상태가 여의치 않군."

"상태가 어떻길래?"

"내 상태가 아직 좀 불안정해서… 관문을 거치고 있는 중이라고나 할까?"

"그런 걸 나한테 말해도 되냐?"

마곡정이 어이없어하며 물었다. 자기 상태가 안 좋다는 것을 경쟁자에게 말하다니 얼마나 바보 같은 짓인가?

형운이 피식 웃었다.

"넌 그런 걸로 비겁하게 물고 늘어질 녀석은 아니라고 생각하니까."

"이 자식이 사람을 호구로 보냐."

마곡정은 그렇게 투덜거렸지만 싫은 기색은 아니었다.

형운이 말했다.

"하지만 어느 정도 끝이 보이는 것도 사실이야."

"좀 안정이 되면 떠날 거냐?"

"…알고 있었어?"

형운이 놀라서 묻자 마곡정이 코웃음을 쳤다.

"장로회에서 너 좀 써먹겠다고 하고 있는 걸 영성께서 막고 있어서 말이 얼마나 많은지 아냐? 그리고 현재 집중하는 수련이 끝나면 '개인적인 볼일'로 외부로 내보낼 거라고까지 단언했다는데… 그러면 뻔하지. 설산으로 갈 거지?"

"맞아."

귀혁이 그런 일을 하고 있는 줄은 모르고 있었다. 요즘 위에서 내려오는 이야기가 없다 싶더니 그런 이유였단 말인가. 새삼 귀혁에게 감사하는 마음이 들었다.

마곡정이 말했다.

"오늘 온 건 그 일 때문이야. 떠나기 전에 말해라. 나랑 누나도 갈 거니까."

"……."

"왜 그런 눈으로 보냐? 유설 님께서 그렇게 되신 것에는 우리도 책임을 느끼고 있어."

"으음. 아니 너한테 그런 의젓한 말을 들으니 뭐랄까… 안 어울린다."

"이 자식이……."

마곡정이 부들부들 떨었다.

형운이 웃었다.

"어쨌든 고맙다. 꼭 말할게."

"흥. 당연히 가야 할 곳이니까 가겠다고 한 것뿐이라고."

형운의 감사에 마곡정은 부끄러운 듯 시선을 피하며 투덜거렸다.

7

세상에는 수많은 독(毒)이 있다.

자연상의 동식물이 지닌 성분이 인간에게 해롭게 작용하는 경우도 있고, 여러 가지 성분을 조합해서 만들어낸 독약도 있다.

약학의 측면에서 독에 대해 아는 것은 매우 중요하다. 약과 독은 표리일체라고 해도 과언이 아니기 때문이다.

그래서 별의 수호자는 독에 대해 연구하는 데도 노력을 아끼지 않았다. 강호를 통틀어서 가장 독에 대해 잘 아는 집단 중에 하나일 것이다.

"어떻습니까, 형운 공자?"

체격이 왜소한 노인이 기대감 어린 눈으로 물었다.

형운은 그들이 잔에 담아준 차를 마시고 가만히 있었다. 잠시 내면을 관조해 보고는 고개를 갸웃한다.

"이것도 아무런 느낌이 안 오네요."

"그럼 내력 수발을 좀 시험해 보지요."

"네."

형운은 그가 말하는 대로 내력을 움직였다. 주변에 설치된 기물들이 형운의 기파에 반응하자 그 결과를 노인의 지시를 받는 인원들이 분석한다.

곧 노인이 빙긋 웃으며 말했다.

"축하드립니다."

"설마 이걸로 끝인가요?"

"네, 끝입니다. 방금 전에 드신 것이 최근에 위진국에서 발견된 산공독(散功毒)의 일종인데, 웬만한 무사들은 공자님이 드신 것의 1할만 넣어서 먹여도 내력의 수발이 흐트러지지요. 그런데 공자님은 정말 아무런 영향도 받지 않으시는군요. 5대 절독을 드셨을 때도 거의 반응이 없었으니 당연하지만, 이건 독성이 아주 강하지는 않아도 약효가 퍼지는 과정이 꽤 교묘해서……."

노인이 형운이 먹은 독에 대해서 긴 설명을 늘어놓았다. 형운은 대충 흘러듣고는 물었다.

"그럼 이제 저는 만독불침(萬毒不侵)인가요?"

"그렇습니다. 총 3,773종의 독이 통용되지 않는다는 것이 확인되었으니까요. 그래도 한 번에 수십 개의 독을 시험해 볼 수 있어서 검증이 빨리 끝났군요. 물론 새로운 독이 발견되면 또 부탁드리겠습니다."

예전에 북방 설산에서 혼마 한서우와 만났을 때, 형운은 만독불침으로 인정받으려면 별의 수호자가 보유하고 있는 3,762종의 독을 다 시험해 봐야 한다고 말했다.

하지만 독이라는 것은 시간이 지나면 여기저기서 새로 발견되고, 또 개발되기도 하는 법이다. 시험을 거치는 동안 종류가 더 늘어 있었다.

노인이 말했다.

"이제는 얼마든지 만독불침이라고 자랑하고 다니셔도 됩니다."

"…아니, 별로 자랑할 생각은 없는데요."

"하긴 전설의 일월성신인데 만독불침이 자랑거리는 아니겠군요. 허허. 시험에 응해주셔서 감사합니다. 내 평생 다섯 명에게 만독불침 판정을 내렸는데 공자만큼 빨리 끝난 경우는 처음입니다그려."

"저야 몸만 튼튼하지요. 수고하셨습니다."

형운은 노인에게 인사를 하고는 그곳에서 나왔다.

바깥에서 대기하고 있던 가려가 말했다.

"축하드립니다."

"고마워요, 누나."

"이제 독살의 위험에서 벗어나셨지만 그래도 세상 어딘가에는 우리가 모르는 독이 있을지도 모릅니다. 계속 주의를 기울여야……."

"그건 됐고요. 이제 매번 수십 개씩 독을 먹어대는 짓은 끝났다고 생각하니 아주 후련해요."

형운이 고개를 설레설레 저었다. 아무리 막강한 신체와 내공을 지녔어도 독에 대한 내성을 시험하겠다고 보통 사람은 한 방울만 먹어도 이승을 하직하는 독들을 계속 먹어대는 것은 심적으로 큰 부담을 주었던 것이다.

"다음 일정이 어떻게 되지요?"

"진 일월성단 관리부 쪽에서 들러달라고 했습니다."

"그쪽에서요?"

형운이 의아해했다.

진 일월성단의 안정화에는 1년 정도는 걸릴 것으로 예상되었고 그것은 연단술사들과 기환술사들의 일이다. 형운이 취할 예정이기는 하지만 안정화가 끝나기 전에는 볼일이 없다고 봐도 좋았다. 그런데 왜 형운을 찾는 것일까?

의아해하면서도 형운은 성도의 탑으로 발걸음을 옮겼다. 사람들의 인사를 받으면서 상층부, 진 일월성단의 안정화 작업이 이루어지는 작업실에 도착했는데…….

치이이익……!

증기가 끓어오르고 있었다.

"안정제를 더 부어!"

"기운을 진을 따라서 순환시켜 주시오!"

"좀 더 빠르게 배출해! 옆으로 옮겼다가 다시……!"

사람들이 정신없이 일하고 있었다. 그들 모두 굉장히 초조해 보였다.

너무 정신없어 보여서 형운은 말을 걸 생각도 못 하고 우두커니 서 있었다. 그때 바쁘게 뛰어다니던 기환술사 중 하나가 형운을 발견했다.

"형운 공자!"

"이게 대체 무슨 일이지요?"

형운이 아연해하며 물었다.

진 일월성단을 본 지는 반년도 더 되었다. 보고 있노라면 형운 자신을 연상시키는 기운의 집약체로 이런 것을 '비약'이라고 불러도 되는 것인지 의심스러운 존재였다.

환예마존 이현이 구축한 기환진에 있는 진 일월성단은, 마치 불꽃이 타오르듯이 형상이 변하면서 위협적인 기파를 주변으로 흩뿌리고 있었다.

"진 일월성단의 상태가 불안정합니다. 안정화 작업을 진행하는 도중에 점점 이런 사태가 빈번해져서……."

"그래서 저를 부르신 건가요?"

"형운 공자를 불렀다고요?"

"내가 불렀다네."

의아해하는 기환술사에게 대답한 것은, 진 일월성단 관리를 총괄하고 있는 중년의 연단술사 빈현이었다. 상황에 어울리지 않게 침착하기 그지없는 그가 형운에게 다가와서 말했다.

"와줘서 고맙네, 공자."

순간 형운은 의아함을 느꼈다.

그가 너무 침착해서가 아니다. 자신을 바라보는 시선에서 묘한 감정을 읽어냈기 때문이다.

'뭐지, 이거?'

눈만 보면 알 수 없지만 형운은 시선에 묻어나는 감정을 읽어내는 능력을 지녔다. 그가 매우 복잡한 감정을 품고 자신을 바라보고 있다는 사실을 알 수 있었다.

하지만 정확히 그 감정을 특정하지 못하겠다. 왠지 화가 난 것 같기도 하고, 꺼려하는 것 같기도 하고, 두려워하는 것 같기도 하며… 그러면서도 흥미를 느끼는 것 같기도 하다.

형운은 이해할 수 없는 감정에 대한 의문을 감추며 물었다.

"무슨 일로 부르셨는지요?"

"아, 상황은 별로 심각하지 않으니 걱정 말게. 이 정도는 몇 번이나 안정시켜 왔으니까."

진 일월성단 쪽을 흘끔거리는 형운이 정말 걱정하고 있는 것으로 보였나 보다. 형운이 물었다.

"원래 성존께서 내리신 비약의 안정화 작업을 할 때 이런 현상이 흔한가요?"

"그렇지는 않네. 안정화 작업이라는 것은 이렇게 들끓는 상태를 잠재우는 게 아니라, 일월성단처럼 거대한 기운의 집약체가 현세의 온갖 기운들과 뒤섞이면서 질적인 문제가 생기지 않도록 형태를 완전히 고정시키는 과정이거든."

"으음……."

"하지만 이런 일이 아예 처음인 것은 아닐세. 문제는 점점 더 빈번해지고 있다는 거지."

"빈번해져요?"

"안정화 작업이 진행될수록 점점 문제가 없어져야 하는데… 어째 점점 불안정해지고 반응이 격렬해지고 있어서 큰일일세. 저러다가 자칫 폭발하기라도 하면 엄청난 피해가 날 것이라고 보는지라 상부에 작업실을 성도의 탑이 아닌 다른 곳으로 옮기자고 건의를 해둔 상태일세."

"그럼 엄청나게 심각한 거잖아요?"

"장기적으로 보면 그렇다는 것일세. 그리고 내가 '폭발'이라는 표현을 썼지만 저 정도로 응축된 기운이면 한 번에 주변을 날려 버리거나 하진 않을 걸세."

"그럼 어떻게 되죠?"

"응축된 기운이, 속에서는 격렬하게 반응하면서 막대한 열과 압력을 발생시키게 되고 거기에 주변이 말려들어 가면서 손쓸 도리가 없어질 걸세. 아마 주변의 모든 것을 자기 안으로 융화 시키면서 땅속으로 가라앉게 될 거고 그로 인해서 저주에 가까 운 독기가 주변을 잠식, 근방을 사람이 살 수 없는 상태로 만들 어가겠지. 최악의 경우 기운의 균형이 붕괴하면서 마계의 존재 들을 불러들이게 될 수도 있고……."

"…그거 그냥 폭발하는 거보다 더 나쁘다는 의미죠?"

"이 경우는 도망칠 시간은 있으니 딱히 더 나쁘다고 하기만 은 어렵네."

"……."

비약 하나를 다루는 데 실패했다고 그런 무시무시한 일이 생 긴단 말인가?

'아니, 일월성단보다 더 큰 기운의 집약체니 그럴 수도…….'

생각해 보면 일월성단만 해도 그것을 취하는 과정에서 자신 이 거기에 먹혀 소멸하지 않을까 걱정해야 했었다.

너무 맑은 물에는 고기가 살지 못한다는 말이 있다.

그 말처럼 애당초 비상식적으로 농밀하고, 특정 성향으로 극 단적으로 치우친 기운을 현세의 생명은 견뎌낼 수 없다. 양기가 모여 일어난 불길 속으로 들어가면 타 죽는 것이나 마찬가지다.

빈현이 말했다.

"오늘 공자를 부른 것은, 일월성신의 힘으로 통제를 시도해 보고 싶어서일세. 어차피 공자가 취할 것이기도 하고, 일월성신인 공자의 기운과 진 일월성단의 기운은 거의 동질로 분석되었으니 해볼 만하다고 보는데 협력해 줄 수 있겠는가?"

"하죠."

"위험 부담이 있는 일일세. 내키지 않는다면 영성께 허가부터 구하고……."

"사부님은 열흘 후에나 돌아오십니다."

귀혁은 임무를 받고 출타 중이었다. 그때까지 기다릴 수도 있겠지만 눈앞에서 벌어지는 사태를 보니 당장 협력하는 게 좋을 것 같았다.

"고맙네."

"뭘요. 곧바로 시작할까요?"

"그래주게. 상황을 설명하지. 힘으로 누르려고 하면 안 되네. 불안정한 상태에서 반응을 통해 일어난 기운이 내부에 쌓이면서 균형이 무너지고 있는 상태야. 이렇게 발생한 독기에 가까운 기운을 바깥으로 뽑아내고 기운의 순환을 통해서 안정된 상태를 회복시켜야 하네."

"마치 내력을 순환시키듯이 말이군요."

"바로 그걸세."

형운은 그의 설명을 이해했다. 무인이 체내의 내력을 안정화하는 과정이 그와 같지 않던가. 통제되지 않는 불안정한 기운은 독기와 같으니 밖으로 배출하는 편이 좋다.

형운은 심호흡을 한번 하고는 진 일월성단으로 다가갔다.

두근! 두근! 두근!

동시에 심장의 고동이 커지기 시작했다.

전신의 혈맥이 거세게 맥동한다. 형운은 진 일월성단의 기운이 자신과 공명하고 있다는 사실을 깨달았다.

'정말로 내 기운과 거의 동질이군. 다만 이쪽은 바람에 거칠게 흔들리는 수면 같은 느낌이야.'

마음을 강하게 먹고 양손을 든다. 양손에서 아지랑이처럼 투명한 기운이 일어나면서 진 일월성단을 감쌌다.

치이이이익!

반응이 더욱 격심해졌다. 진 일월성단이 불꽃처럼 타오르면서 흘러나오는 빛이 수십 배로 강해진다.

"큭······!"

형운은 반동이 덮쳐 오는 것을 느끼며 이를 악물었다.

동시에 깨달았다.

'냉기는 안 돼.'

진 일월성단의 상태를 보고 냉기를 일으켜 볼까 했지만, 그래서는 안 된다는 사실을 알았다.

마치 형운 자신이 외부에서 주입된 이질적인 기운을 순식간에 녹여 버리듯이, 특정 성향으로 치우친 기운 따위는 이 한없이 순수한 기운에 그대로 녹아버릴 것이다.

'그렇다면!'

자신의 기운으로 반응을 일으킨 다음 일정한 궤도와 속도로 순환시켜 보려고 했다.

하지만 안 된다. 어떻게 해도 내부에서 일어나는 불균형 반응으로 인해 압력이 제멋대로 튄다.

관리부 사람들이 말했다.

"형운 공자, 이제 그만 물러나시는 게 좋겠습니다. 혼자 감당하기에는 반동이 너무 큽니다."

그 말대로였다. 막대한 압력이 형운을 덮치고 있었다.

치이이이익……!

증기가 퍼져 나간다.

관리부의 사람들이 쓰는 방법은 안정제를 투입하고, 잘못 발생한 기운을 밖으로 빼냄으로써 압력을 안정화하는 것이다. 이 방법은 시간이 오래 걸리기는 하지만 확실했다.

형운이 안정화를 돕는 것은 어디까지나 실험의 일환이니 반드시 해결해야겠다는 의지를 불태울 필요는 없으리라. 하지만 형운은 왠지 오기가 생겼다.

'어차피 내가 취해야 할 것. 안정화도 못 하면 먹고 버틸 자신도 없다!'

그렇게 생각하자 여덟 개의 기심이 요동치며 막대한 기운을 발생시켰다.

우우우우우우!

형운의 몸이 빛을 발하기 시작했다.

진 일월성단에서 형운에게로 번개처럼 꿈틀거리는 빛줄기가 이어져 있다. 그것을 본 기환술사들이 경악했다.

"설마 잘못 발생한 기운을 체내로 빨아들여서 배출하는 건가?"

"무모하오! 내상을 입는 정도로는 끝나지 않소!"

그 말대로 형운은 기환진과 안정화 장치들의 기능, 잘못 발생한 기운을 빼내는 것을 자기 몸으로 하고 있었다.

보통의 무인이라면 이 기운을 받아들이는 순간 마치 중독된 것처럼 기맥이 침식당했으리라. 그러나 형운은 일월성신이다. 마치 몸이 정화장치라도 된 것처럼 그것을 자신의 기운으로 녹여서 밖으로 배출한다.

"젠장! 말려야 합니다!"

"하지만 어떻게? 괜히 손댔다가는……."

다들 발을 동동 굴렀다. 영성의 대제자이며, 성존의 총애를 받는 형운이 잘못되기라도 한다면 뒷일을 감당할 수 없다.

하지만 빈현이 그들을 제지했다.

"그냥 지켜봐라."

"하지만 관리부장님!"

"지금 일어나고 있는 일은 확실하게 기록하고 있겠지?"

"그, 그렇기는 합니다만… 그대로 놔두면 형운 공자는 무사하지 못할 겁니다."

하지만 빈현의 반응은 걱정하지 않는 것을 넘어서 시큰둥하기까지 했다.

"내가 보기에는 전혀 안 그런 것 같네만?"

"네?"

"잘 보게. 일월성신이 왜 전설로 불리는지 알 것 같군."

그 말에 다들 채찍에라도 맞은 듯 몸을 부르르 떨었다.

기환술사는 무인보다 더더욱 기운의 흐름을 보는 데 민감하다. 그들은 스스로의 기운을 활용하는 게 아니라 스스로 만든 기물을 써서, 즉 자신의 것이 아닌 기운을 이용해서 원하는 결과를 만들기 때문이다.

"세상에……."

믿을 수 없다는 듯 눈을 크게 뜬 그들 앞에서 형운이 눈을 떴다.

더 이상 전신이 빛을 발하지도 않는다. 한 손을 진 일월성단 앞에다 두고, 다른 한쪽 손을 드니 그곳으로 농밀한 빛 무리가 뿜어져 나와서 허공으로 흩어져 간다.

"한번 해본 일이라 그런가, 그럭저럭 될 것 같아요."

문득 형운이 중얼거렸다.

이것은 봉인되어 있던 괴령의 요기를 받아들여서 정화하던 것과 거의 흡사한 작업이었다. 차이점이라면 정화 작업을 거쳐도 인간이 취할 수 있는 기운으로 바뀌지는 않는다는 것 정도?

'마치 맛있는 부분은 자기가 쏙 빼먹고 어떻게 해도 써먹을 수 없는 찌꺼기만 던져 대는 느낌이군.'

그러니 인간에게는 독기나 다름없는 기운이 발생할 수밖에.

진 일월성단의 상태가 점점 안정되는 가운데, 형운을 바라보던 빈현이 작게 중얼거렸다.

"일월성신… 역시 터무니없군."

형운은 진 일월성단에 정신이 팔려서 알아차리지 못했지만, 그를 바라보는 빈현의 눈에는 공포와, 그리고 어떤 결의가 떠올라 있었다.

8

귀혁은 형운 말고 다른 제자들은 개별로 지도하는 일이 드물었다.

애당초 제자단이라고 하나로 묶어서 칭했으니 당연한 일이다. 열 명이나 되는 아이들을 개별로 가르치려면 귀혁의 몸이 열 개라도 부족할 것이다.

하지만 그렇다고 개별 지도를 아예 안 하는 것은 아니다. 이따금씩 그들을 찾아가서 상태를 점검하고 필요한 가르침을 내려주었다.

"제법 적응이 빠르구나. 벌써 70점을 넘다니."

강연진은 귀혁이 고안한 새 훈련법을 행하고 있었다.

허공에 노끈을 묶어놓고 거기에 발을 묶은 채, 수련의 조력자가 그를 아무 곳으로나 밀어서 크게 흔들리게 만든다.

그러면 사방팔방으로 흔들리면서 바닥과 벽에 그려진 특정 지점, 딱 손가락 끝으로 누른 정도로 작은 표식을 손가락으로 정확히 짚는 훈련이었다.

"혁, 혁……."

줄을 풀고 내려온 강연진이 숨을 고른 뒤에 물었다.

"혹시 대사형께서도 이 수련법을 하셨나요?"

"했다. 너랑 비슷한 나이 때였지."

"대사형과 비교하면……."

"진도는 네가 훨씬 빠르구나. 그때의 형운은 뭐든지 익히는 속도가 느렸지."

귀혁이 피식 웃었다.

강연진의 나이는 열세 살이고 무공을 익힌 지는 아직 채 3년이 안 되었다. 그 점을 감안하면 성취가 대단히 빠르다.

'기술의 습득 능력으로만 보면 확실히 이 아이가 가장 뛰어나군.'

자질이 가장 뛰어난가를 물으면, 그렇지 않다고 대답할 것이다. 무공의 자질을 판단하는 요소는 워낙 여러 가지니까.

하지만 기술의 습득 능력만을 따진다면 강연진이 제자단 열 명 중에서 최고다. 새로운 기술을 가르치는 족족 자신의 것으로 만든다.

"네 사형하고 반씩만 바꿨으면 좋겠구나."

"네?"

"너는 뭔가를 익히면 그걸 스스로에게 적용하는 능력이 뛰어나고, 형운은 기술 하나하나를 익히는 속도가 빠르지."

강연진은 이해할 수 없다는 표정을 지었다. 귀혁이 피식 웃으며 말했다.

"그 둘은 완전히 다른 말이다. 기술 하나하나를 습득하고 숙련하는 속도와, 그것을 활용하는 감각을 정립하는 속도는… 완전히 다른 재능이지."

"제자가 부족해서 사부님이 말씀하시는 바를 잘 모르겠습니다."

"하긴 너는 그 둘을 나눠서 생각하기 어렵겠구나. 정확히는 너희 모두가 그렇고, 나 역시 개인적인 체감 면에서는 마찬가지지. 무학자로서는 이 둘을 나눠놓고 생각해야 마땅하지만……."

귀혁이 재미있다는 듯 미소 지었다.

기존에 익히지 않았던 새로운 기술을 체득한다.

그러면 기술을 체득하기 전의 자신과 체득한 후의 무인은 다른 사람이나 마찬가지다.

예를 들어 발차기를 전혀 모르던 사람이 발차기를 익혔을 경우, 싸움에 임했을 때의 선택지는 완전히 달라진다. 그 기술이 실전에서 써먹을 정도로 숙련도가 높은지 아닌지도 행동을 결정하는 데 큰 영향을 끼칠 것이다.

강연진은 이 감각을 수정하는 데 어려움을 겪지 않는다. 새로운 기술을 익히는 속도가 빠른 것은 물론, 그 기술의 숙련도도 명확히 파악해서 어떻게 쓰면 될지 이해한다. 지금은 체술만 익히고 있지만 무기를 다루는 법을 익힌다면 이것을 활용하는 것도 어려워하지 않을 것이다.

형운은 다르다.

"기술 하나의 숙련도를 높이는 속도만 본다면 너는 형운의 발끝에도 미치지 못한다. 하지만 기술을 익힌 스스로를 이해하고 감각을 수정하는 능력은 네가 훨씬 뛰어나지."

그 말에 강연진이 놀랐다.

물론 형운은 강하다.

이제는 모두가 그 사실을 인정한다. 강호의 역사를 통틀어도 열아홉 살에 그 경지에 도달한 자가 없을 것이다.

하지만 놀랍게도 형운은 기재가 아니다.

이에 대해서는 이래저래 말이 많지만, 다른 이들보다 훨씬 형운을 많이 접해본 강연진은 안다. 그가 강할지는 몰라도 일반적으로 말하는 재능과는 거리가 있다는 것을.

그런데 귀혁의 말은 절대 그렇지 않다고 하는 것 같지 않은 가?

의아해하는 강연진에게 귀혁이 말했다.

"네가 뭔가 새로운 무공을 터득했다 치고 그걸 형운에게 보여준다면, 아마 그 자리에서 완벽하게 재현해 낼 것이다. 믿기 어렵다면 나중에 한번 시험해 보거라."

"…어떻게 그럴 수가 있습니까?"

"형운이 일월성신이기 때문이다. 더 말해주는 것은 별로 공평하지 않을 것 같구나. 직접 물어보거라."

귀혁이 빙긋 웃었다.

기술을 습득하고, 숙련도를 높이는 데 한정해서 생각해 보면 지금의 형운은 느리기는커녕 괴물 같은 속도를 자랑한다. 이 점에서는 성운의 기재인 서하령조차도 따라오지 못한다.

이유는 두 가지다.

형운에게는 완전기억능력이 있다.

한번 본 것은 완벽하게 뇌리에서 재생해 낸다. 남들보다 월등히 뛰어난 안력으로 집중해서 보기만 하면 세부 사항까지 완벽하게 기억한다.

또한 일월성신은 생각한 대로 움직이는 궁극의 신체다.

무공의 자질을 논할 때, 심상과 실제 움직임을 일치시키는 속도가 얼마나 빠른가는 빠지지 않는 기준이다. 모두들 기준이 되는 이상적인 움직임… 보통은 스승이 보여주는 시범을 머릿속에 새긴 뒤에 그것을 재현하고자 노력한다.

형운은 이 과정이 비정상적으로 짧다.

귀혁이 시범을 보여주면 완벽하게 기억한다. 그리고 기억하고 있는 심상대로 몸을 움직인다.

'…여기까지만 보면 천재라 불리기에 충분하지만.'

일월성신의 이 기술 습득 능력은 귀혁조차도 경악할 수준이었다. 천성을 타고나지 못한 범재가, 후천적으로 천재만이 가질 수 있는 능력을 손에 넣은 것이다.

하지만 장점이 있으면 단점도 있는 법이다. 형운은 하나하나의 기술을 습득하는 능력은 경천동지하지만 그것을 활용할 감각을 정립하는 능력이 떨어진다.

예를 들어 직선으로 뻗는 주먹질만 익히고 있다가 옆으로 휘두르듯이 때리는 장타를 새로 익혔다고 치자.

상대가 뛰어드는 상황에서, 직선으로 뻗는 주먹질만 익히고 있을 때는 망설이지 않는다. 그러나 휘두르듯이 때리는 장타까지 익힌 후로는 상황을 판단하고 적합한 수를 고르는 데 애를 먹는다.

새로운 기술을 익혔는데 오히려 약해지는 것이다.

'정말로 어처구니없는 녀석이야…….'

귀혁은 고개를 절레절레 저었다.

이런 형운의 특성을 파악했을 때는 천하의 귀혁도 말문이 막혔다. 뭐 이렇게까지 불균형한 존재가 다 있단 말인가?

형운이 점혈을 잘 못하는 것도 그런 이유다.

점혈 기술 자체는 완벽하게 익히고 있으며 지식도 충분하다. 하지만 점혈은 살아 있는 생물을 대하는 것과도 같다. 시시각각

달라지는 인체의 상태를 파악해서 적절한 답을 찾아내는 감각
이 어려운 것이다.

"기재란 하나를 가르치면 열을 아는 존재라고 하지. 그런 기
재에게 백 개를 가르친다면 천 가지가 아니라 만 가지의 조합을
만들어낼 수 있을 것이다."

형운은 그럴 수 없다. 하지만⋯⋯.

'백 개를 배워서 만 가지 조합을 만들어낼 수 없다면, 그저 만
개를 배우면 그만이지 않은가?

터무니없는 발상이었지만 귀혁은 형운이 하나를 가르쳤을 때
하나를 익히는 속도가 비정상적으로 빠르다는 점에 착안했다.
생각할 수 있는 모든 경우의 수를 각인시켜서 완벽한 감각을 만
든다.

그렇게 형운의 성장은 새로운 국면에 접어들었다. 귀혁이 생
각한 대로 형운이 성장한다면 천하의 그 어떤 무인도 형운을 경
시할 수 없으리라.

제43장
추모자들

성운을
먹는자

1

형운이 귀혁이 제시한 조건을 통과하고 북방 설산으로 떠난 것은 11월 중순이 되어서였다.

유설과 합일한 지 반년, 운룡족들에게 불려 간 지는 두 달 만의 일이다.

어디까지나 개인적인 볼일로 휴가를 받아서 외출하는 것이었기에 일행은 적었다. 호위무사는 다 두고 가려고 했지만 가려가 워낙 철통같이 고집을 부려서 데려가기로 했고, 서하령과 마곡정이 따라나섰다.

"지난번보다 바람이 더 차네."

총단이 있는 진해성을 떠나서 하운성 최북단의 설운성(雪雲城)까지 오는 데 걸린 시간은 불과 12일이었다.

일행의 수가 적고 모두가 뛰어난 무인이었기 때문에 가능한 일이다. 길이 잘 닦여 있는 지역을 갈 때는 별의 수호자 사업체에서 말을 빌려서 쓰고, 그렇지 않은 곳을 지날 때는 경공으로 달려서 이동했다.

"찬 정도가 아니라 오늘 밤에는 눈보라가 몰아칠 것 같은데?"

마곡정이 말했다. 북방 설산 출신인 데다 야성의 감각이 발달한 그는 이 부근의 기후 사정에 밝은 편이었다.

형운이 말했다.

"그럼 일단은 여기서 좀 쉬고 날이 좋을 때 출발하는 게 좋겠군."

설운성보다 더 북쪽으로 가면 그때부터는 문명의 혜택과는 거리가 먼 오지다. 여기까지 강행군을 했으니 쉴 수 있을 때 쉬는 편이 좋았다.

형운도 그 사실을 잘 알았기에 설운성의 별의 수호자 지부에서 하루 쉬어 가기로 했다.

2

지부에서 마련해 준 숙소에 짐을 푼 형운은 바깥으로 나와서 북쪽 하늘을 바라보았다. 마곡정의 예상대로 눈보라가 휘몰아칠 기세라 그런가, 온통 뿌옇게 흐려진 하늘 저편으로는 그 거대한 설산의 자태조차도 보이지 않는다.

그렇게 얼마나 서 있었을까?

뒤쪽에서 마곡정의 시선이 느껴진다. 형운이 물었다.

"날도 추운데 안에 있지 왜 나왔어?"

"계속 나와 있던 놈이 할 소리냐? 그것도 그런 차림새
로……."

마곡정이 구시렁거렸다.

형운의 차림새는 방한 대책과는 거리가 멀었다. 한서불침이
다 보니 굳이 무겁게 껴입을 필요성을 못 느낀 탓이다.

마곡정도 냉기에 강한 혈통이라 서하령이나 가려보다는 훨씬
가볍게 입었다. 하지만 형운의 차림새를 보고 있노라면 비현실
적이라는 느낌마저 든다.

마곡정이 투덜거렸다.

"내공 많은 놈 부러워서 살겠나. 나도 어디서 기연 좀 주워 먹
든가 해야지."

"오량 선배가 부럽나 보지?"

"너 말이다, 너."

여기까지 추위와 맞서 싸우면서 강행군을 했는데도 형운은
전혀 지친 기색이 없었다. 내공의 심후함과 육체의 강건함을 고
루 갖췄기 때문이다. 솔직히 형운 입장에서는 이번 여정은 전혀
강행군이 아니었다.

마곡정이 물었다.

"뭐 하고 있냐?"

"왠지 묘하게 그리운 느낌이 들어서."

"무슨 소리야?"

"유설 님이 느끼는 감정인 것 같아."

때때로 형운은 자기 안에 있는 유설의 잔재를 느낀다. 운룡족
이 영혼을 분리해 줬다고는 하지만 형운이 알던 그녀는 여전히

빙백기심이라는 형태로 내면에 존재하고 있었다.

설산에 가까워질수록 아련한 그리움이 밀려드는 것도 그런 이유 때문이리라. 인간에게는 혹독하기 짝이 없는 추위와 매섭게 쏟아지는 눈발조차도 반갑게 느껴진다.

아마도 형운은 앞으로 종종 스스로의 변화에서 그녀를 발견할 것이다. 그녀가 좋아했던 것을 좋아하고, 그녀가 그리워했던 것을 그리워하리라.

문득 형운이 말했다.

"그나저나 검후님 뵙기는 부담스러운데… 어쩔 수 없군."

"부담스러운 정도로 끝나겠냐? 너 도망칠 준비는 꼭 해둬라."

"…역시 그럴까?"

설산검후 이자령의 성정을 생각할 때, 유설이 죽었다는 소식을 전하면 형운을 단칼에 베어버리려고 해도 이상하지 않을 것 같다. 각오를 단단히 다질 필요가 있었다.

"부탁받은 일월성단 건도 해결을 못 했고… 아무래도 대책을 생각해 두긴 해야겠군."

"대책은 무슨 대책. 그냥 도망칠 준비나 해두라니까. 아니, 사실 아예 안 만나는 편이……."

"…솔직히 나도 그러고 싶긴 하지만 빙령에게 가는데 백야문을 통하지 않으면 나중에 문제가 커질 것 같아."

물론 형운은 이미 빙령의 위치를 안다. 유설이 지키고 있던 빙령은 굳이 백야문을 통하지 않더라도 찾아갈 수 있으리라.

하지만 그렇다고 해도 백야문을 무시할 수는 없는 노릇이다. 형운은 한숨을 쉬었다.

3

한 소녀가 눈 덮인 산길을 걷고 있었다.

잘 다듬지 않아서 부스스해 보이는 머리카락을 단발로 자른 소녀는 헐렁하고 새하얀 옷을 입은 채 맨발로 눈밭을 걷는다. 허리에 검을 찬 채로도 걸음걸이가 어찌나 가벼운지 눈 위를 걷는데도 거의 흔적이 남지 않아서 모르는 사람이 보면 그녀가 설산의 귀신이 아닐까 의심할 법도 했다.

하지만 그러거나 말거나 그녀는 내리막길을 따라서 사뿐사뿐 걷는다. 그 속도는 평지를 뛰는 것보다 더 빨라서 풍경이 휙휙 지나갔다.

그렇게 내려가던 그녀의 눈에 산 밑의 마을이 보였다. 마을 사람들이 총출동해서 요 며칠간 쌓인 눈을 치우느라 정신이 없어 보인다. 그중에 왠지 이상한 풍경이 보였다.

"어?"

소녀가 눈을 휘둥그레 뜬다.

마을 한편의 눈이 맹렬한 속도로 치워지고 있었다.

파파파파팍!

검푸른 옷을 입은 청년이 눈삽을 눈 속으로 푹 찔러 넣었다가 들면 주변의 눈들이 모두 덩어리져서 들린다. 마을에 쌓인 눈의 깊이가 가뿐하게 사람의 키를 넘을 지경이었는데 청년이 한 삽씩 퍼 날릴 때마다 거의 집채만큼의 부피가 날아가고 있었다.

그 광경을 보는 마을 사람들은 벌린 입을 다물지 못했다. 그

중 한 청년이 엄지손가락을 세우며 감탄사를 발했다.

"정말 대단하십니다! 작년과는 비교도 안 되는군요! 소협이 야말로 제설 작업의 지존이 될 운명을 타고나신 게 분명합니다!"

"그딴 운명 싫거든요?"

시큰둥하게 대답하는 청년은 바로 형운이었다.

가공할 내공에 빙백기심의 능력, 두 가지가 더해지니 마을 사람들 전원이 하루 종일 매달려야 할 제설 작업이 황당할 정도로 빠르게 끝나 버린다. 그렇게 눈을 모아서 날리던 형운이 문득 고개를 들었다.

형운과 소녀의 시선이 마주친다. 둘의 거리가 100장(약 300미터)도 넘게 떨어져 있었지만 형운은 그녀를 알아보았다.

"…진예 소저."

소녀는 설산검후 이자령의 제자이며 성운의 기재이기도 한 진예였다.

형운의 시선을 받고 퍼뜩 정신을 차린 진예가 눈 위를 휙휙 날 듯이 뛰어서 다가온다. 눈 위를 달리면서도 발자국을 남기지 않는다. 경공의 수준을 이야기할 때 자주 예로 드는 답설무흔(踏雪無痕)이었다.

그녀를 본 마을 사람들이 술렁인다.

진예의 얼굴은 모두들 알고 있다. 백야문도들이 워낙 추위에 강해서 방한 대책을 상당히 헐렁하게 하는 것도 안다.

하지만 계절감을 완전히 무시한 진예의 차림새를 보면 동요하지 않을 수 없다. 정말로 사람이 맞는지 의심스러울 정도다.

"오랜만이에요, 형운 공자."

무게가 없는 것처럼 사뿐사뿐 눈 위를 뛰어온 그녀가 형운에게 인사했다. 형운도 답례했다.

"그렇군요."

둘이 마지막으로 본 지는 1년이 넘었다.

진예는 형운이 기억하는 모습에서 별로 변하지 않았다. 분명 같은 나이인데도 동안에 체구가 작아서 서너 살 정도 어려 보인다. 꽤 예쁜 얼굴인데도 전혀 꾸미지 않아서 부스스해 보이는 것도 예전 그대로였다.

달라진 점은 예전보다 차림새가 더 헐렁해졌다는 것? 옷차림이 형운보다 더 얇고 헐렁해서 얼어 죽지 않는 게 이상해 보일 지경이다. 특히 맨다리를 훤히 드러낸 데다 신발도 안 신은 맨발이라 더 그렇다.

형운의 눈길이 자기 발을 향하자 진예가 말했다.

"아, 신발이 젖는 게 귀찮아서요."

"……"

아무리 귀찮아도 동상에 걸려서 발을 잘라내는 것보다는 나을 텐데?

황당한 설명이었지만 형운은 그러려니 했다. 자기도 한서불침이다 보니 이런 일로 남한테 뭐라고 할 처지가 못 된다.

'그래도 옷매무새는 좀 신경 쓰지…….'

진예가 어려 보이기는 해도 이미 열아홉 살의 여성이다. 가슴도 충분히 부풀어 올라 있는데 옷을 어찌나 헐렁하게 입었는지 어깨 쪽이 흘러내려서 쇄골이 다 보이고 가슴이 보일락 말락 한다. 게다가 다리까지 훤히 드러내 놓고 있으니 도대체 눈을 어디다 둬야 할지 모르겠다.

'누가 보면 사람 홀리려고 이렇게 입은 줄 알겠다! 으, 이거 뭐라고 할 수도 없고⋯⋯.'

형운이 어쩔 줄 몰라 하며 얼굴을 붉힐 때, 뒤쪽에서 못마땅한 목소리가 들려왔다.

"옷은 좀 제대로 입고 다니시지그래요?"

서하령이었다.

형운과 마곡정, 가려가 제설 작업을 하는 동안 그녀는 의리 없게 집 안에 처박혀 있었다. 그러다가 진예의 기파를 느끼고는 밖으로 나온 것이다.

"서 소저도 오셨네요? 안녕하세요."

"오랜만이에요."

서하령이 다가오더니 그녀에게 손을 뻗었다. 적의라고는 눈 곱만큼도 없는 자연스러운 움직임이었지만 순간 진예가 반응한다.

팟!

타인이 자신의 공간을 침범한다고 느낀 순간, 반사적으로 반응한 것이다.

하지만 서하령은 그럴 줄 알았다는 듯 전혀 서두르지 않고 손을 뺐다. 그것을 본 진예가 놀라서 눈을 크게 떴다. 아무것도 아닌 것 같지만 너무나도 세련된 움직임이었기 때문이다.

서하령이 손가락으로 진예의 목덜미를 가리키며 말한다.

"남자를 앞에 두었을 때는 옷매무새 정도는 바로 하세요."

"아."

그제야 진예가 정신을 차렸다. 그리고 주섬주섬 옷매무새를 바로 했다.

"죄송해요. 평소에 신경을 안 써서……."

"…괜찮습니다."

형운은 그렇게 말하면서도 다른 백야문도들과 그녀의 차이에 의아해했다. 전에 본 다른 백야문도들은 다들 옷을 정상적으로 입고 다니던데 왜 진예만 이리도 헐렁한 것일까?

진예가 말했다.

"어차피 수련 한번 받고 나면 옷이 누더기가 되다 보니 점점 신경을 안 쓰게 되더라고요."

"그건 살짝 동감이 가려고 하는군요."

형운도 요즘 귀혁과 수련하고 나면 수련복이 너덜너덜해지고는 했다.

문득 진예가 형운을 빤히 바라보았다. 형운이 당혹감을 느낄 때 그녀가 말했다.

"그런데 형운 소협, 왠지… 우리랑 비슷한 냄새가 나네요?"

"……."

유설과 합일하여 빙백기심을 지닌 형운의 기운에서는 설산의 향취가 났다. 빙백기심의 힘을 끌어내는 형운을 본 귀혁도 빙백설야공을 떠올리지 않았던가?

형운은 대답하는 대신 화제를 돌렸다.

"진예 소저는 여기에는 어인 일로 내려오셨습니까?"

"형운 소협을 마중 나온 건데요?"

"제가 올 걸 어떻게 아시고……."

"빙령께서 가르쳐 주셨어요."

"……."

형운은 놀란 눈으로 그녀를 바라보았다.

진예는 이자령의 제자로서 다음 대 백야문주 후보다. 빙백설야공을 연마한 끝에 빙백지신을 이루었으며, 빙령과 소통하여 나이에 맞지 않게 심후한 내공을 손에 넣었다.

'양진아, 그 여자와 같은 수준인가.'

형운은 진예의 내공이 6심에 도달해 있음을 알아보았다.

그녀의 나이와, 순수한 인간이라는 것을 생각하면 실로 놀라운 성취다. 여러 기연을 얻은 천유하도, 적어도 운룡궁에서 만났을 때까지는 내공이 5심에 머물러 있었다. 아마 그도 유적에서 얻은 기연을 전부 소화하면 6심에 도달하겠지만…….

4

일행은 진예를 따라서 백야문으로 향했다.

지난번과 달리 제설 작업을 하며 올라갈 필요는 없었다. 다들 답설무흔까지는 아닐지언정 눈에 빠지지 않을 정도의 경공술은 익히고 있었기 때문이다.

진예는 계속 형운을 흘끔거렸다. 유일하게 형운만이 그녀와 마찬가지로 답설무흔을 보여주고 있었다. 이전과 달리 기파에서 마치 백야문도 같은 향취가 난다.

'그렇다고 똑같냐고 하면 그것도 아니고…….'

그녀에게 익숙한 향취가 섞여 있을 뿐, 전체적으로 보면 형운의 기파는 이질적이었다. 그가 발하는 기파를 받는 것만으로도 아주 깊은 울림이 느껴진다.

'마치 빙령님을 볼 때처럼……'

인간이 이런 기운을 가질 수 있나 싶을 정도로 깊고, 순수한 기운이다.

곧 그들은 백야문에 도착했다. 형운이 조심스럽게 물었다.

"일단 검후부터 뵈어야겠지요?"

"사부님은 출타 중이세요. 일단은 숙소를 내드릴 테니 쉬시는 게……."

"네?"

생각지도 못한 대답에 형운이 눈을 크게 떴다. 진예가 대답했다.

"문도들을 데리고 순찰 나가셨어요. 눈이 심하게 내린 후에는 요괴들이 많이 나타나거든요."

"아……."

그러고 보니 예전에 마곡정에게 그런 이야기를 들었던 기억이 난다.

곧바로 이자령을 보지 않아도 된다는 사실에 안도감이 들기는 하지만, 동시에 난처했다. 백야문주인 그녀에게 허가를 구해야 빙령을 찾아갈 것 아닌가?

"응?"

문득 진예가 의아해했다.

백야문도들이 한곳에 모여서 술렁거리고 있었기 때문이다.

장로들까지 나와 있는 광경이 이상해서 그녀가 다가가 물었다.

"무슨 일인가요?"

"심상치 않은 일이 생긴 것 같다."

"네?"

"산 너머에서 문주께서 싸우시는 기척이 감지되었다."

"그게 왜요?"

진예가 고개를 갸웃했다. 순찰 나간 이자령이 싸우는 게 뭐가 문제란 말인가?

"아무래도 전력을 다하시는지 여기까지 그 기파가 전해져 오는구나. 추가 인원을 급파하려던 참이었다."

진예는 왜 문도들이 당황하고 있었는지 이해했다.

설산에 위험한 존재들이 즐비하다 하나 이자령이 주의해야 할 만한 상대는 한 손으로 꼽는다. 그녀가 전력을 다한다는 것 자체가 심상치 않은 일이 벌어졌다는 증거다. 지금까지와는 격이 다른 위험한 요괴가 출현했거나…….

'아니면 또 마교도들이라도 발견하셨거나.'

만약 그렇다면 함부로 이곳을 비울 수도 없는 노릇이다. 만약의 사태에 대비할 수 있는 전력은 남겨두어야 했다.

"제가 먼저 가볼게요."

"알겠다. 곧 다른 사람들을 모아서 보내마."

다들 진예를 이해할 수 없다는 눈으로 바라보기는 하지만 무인으로서의 실력만은 인정하고 있었다. 위험한 상황이 닥친다 하더라도 충분히 몸을 빼서 소식을 알릴 수 있다는 믿음이 있었다.

형운이 말했다.

"저도 따라가겠습니다."

"하지만……."

"어차피 저도 검후를 뵈어야 합니다. 분명 도움이 될 겁니다."

"으음……."

진예는 잠시 고민하다가 고개를 끄덕였다.

"그렇게 하세요."

형운 일행은 백야문에 도착하자마자 설산 너머로 달리기 시작했다.

5

하늘은 푸르고 설산에 쌓인 눈에 반사되는 햇빛이 눈부시다. 간밤까지만 해도 매섭게 몰아치던 눈보라가 잠잠해지고 나자 얼어붙은 듯이 차가운 공기가 정적을 이루고 있었다.

그런데 그 정적을 깨는 굉음이 울려 퍼진다.

꽈과광!

격한 설풍이 휘몰아쳤다.

경사진 지형에 쌓여 있던 눈이 일거에 벗겨져 나가면서 눈사태가 일어난다. 하지만 그 진행 과정이 기이하다. 경사를 따라서 내려가는 것에 그치지 않고 점점 가속이 붙으면서 위로 솟구치더니 허공에서 무수한 얼음의 검으로 화했다.

쉬쉬쉬쉬쉬!

맑게 갠 하늘 아래 국지적인 눈보라가 휘몰아치고, 눈사태가 일어나면서 굉음이 메아리쳤다. 그리고 그 속에서 수백 개의 얼음검이 날아올라 춤추고 있었다.

실로 농담 같은 광경이다.

"세상에……."

형운은 할 말을 잃고 그 광경을 바라보았다.

저 이상 사태를 일으키고 있는 것은 이자령이었다. 빙백설야공의 힘이 눈보라와 눈사태를 일으키고, 그 속에서 빙백검(氷百劍)이라 불리는 얼음검을 만들어내고 있다.

이자령의 의지대로 춤추는 저 얼음검은 그 자체만으로도 무시무시한 병기다. 그 속에 막대한 한기가 응집되어 있는지라 저것의 수가 늘어나면 늘어날수록 이자령은 본신의 내력보다도 월등한 규모의 힘을 발휘할 수 있게 된다.

서하령이 눈살을 찌푸렸다.

"누구하고 싸우고 있는 거지?"

500장(약 1.5킬로미터)도 넘게 떨어져 있건만 이자령의 기파가 숨 막힐 듯한 기세로 기감을 압박한다.

게다가 주변을 보니 이미 엉망진창이다. 산봉우리가 잘려 나가고 산 능선을 깎아서 지형을 바꾸는 무시무시한 신위가 펼쳐지고 있었다.

그렇다는 것은 이자령도 전력을 다하고 있다는 소리다. 과연 어떤 존재와 싸우길래 이런 신위를 발휘한단 말인가?

형운은 금세 그 답을 알아냈다.

"…한서우 선배님인데?"

"설마 혼마를 말하는 거야?"

"응. 육안으로는 안 보이기는 하지만 이 기파는⋯⋯."

그렇게 말하는 순간, 눈보라 속에서 시커먼 어둠의 궤적이 뻗어 나왔다. 마치 검은 유성처럼 보이는 그 형체가 주변을 포위하고 춤추는 얼음검들 사이를 곡예처럼 빠져나가서 하늘로 솟구쳤다.

한서우였다. 불길한 어둠을 두른 그가 이자령의 맹공을 피해 설산을 질주하고 있었다.

우우우우우!

그리고 그의 주변에서 무수한 그림자가 나타나기 시작한다. 인간을 닮은 윤곽을 지닌 그림자들이 이자령이 날리는 얼음검들을 받아서 흐트러뜨리면서 한곳으로 모여들더니 통곡했다.

하아아아아!

음공이었다. 진기와 저주의 의념이 실린 소리가 얼음검을 공격해서 부수었다.

하지만 이자령은 코웃음을 쳤다. 부서진 얼음검은 그대로 흩어지는 것이 아니라 그녀가 통제하는 눈보라의 일부가 된다. 그리고 다시금 얼음검으로 복원되어서 한서우를 덮쳤다.

"와, 예전보다 더 치사해졌는데! 진짜 이러기인가, 검후!"

한서우가 혀를 내둘렀다. 이 설산은 이자령에게 압도적으로 유리한 전장이다. 주변에 한기와 빙설이 가득하니, 이전에 흑영신교주가 평했듯이 그녀야말로 설산의 무신이었다.

이자령이 싸늘하게 말했다.

"더러운 마인 놈, 오늘은 반드시 예전의 굴욕을 갚겠다."

"20년도 더 된 일 갖고 언제까지 꽁해 있을 셈이야? 이러니까 귀혁에게 차였……."

"닥쳐! 더 할 말이 있으면 지옥에 가서나 하시지!"

콰콰콰콰콰!

이자령이 호통을 치는 것과 동시에 놀라운 일이 벌어졌다. 메아리치던 굉음이 일거에 증폭되면서 주변에 쌓여 있던 눈이 일거에 눈사태가 되어 쏟아지는 것 아닌가?

그 기세는 조금 전의 눈사태와는 비교도 할 수 없을 정도였다. 사방팔방에서 눈사태가 해일처럼 밀려오니 피할 곳은 오직 하나, 위쪽뿐이었다.

어쩔 수 없이 한서우가 위로 솟구치는 순간, 이자령이 기다렸다는 듯 검을 휘둘렀다.

……!

순간 형운은 숨이 턱 막혀서 주저앉을 뻔했다.

이자령이 허공에다 대고 검을 휘둘렀다. 동시에 한서우가 허공에다 대고 주먹을 내질렀다.

그리고 칠흑의 궤적과 백은의 궤적이 교차한다.

꽈과과광!

흑과 백이 혼탁하게 뒤섞이는가 싶더니 무언가가 붕괴했다.

일순간 형운을 제외한 모두는 머리가 새하얘졌다. 소리는 없다. 눈에 보이는 세계의 색채가 표백되면서 이윽고 알아볼 수 없는 혼돈이 된다.

열기도, 충격도 없지만 압도적인 무언가가 기감을 강타하면서 머리로 받아들일 수 있는 것 이상의 과부하가 걸렸다.

"하, 하아, 악……!"

서하령이 고통스러운 신음을 흘리며 주저앉았다.

형운이 물었다.

"모두 괜찮아?"

"아, 안 괜찮아……."

마곡정이 고통스러운 목소리로 대답했다.

500장도 넘게 떨어져 있었는데, 물리적인 충격이 아니라 기파를 접한 것만으로도 이렇게 되다니? 형운은 조금 전에 일어난 일을 이해하고 전율했다.

'이게 무(武)의 극치에 달한 자들끼리의 격돌인가!'

심검(心劍)과 무극(無極)의 권(拳)이 격돌했다.

무엇이든 베어버리는 검과 무엇이든 부숴 버리는 권이 충돌한 지점에서 만상(萬象)의 붕괴가 일어났다. 일순간 사람이 보고 느끼는 세계의 일부가 부서지면서 존재할 수 없는 공백이 발생, 그 여파로 영혼까지 부숴 버릴 듯한 파멸적인 기파가 폭발한 것이다.

한서우와 이자령은 서로의 공격에 전혀 영향을 받지 않았다. 적어도 겉보기로는 그렇다. 한서우는 무극의 권으로 심검을, 이자령은 신검합일(身劍合一)로 무극의 권을 방어한 것이다. 그 과정에서 누가 이득을 보고 손해를 보았는지는 두 사람만이 알 수 있는 영역이리라.

한서우가 혀를 찼다.

"검후! 주변을 좀 봐!"

"시끄럽다!"

"네 제자까지 잡을 셈이냐!"

한서우가 일갈하며 크게 손을 휘둘렀다. 그러자 그를 꼬치 꿰려고 날아들던 얼음검들이 일거에 옆으로 쏠린다. 단 하나를 붙잡고 밀었을 뿐인데 근처에 있던 얼음검들의 궤도가 절묘하게 맞물리면서 한꺼번에 밀려 버리는 광경은 기이하기 짝이 없었다.

"흡!"

그리고 그의 몸이 어둠으로 변해 허공을 관통한다.

무극의 권이다. 이자령이 방어를 위해 신검합일을 전개했으나, 한서우는 그녀를 공격하고자 무극의 권을 시전한 것이 아니었다. 얼음검들을 밀어내는 것으로 그녀가 지배하는 영역에 약간의 빈틈이 생기자 그것을 뚫고 나온다.

스스로를 기화하여 무극의 권을 발했을 때, 그 속도는 빛보다도 빠르다. 인간의 인식할 수 있는 한계를 넘어선 찰나에 이자령의 검권(劍圈) 밖으로 빠져나온 그가 형운 앞에 나타났다.

"괜찮냐?"

"아, 저는 괜찮습니다. 하지만……."

"쯧쯧. 만상붕괴(萬象崩壞)의 여파를 직격으로 받았으니……."

한서우가 혀를 찼다.

인간이 인식하는 '파괴'는 표면적인 현상이다. 형상을 지닌 것이 부서진다고 해서 세계가 상처입지는 않는다. 그저 형상을 이루고 있던 요소가 다른 것으로 바뀔 뿐이다.

그러나 무극의 권과 심검이라는 절대적인 파괴의 심상을 구현하는 기술이 격돌했을 때, 세계는 그 모순(矛盾)을 견디지 못하고 붕괴한다. 만상붕괴는 세계가 상처 입는 순간이며, 세계가 내지르는 고통의 비명은 압도적인 의념의 충격파가 된다.

일반인이라면 이 여파를 받는 것만으로도 죽었을 것이다. 그나마 거리가 멀리 떨어져 있고 다들 출중한 무공의 소유자였기에 버텨낸 것이다.

문득 한서우가 뒤를 돌아보며 물었다.

"설마 어른스럽지 못하게 계속할 생각은 아니겠지, 검후?"

"…꺼져라."

하늘을 나는 얼음검 위에 올라선 이자령이 벌레 씹은 표정으로 말했다. 한서우는 피식 웃으며 말했다.

"난 나쁜 짓 하러 온 게 아니라 그저 친구를 추모하러 왔을 뿐이야. 좀 봐달라고."

그 말에 형운이 흠칫 놀랐다. 그의 말은, 형운의 사정을 생각하면 참으로 의미심장하지 않은가?

한서우의 전음이 들려왔다.

─전에 만났던 곳에서 보자.

그리고 그의 몸에서 어둠이 일어나 날개 달린 마수의 형태를 취하더니 하늘로 날아올랐다. 검은 유성처럼 설산 저편으로 멀어져 가는 그를 노려보던 이자령이 천천히 형운 앞에 내려섰다.

"찾아온 용건을 이야기하고 싶지만 일단 급한 불부터 꺼놓고 이야기하지."

"네."

형운은 고개를 숙여 보이고는 일행들을 모아두고 진기를 주입해 주기 시작했다.

6

곧 모두가 정신을 차리자 이자령이 진예에게 물었다.

"왜 외부인들을 데리고 여기까지 온 것이냐?"

"사부님께서 전력으로 싸우고 계시는 것 때문에 다들 난리가 나서 제가 먼저 보러 왔어요."

"음."

이자령이 눈살을 찌푸렸다.

한서우와 격돌하게 된 것은 우연이었다. 설산을 순찰하던 중에 누군가 폭주하는 요괴 무리를 해치운 흔적이 발견되었다. 교묘하게 감추려고 노력했지만 이자령의 탁월한 기감이 거기서 마기의 흔적을 찾아냈고, 집요하게 추적한 끝에 한서우를 발견했다.

한서우와 백야문의 관계는 복잡했다.

전대 문주 오운혜는 사적으로는 한서우를 적대하지 않았다. 하지만 이자령은 다르다. 젊은 시절, 자신을 애송이 취급하는 한서우에게 굴욕을 당했던 일도 있기에 앞뒤 가리지 않고 폭발해서 격전을 벌였다.

"더러운 마인 놈이 또 무슨 꿍꿍이속으로 여기 발을 들였는지 모르나⋯ 다시 눈에 띄면 반드시 요절을 내버리고 말겠다."

이자령이 이를 갈았다.

그와 싸워본 것은 실로 오랜만이지만 결코 만만한 존재가 아니었다. 자신에게 압도적으로 유리한 전장에서 맞붙었을 때 끝장을 봤어야 하는데…….

'화근을 남기게 되다니. 마인의 심성을 믿어야 한다니 이 얼마나 웃기는 상황인가?'

누군가는 그녀를 편협하다 손가락질할지도 모른다.

비록 한서우가 마인이기는 하지만 사람들에게 협객으로 칭송받는 인물이었다. 그가 팔객의 일원으로 불리는 것은 어려운 자의 눈물을 외면하지 않았으며 악행을 저지르는 마인들을 처단해 왔기 때문이다.

하지만 이자령은 마인을 신뢰하는 것만큼 위험한 짓이 없음을 알고 있었다.

살면서 수많은 마인을 보아왔다.

그들 중에는 겉으로 보면 마인으로 보이지 않는 자도 있었으며 본성을 감추고 사람들에게 선량한 이웃으로 인식되는 자도 있었다. 그러나 하나같이 그 이면에는 끔찍한 어둠을 품은 채 도리를 벗어난 패악을 행했다.

마공은 인간의 도리를 벗어난 방식으로 힘을 추구하기에 마공이라 불리는 것이다. 본질적으로 심마(心魔)를 내재하고 있어 연마하는 것만으로도 인간의 심성을 사악하게 바꿔 버리는 마공을 극한까지 연마한 자를 믿을 수 있는가?

지금 한서우가 보이는 모습이 선량해 보인다고 해서 그가 그 힘을 손에 넣는 과정에서 어떤 사악도 저지르지 않았다고 믿을 수 있을까? 마공의 극의에 도달한 자가 품고 있는 어둠은 얼마나 깊을 것이며, 그것이 해방된다면 얼마나 끔찍한 사태가 발생할 것인가?

형운은 생각에 잠겨서 살기를 뿜어내는 이자령을 보며 침을 꿀꺽 삼켰다.

'…하고 싶은 말은 많지만 말했다가는 긁어 부스럼 정도가 아니라 칼이 날아올 것 같으니 관두자.'

한서우를 옹호하고 싶은 마음은 굴뚝같지만 그런 충동을 행동으로 옮겼다가는 매우 좋지 못한 일을 당할 거라는 확신이 들었다. 눈치 하나는 비상한 형운이었기에 욱하는 마음을 꾹 눌러 참을 수 있었다.

이자령이 형운을 바라보았다.

"귀혁의 제자, 오랜만이구나."

"예. 그동안 강녕하셨는지요?"

"별로 강녕하지 못했다."

"……."

그녀의 반응에 형운은 일순 말문이 막혔다. 하지만 애써 미소 지으면서 말을 이었다.

"일단 이걸 받으시지요."

형운은 준비해 온 목갑을 건넸다. 이자령이 의아해하며 그것을 열어보니 진한 약 냄새가 풍기는 백색의 단환이 들어 있었다.

"이건 뭐지?"

"백령단(白靈丹)이라는 비약입니다. 귀 문의 무공을 연마하는 데 도움이 될 겁니다."

백령단은 백혼단보다 더욱 귀한 비약으로, 황실에서도 무공을 연마하는 황손들을 위해 구입하는 특등품이다. 일월성단—별을 연구하여 만들어낸 이 비약은 그 어떤 기질의 내공과도 완벽하게 융화하면서 탁월한 효과를 발휘했다.

"흠. 고맙게 받아두지. 하지만 일월성단은 소식이 없군."

"그건 죄송하게도 아직……. 제가 그 후로 성존을 배알할 기회가 없어서요."

형운이 어색하게 웃었다. 이자령이 코웃음을 쳤다.

"뭐 좋다. 이 또한 귀한 물건임은 알고 있으니……."

형운은 일부러 음기에 치중한 비약이 아니라 백령단을 골랐다. 빙령으로부터 설당정이라는 영약을 공급받는 백야문에게 음기에 치우친 비약은 별 의미가 없을 것이라고 판단했기 때문이었다. 백령단이라면 설당정을 취한 백야문도들이 취할 경우에도 충분한 상승효과를 기대할 수 있었다.

"그리고……."

"왜 찾아왔는지는 알고 있다."

"네?"

"빙령지킴이님 때문이겠지."

형운이 놀라서 그녀를 바라보았다. 이자령의 표정이 스산해지면서 숨 막힐 듯한 기파가 흘러나오기 시작했다.

"으윽……."

서하령과 마곡정, 가려가 신음한다. 하지만 그 기파를 정면으로 받는 형운은 흔들림 없이 그녀를 바라보고 있었다.

그런 그녀를 보던 형운은 문득 이질적인 기운이 그녀와 통하고 있음을 포착했다.

'빙령인가.'

그녀가 발 딛고 선 설산을 통해서 빙령의 의지가 전해지고 있다.

백야문은 빙령을 수호하는 의무를 진 문파다. 그 정점에 선 이자령은 어려서부터 빙령의 총애를 받아서 지금의 경지를 이룰 수 있었다.

그 과정에서 그녀는 다른 문도들보다도 한층 더 깊게 빙령과 연관되었다. 인간과는 이질적인 정신을 지닌 빙령과 교감하는 것으로 그 뜻을 짐작하고 올바른 행동이 무엇일까 고민하는 것이 백야문주의 일이다.

"마음 같아서는 너를 이 자리에서 쳐 죽이고 싶지만……."

이자령이 싸늘한 어조로 말했다.

"빙령지킴이께서 스스로 선택하신 길임을 안다. 그분의 결의를 더럽힐 수 없으니 네 목숨은 살려주지."

"……."

설산에서 나고 자란 이자령에게 있어서 빙령이 갖는 의미는 한두 마디로 표현할 수 없는 것이다. 비록 개인으로서의 교류는 없었으나 빙령지킴이인 유설 또한 소중한 것의 일부였다.

존귀한 자로만 대하였기에 친인의 정을 이야기할 수는 없다. 그러나 이자령이 세상을 모르는 어린아이였을 때도, 그리고 어른이 되고 다시 나이를 먹은 후에도 유설은 그곳에 있는 것이 당연한 존재였다. 그런 그녀가 설산을 떠나서 죽었다는 사실은 이자령에게 크나큰 상실감을 안겨주었다.

문득 이자령이 물었다.

"그분은 바깥세상에서 즐거워하셨느냐?"

"…네."

형운의 대답을 들은 그녀가 눈을 지그시 감았다.

잠시 후, 그녀가 말했다.

"빙령을 뵙는 것을 허락하마. 달갑지 않지만 빙령께서 그것을 바라니 어쩔 수 없군."

이자령이 형운이 찾아올 것과 그 이유를 알았다는 것은 빙령도 다 알고 있다는 뜻이다. 형운은 자기 안에 있는 유설의 의념이 희미하게나마 빙령과 통하는 것을 느끼고 있었다.

"그리고 백야문주로서 네게 요구하겠다."

"말씀하시지요."

"여기 있는 동안 진예의 수련을 도와줘야겠다."

그 말에 형운이 놀라서 그녀를 바라보았다. 이자령이 싸늘한 눈으로 형운을 노려보며 말했다.

"진예에게는 외부의 무공과 상대해 본 경험이 부족하다. 네가 그 역할을 해줘야겠다. 그것으로 너를 향한 분노를 거두도록 하지."

"…알겠습니다."

유설은 빙령의 일부였으며 그녀에게 있어 백야문은 보살펴야 할 가족과도 같았다. 많은 백야문도들이 어린 모습으로 다가와서 그녀를 통해 빙령의 은혜를 입고 어른이 되어가는 과정을 보아왔으니 그들을 향한 애정이 깊은 것은 당연한 이치다.

형운은 유설의 그런 마음을 느꼈기에 기꺼이 이자령의 억지에 가까운 요구를 받아들였다. 자신이 백야문을 도와 유설이 기뻐할 수 있다면 얼마든지 그렇게 할 것이다.

이자령이 말했다.

"네가 이미 알고 있을 테니 안내하지는 않겠다. 하지만 감시하는 눈이 없다고 해서 불경한 짓을 저질렀다가는 가만두지 않을 것이다."

"명심하겠습니다."

형운은 그녀에게 고개를 숙여 보이고는 일행들에게 말했다.

"가자."

형운 일행은 눈 덮인 산 너머, 빙령이 있는 협곡으로 향했다.

7

한서우는 유설과 처음 만났던 때를 기억하고 있었다.

그것은 아직 그가 혼원교의 마지막을 장식하고 혼마라는 명성을 얻기 전의 일이다. 혼원교에서는 배신자인 그를 처단하고자, 아니, 정확히는 자신들이 탄생시킨 최고의 작품이라고 할 수 있는 그를 다시 손에 넣고자 혈안이 되어 있었다.

예지의 힘을 바탕으로 하는 그들의 추격이 워낙 거세서 한서우도 점점 궁지에 몰렸다. 계속해서 싸우고, 도망치고를 반복하다가 북방 설산에 도달했다.

'온갖 위험이 득실거리는 곳이고, 백야문의 영향권이기도 하니 그들도 함부로 행동하지 못할 것이다.'

그런 생각으로 설산에 들어왔지만 혼원교는 끈질겼다. 소수 정예로 그를 추격해 왔고 결국 전투가 벌어졌다.

이 싸움이 당시의 문주였던 오운혜가 이끄는 백야문도들을 불러들였다.

마인들끼리 싸우는 상황은 백야문도들을 당혹스럽게 했다. 상식적으로 생각하면 둘 다 처리하면 그만이지만, 한서우도, 그를 추격해 온 혼원교의 무리들도 막강하기 짝이 없었다.

그들이 망설이는 동안 한서우는 궁지에 몰렸고, 여유가 생긴 혼원교도들은 배후를 안정시키고자 그들을 덮쳤다.

오운혜의 무공이 막강하기는 했지만 혼원교도들의 공세는 매서웠다. 결국 그녀의 손이 닿지 않는 곳에서 미숙한 문도들이 죽을 위기에 처했다.

이때 한서우는 스스로의 몸을 던져 그들을 구하고 끝이 보이지 않는 협곡으로 떨어졌다.

정신을 차렸을 때는 인간 소녀로 둔갑한 유설이 호기심 어린 눈으로 자신을 내려다보고 있었다.

유설이 불쑥 물었다.

"왜 그랬어?"

"뭐가 말이지?"

"왜 백야문도들을 구했어?"

앞뒤를 다 잘라먹은 질문이었지만 한서우는 유설이 묻고자 하는 바를 알아들었다.

그에게 깃든 예지의 힘이 가르쳐 주고 있었다. 그녀가 범상치 않은 존재이며, 이 질문에 대한 대답이 자신의 생사를 결정하리라는 것을.

"그놈들은 나를 따라다니던 재앙이야. 내가 스스로를 지키고

자 이 땅에 재앙을 불러들인 거지. 그로 인해 아무런 연관도 없는 이곳 사람들이 죽는 것을 어찌 두고 보겠나?"

당시의 한서우는 협객이라 불릴 만한 인물은 아니었다. 협의에 목숨을 거는 성격이라 그런 선택을 한 것이 아니다.

그저 자존심이 허락하지 않았을 뿐이다.

혼원교와의 싸움은 그가 일생을 바쳐 끝장을 보아야 할 숙업이다. 다른 누군가가 거기에 휘말려 들어 애꿎은 목숨을 잃는 것을 용납할 수 없었다.

유설이 눈을 동그랗게 뜨고 말했다.

"당신, 착한 사람이구나."

"⋯착한 사람?"

한서우는 말문이 막혔다.

처음 듣는 말은 아니다. 혼원교에 끌려가서 마인이 되기 전, 평범한 사람이었을 적에는 그런 말을 들어본 적도 있었다.

하지만 두 손을 무수한 자가 흘린 피로 물들인 지금에 와서 그런 이야기를 듣는 것은 얼마나 어울리지 않는 일인가?

"난 착한 사람이 아니다."

"하지만 인간은 당신처럼 행동하는 사람을 두고 착한 사람이라고 하지 않아?"

"⋯⋯."

천진한 눈으로 자신을 바라보는 유설의 물음은 한서우를 불편하게 했다. 한서우는 거기에 반박하는 대신 다른 것을 물었다.

"왜 나를 살렸지?"

만신창이가 된 채로 이곳에 떨어질 때는 죽음을 각오하고 있었다. 그런데 눈을 떠보니 놀라울 정도로 부상이 경미했다. 눈앞의 영수 소녀가 자신을 치료했으리라.

유설이 대답했다.

"이유가 궁금해서."

"…고작 그것 때문에?"

한서우는 스스로의 의지와는 상관없이 마인이 되었다. 그러나 이유가 어찌 됐든 마도에 몸담은 그 순간부터 세상은 더없이 잔혹해졌다. 수많은 마인이 쌓아온 악덕들이 그를 갈 곳 없는 몸으로 만들었다.

어려움에 처하면 누군가 도와줄 것이다.

그런 순진한 망상은 오래전에 버렸다. 상처 입고 죽어가는 때가 온다면, 아무도 알지 못하는 곳에서 숨을 거두고 싶었다. 사람에게 헛된 기대를 품었다가 절망하느니 고고하게 죽어갈 것이다.

그런 마음가짐으로 살아가던 한서우에게 유설의 존재는 충격적이기까지 했다.

"당신은 말할 수 있잖아."

"그게 어쨌다는 거지? 사람이니까 말할 수 있는 건 당연하잖아?"

"다른 사람하고 말을 나눈다는 게 얼마나 귀중한 일인데, 왜 그런 기회를 별 가치 없는 것처럼 이야기해?"

유설은 진심으로 이해할 수 없다는 듯 고개를 갸웃했다. 한서우는 말문이 막혀 버리고 말았다.

책을 보고 입에 발린 소리나 떠들어대는 서생들이나 할 법한 말이다. 그런데 왜 그녀가 말하니 이리도 절실하게 들리는 것일까?

한서우는 빙령의 동굴에서 지내는 동안 그 이유를 알 수 있었다.

유설이 무엇을 위한 존재이며, 얼마나 고독하게 사는지…….

한서우는 그녀만큼 자신의 이야기를 즐겁게 들어주는 사람을 본 적이 없었다. 세상을 살아오면서 겪은 정말 별것 아닌 이야기들에도 그녀는 귀중한 보물을 선물받은 것처럼 눈을 반짝이면서 즐거워했다.

한서우가 몸을 회복하고 떠나던 날, 유설은 그 앞에서 머뭇거렸다.

"저기, 서우, 있잖아……."

생각해 보면 참 별것 아닌 말이다. 하지만 그녀는 그 이야기를 꺼내기가 너무나도 어려운 것 같았다. 한서우는 그녀의 머리를 쓰다듬으며 말했다.

"또 올게."

"정말?"

한서우는 그때의 유설만큼 기뻐하는 표정을 짓는 사람을 본 적이 없었다.

"내가 죽지 않고 살아 있다면… 꼭."

그 후로 수십 년간, 한서우는 자신이 말한 바를 지켰다.

8

동굴 속에 흐르는 공기는 얼어붙을 듯이 차가웠다. 보통 사람보다 몇 배나 느릿하게 호흡할 때마다 숨결이 차가운 김이 되어 흩어져 간다.

한서우는 오랫동안 말없이 동굴 속에 서 있었다. 한때 자신의 영수 친구의 거처였던 차갑고 쓸쓸한 장소를.

그곳에는 그에게는 별로 친숙하지 않은 영수가 대신 자리를 차지하고 있었다. 까만 눈동자와 백색의 털을 가진, 송아지보다도 커다란 덩치를 지닌 늑대다. 형운을 따라간 유설을 대신해서 이곳의 빙령지킴이가 된 영수였다.

"여우 다음에는 늑대라니, 빙령의 취향도 참……."

한서우는 쓴웃음을 지었다.

그도 여기 말고 다른 빙령이 있는 곳은 모른다. 그래서 이 영수를 보는 것은 처음이었다.

하지만 낯선 한서우가 들어왔는데도 하얀 늑대는 긴장하지 않는 기색이었다. 필시 빙령이 한서우가 적대할 필요가 없는 존재임을 알려주었기 때문이리라.

그러나 성격이 유설과는 다른지 딱히 한서우에게 말을 걸 생각도 없어 보인다. 너무 가까이 가면 불편해하는 것 같아서 한서우는 일부러 서로 시선이 닿지 않는 곳에 자리 잡았다.

곧 그의 귀에 먼 곳에서 울리는 소리가 들리기 시작했다.

"…오는군."

누군가 협곡을 따라서 이곳으로 내려오고 있다.

이곳은 정상적으로는 찾아낼 수 없는 곳이다. 바닥까지 얼마나 되는지 보이지도 않을 정도로 깊은 협곡 속에, 그것도 완전히 바닥까지 내려가지 않은 지점에서 울퉁불퉁하게 튀어나온 바위들 사이에 감춰져 있고 빙령의 힘으로 감춰져 있기 때문이다.

흑영신교에서 굳이 백야문에서 보호하고 있는 빙령을 노린 것도 그런 이유였다. 예전에 한서우가 들어올 수 있었던 것도 백야문도를 구하기 위해 스스로를 희생한 그의 행동에 빙령이 호기심을 느껴서였지 안 그랬으면 유설과 만날 일도 없었을 것이다.

"선배님."

또 한동안 시간이 지난 후에 한 무리의 사람들이 동굴 안으로 들어왔다. 형운 일행이었다.

"왔구나."

"오랜만에 뵙습니다. 아까는 경황이 없어서 인사도 못 드렸네요."

"검후 성질이 보통 사나워야 말이지. 혹시 나잇값도 못하고 한 대 후려치는 거 아닌가 걱정했는데 무사히 와서 다행이다."

"…음. 솔직히 많이 무섭긴 했습니다."

형운이 솔직하게 말했다.

한서우는 유쾌하게 웃고는 일행들을 둘러보았다. 다들 한서우를 보고는 바짝 주눅이 들어 있었다.

다들 그를 처음 보는 것은 아니다. 예전에 흑영신교가 백야문을 덮쳤을 때도 보았다. 하지만 이렇게 통성명을 할 상황은 처음이었다.

한서우가 그들을 보며 말했다.

"이미 들었겠지만 한서우라고 한다. 애송이들 잡아먹을 생각은 없으니 긴장 풀어."

"고명하신 혼마 선배님을 뵈어 영광이에요. 서하령이라고 합니다."

"으음, 마곡정입니다."

"형운 공자님의 호위무사인 가려입니다."

그 말에 한서우가 재미있다는 듯 미소 지었다.

"지난번에도 느낀 거지만, 너 아주 예쁜 아가씨를 호위무사로 두고 있군? 게다가 서 소저는 절세미녀라는 말을 듣기에 부족함이 없군. 주변에 온통 미인뿐이라니 은근히 여복이 많은 놈이로세."

"가려 누나가 예쁘긴 하죠. 알아주시는군요."

형운이 마치 자기가 칭찬을 들은 것처럼 어깨를 으쓱거렸다. 분명히 자기도 칭찬했는데 형운이 그 부분은 싹 무시하고 가려에 대해서만 이야기하자 서하령의 표정이 묘해졌다.

'나는?'

그런 생각이 들었지만 괜히 지적하기도 어색해서 입을 다물고 있는 그녀의 표정이 뾰로통해졌다.

한서우가 손을 들어서 등 뒤를 가리켰다.

"안쪽에는 빙령지킴이가 있으니까 너무 소란 떨지 마라."

"빙령지킴이라면……."

"늑대다. 근데 별로 사람이랑 말하는 것을 좋아하는 것 같지 않아."

"......."

그 말에 형운의 표정이 묘해졌다.

유설은 누구하고든 대화를 나누는 것을 너무나도 좋아해서 예은을 비롯한 시녀들도 금세 그녀를 어려워하지 않고 대할 수 있게 되었다. 그런데 그녀의 뒤를 이어 이곳을 지키게 된 빙령지킴이가 대화를 꺼리는 성격이라니 참으로 복잡한 기분이 들었다.

문득 형운은 한서우가 사정을 전부 다 알고 있는 것처럼 말하고 있다는 것에 생각이 미쳤다. 조심스럽게 그를 보며 물었다.

"선배님께서는… 알고 계신 건가요?"

"그래."

한서우의 표정이 씁쓸해졌다.

"꿈에 나타나더구나."

"꿈이요?"

"유설이 내 꿈에 나타나서 작별 인사를 했었다. 녀석도 참……."

한서우 역시 빙령에게 은혜를 입었던 몸이다. 몇 번이나 유설을 보기 위해 찾아오면서 빙령과 연을 맺어서 어느 정도는 연결되어 있었고, 본인이 영적인 능력이 깊게 발달해 있었기에 그런 일을 겪은 것이다.

"네가 여기 올 것은 점괘를 보고 알았고."

"점도 보세요?"

"가끔은. 너도 그런 때가 있지 않느냐? 말로 하고 나서, 혹은 글로 써보고 나서야 자신의 생각을 명확히 알 때."

"있죠."

"예지도 그와 같아서 그냥 머릿속에 번뜩이는 느낌만으로는 도무지 구체화가 안 될 때가 있거든. 그런 때는 점술이라는 형식을 빌리기도 하지."

한서우는 한참 전에 이곳에 와서 유설의 죽음을 확인했다. 언젠가 형운을 찾아가서 이야기를 들을 생각이었는데 형운이 운룡족과 만난 그날, 새로운 예지가 찾아왔던 것이다.

한서우가 말했다.

"네가 하려는 일은 유설에게도, 그리고 내게도 의미 있는 일이다. 그렇게 생각해서 온 것이다."

"그렇군요."

"그럼 검후가 성질 못 참고 달려오기 전에 시작하자. 그럼 아주 곤란해질 테니까."

한서우의 말에 형운이 실소했다. 확실히 그랬다가는 정말 수습 불가능한 사태가 벌어질지도 모른다.

곧 유설의 영혼 구슬을 든 채로 안쪽으로 들어간 형운은 그곳에 있는 커다란 늑대를 보았다. 백색 털과 커다란 덩치를 지닌 늑대는 형운을 한번 바라보더니 일어나서 멀어지기 시작했다.

조금 전까지 빙령지킴이 늑대가 있던 자리의 뒤쪽, 표면에 살얼음이 낀 연못이 좌우로 갈라지면서, 투명한 빛을 발하는 수정 같은 얼음덩어리가 떠오른다. 설산에 흐르는 한기의 심(芯)이라고 할 수 있는 존재, 빙령이었다.

우우우웅…….

빙령으로부터 흘러나온 빛이 얼어붙은 동굴 속에 반사되면서 무수한 파문을 그려낸다. 그 신비한 광경에 모두들 넋을 잃었다.

동시에 그들은 빙령을 보며 경이로워했다. 모두들 기감이 발달했기에 빙령이 얼마나 대단한 존재인지 알 수 있었기 때문이다.

천천히 빙령에게 다가가던 형운이 눈을 감았다. 형운의 몸도 희미한 빛을 발하면서 그 빛이 빙령이 발하는 빛과 연결된다.

가려가 걱정 어린 표정으로 물었다.

"무슨 일이 벌어지는 겁니까?"

"빙령과 소통하고 있겠지. 저 녀석은 올 때마다 빙령이 모습을 드러내는군. 참 이상한 녀석이야."

눈을 감은 형운이 연못의 수면을 밟고 빙령 앞에 섰다. 형운의 손에 들려 있던 유설의 영혼 구슬이 천천히 허공으로 떠오른다. 그 구슬이 빙령에게 와 닿는 순간, 눈부신 빛이 시야를 새하얗게 칠해 버렸다.

9

빙령에게 돌아간 유설의 영혼은 오랜 시간에 걸쳐 새로운 육체를 갖게 될 것이다.

형운은 빙령과의 소통을 통해서 그 사실을 알게 되었다. 운룡족이 말해줘서 알고 있던 사실이지만 빙령에게 확인을 받은 것으로 안도할 수 있었다.

자신이 할 수 있는 일은 끝났다. 이제는 언젠가 유설이 재생하기를 기다릴 뿐이다.

그렇게 생각하는 형운에게 한서우가 말했다.

"이제는 진짜로 수상비를 할 수 있구나?"

"…아, 어쩌다 보니 할 수 있게 됐어요."

형운이 겸연쩍어했다. 이전에는 빙령과 교감에서 깨어나는 순간 물에 빠져 버리고 말았다. 하지만 지금은 교감이 끝난 후에도 자연스럽게 수면을 걷고 있었다.

한서우의 표정이 괴상해졌다.

"…수상비라는 게 어쩌다 보니 할 수 있는 게 아닐 텐데?"

"하지만 정말로 그래서……."

"흠. 여전히 요상한 녀석이로고."

한서우가 혀를 끌끌 찼다. 그러더니 다시 연못 속으로 잠겨 들어가는 빙령을 보며 말했다.

"오래 걸릴 거다."

"압니다."

"언젠가 이루어지고 나면… 그때는 너도, 나도 알게 되겠지. 그때는 좋은 술이라도 가져오거라. 나도 어르신 대접 좀 받아보자."

"꼭 그러겠습니다."

한서우가 빙긋 웃으며 말했다.

"그럼 가봐라. 한동안은 백야문에 머물겠지?"

"모르시는 게 없군요."

"나랑 연이 깊은 누군가에 대해서라면 비교적 잘 알 수 있는 편이지. 아니면… 마인이거나."

마인을 언급하는 한서우의 미소가 싸늘해졌다. 잠시 스쳐 갔

을 뿐이지만 형운은 그가 품은 마인에 대한 증오가 얼마나 깊은
지를 엿본 기분이었다.

한서우가 말했다.

"검후 성깔이 보통이 아니니 괜히 건드리지 않게 주의해라.
어릴 때부터 워낙 앞뒤 안 가려서 원."

"예전부터 아시던 사이셨던 건가요?"

"어느 정도는. 별로 좋게 얽힌 적은 없지. 어쨌든 난 잠시 더
있다 갈 생각이니 먼저 가보도록 해라."

"알겠습니다. 그럼 다음에 뵐 때까지 강녕하시길."

"오냐."

형운 일행이 떠나가고 나자 한서우가 중얼거렸다.

"귀혁이 도대체 무슨 짓을 한 건지 모르겠지만… 이제는 더
이상 애송이라고 할 수 있는 수준이 아니군."

예전에 봤을 때도 이해할 수 없는 놈이었지만 이번에 봤을 때
는 정말 혼란스러울 지경이었다.

그는 지금까지 수많은 기재들을 보아왔다. 저주받은 체질을
타고난 그가 혼원교에게 발견되고, 그들의 손으로 괴물이 된 것
과 비슷한 시기에 나윤극을 비롯한 성운의 기재들이 활동했기
에 재능이 뛰어난 자라면 넘칠 만큼 경험해 봤다.

하지만 그런 경험에 의거해 봐도 형운은 이해할 수가 없는 존
재다.

그 옆에 있던 서하령은 이해하기 쉽다. 강대한 영수의 혈통이
라 뛰어난 잠재력을 가졌다 뿐이지 한서우가 보아온 성운의 기
재와 비슷했으니까. 한서우에게 있어서 성운의 기재는 이미 상

식의 범주 안의 존재인 것이다.

'남들이 날 볼 때의 기분이 이랬을지도 모르겠군.'

수많은 사람들이 한서우를 보고 이해할 수 없는 괴물이라 평했다. 그런 그가 타인을 보며 이런 감정을 느끼는 날이 올 줄이야.

문득 한서우는 자신을 바라보는 시선을 느꼈다. 자리를 피했던 빙령지킴이 늑대가 어슬렁어슬렁 다시 자리로 돌아와서 앉고 있었다. 그 입이 열리면서 또렷한 발음의 언어가 흘러나온다.

"거짓말쟁이로군."

"…말을 할 줄 알았나?"

"백야문도들을 상대해야 하는 입장인데 말을 못 할 리가 없지."

늑대는 못마땅한 눈으로 한서우를 바라보았다. 한서우가 그 감정에 의아해하는 속내를 읽은 것처럼 말을 잇는다.

"거짓말하는 재주가 없고 모르는 척하는 것도 별로 능숙하지 못해서 입을 다물고 있었던 것뿐이다. 왜 그 소년에게 사실을 다 이야기해 주지 않았나?"

"그 이유는 빙령이 알려주지 않았나?"

"이해하기 어렵더군. 유설이 저 소년의 자식으로 태어날 수도 있다는 걸 왜 감춰야 하지?"

한서우가 여기에 온 것은 그저 형운과 함께 유설을 추모하기 위해서는 아니다. 좀 더 명확한 이유가 있었다.

유설을 되살린다.

정확히는 전생(轉生)시킨다.

그것이 한서우의 목적이었다.

별의 수호자의 기환술사들도, 귀혁도, 심지어 운룡족조차도 형운과 합일한 유설을 부활시키는 것은 불가능하다고 했다. 빙령 역시 할 수 없는 일이었다.

하지만 한서우는 그럴 방법을 알고 있었다. 혼원교가 연구한 비술 중에는 여러 존재를 뒤섞어 새로운 존재를 만들고, 또 그들을 분리하는 방법이 있었던 것이다.

'합일한 존재의 자식으로 전생한다.'

혼원교는 빼어난 지혜를 지닌 존재들의 영혼을 하나로 모아 초월적인 의지를 탄생시켰다. 그리고 다음 대에 또다시 그와 같은 존재를 탄생시키기 위해 그 영혼의 일부를 의식을 통해 신도들과 합일한 다음 그 자식으로 전생시키는 시도를 해왔다.

그 시도는 성공하기도 하고 실패하기도 했다. 하지만 혼원교에서 이 비술을 썼을 때는 수많은 존재들이 합일한 거대한 의지의 집합체로부터 영혼의 일부를 떼어내는 과정을 거쳤었던 데 비해 형운과 유설은 둘이 하나가 되었을 뿐이니 훨씬 성공 확률이 높으리라 예상했다.

한서우는 이 사실을 빙령에게 털어놓고 협력을 요청했다. 빙령은 그의 뜻을 받아들여 미리 한서우와 준비해 둔 비술을 형운에게 사용했다.

빙령지킴이 늑대는, 왜 그 사실을 형운에게 말해주지 않았는지 묻고 있었다.

"반드시 그렇게 된다는 보장이 있는 것은 아니니까. 그리고 그 사실을 아는 순간 저 녀석은 의무감에 자기 인생을 끼워 맞추게 될 거다."

"그게 뭐가 문제지?"

늑대가 고개를 갸웃한다. 그 반응에 한서우가 쓴웃음을 지었다.

스스로의 존재 이유를 찾아 방황하는 인간과 달리 빙령지킴이는 살아가는 이유가 명확한 존재다.

빙령을 지키기 위해 영수가 되고, 빙령을 지키기 위해 산다.

바깥세상을 동경하며 사람의 정에 굶주렸던 유설도 그 점은 다르지 않았다. 그 사실에 의문을 품지도 않고, 그 사실에서 삶의 성취감을 느끼는 존재에게 한서우가 생각한 것을 이해시키기는 어려운 일이리라.

"당신에게 설명하기는 힘들군. 하지만 난 저 녀석이 그렇게 살기를 바라지 않아. 아마 유설도 마찬가지일 거다."

그래서 멋대로 빙령과 작당해서 형운에게 비술을 사용했다. 훗날, 형운이 평생을 같이할 여성을 만나 성혼하게 된다면 그때는 진실을 알려줄 것이다.

"그리고 난 마인이니까… 이 정도 장난은 해도 되지 않겠나?"

한서우는 씩 웃으며 말했다.

제44장

천 개의 얼굴

성운을 먹는 자

1

　설산검후 이자령은 요즘 들어 심기가 사나웠다.

　사실 그녀는 작년의 흑영신교 강습 이후로 내내 기분이 좋았던 적이 없었다. 사부와 제자들을 잃었고, 문파의 존재 이유라고 할 수 있는 빙령을 잃었으니 당연한 일이었다.

　백야문에서는 무공이 강한 자들로 이루어진 추적대를 파견했다. 그들은 황실에서 여러 집단에게 무인들을 지원받아 운용 중인 마교 대책반에 소속되어 움직이면서 마교에 대한 정보를 전해주고 있다.

　결정적인 정보가 전해진다면, 그때는 이자령이 몸소 나설 것이다.

　마음 같아서는 당장에라도 달려가고 싶지만, 문주는 결코 경망되게 움직여서는 안 된다. 흑영신교 강습으로 인해 입은 피해도 막심하니 내실을 다지면서 때를 기다려야 했다.

'그놈들은 반드시 빙령을 이용할 것이다. 그리고 이용한다면 결정적인 흔적을 남길 수밖에 없을 터.'

감히 인간이 자연의 정화(精華)라고 할 수 있는 빙령의 의지를 좌지우지해서 이용한다니, 말도 안 되는 일이다. 하지만 있을 수 없는 일이라고 생각하지는 않는다. 역사상 사특한 마교의 무리들은 온갖 사악한 수법으로 상식을 초월한 일들을 일으켜 왔으니, 이번에도 방법을 찾아내고 말 것이다.

어떻게든 막아야 할 일이다. 빙령의 힘은 사악한 자들이 휘두르기에는 너무나도 거대하니까.

이자령은 그런 초조함을 억누르며 문도들을 단련시키는 데 집중했다. 가족 같은 사람들을 잃은 분노와 슬픔으로 문도들은 열정적으로 강도 높은 수련을 따라와 주었다.

진예의 성취는 그중에서도 놀라웠다.

재능을 살릴 의지가 없어서 답답했던 시절에도 타의 추종을 불허하는 성장을 보이던 그녀. 마음을 다잡고 수련에 임하니 10년, 아니, 20년은 더 오래 살며 무공을 연마한 문도들조차도 능가하는 성취를 보였다.

'과연 성운의 기재. 이 정도라면 강호의 동년배 중에는 적수를 찾기 어려울 것이다. 그러나…….'

진예의 성장에 경탄하면서도 방심하지 않는다.

동년배 중에 강한 것은, 목숨을 칼날 위에 두고 춤추는 무인에게는 아무런 상관도 없다. 어리다고, 경륜이 부족하다고 해서 자기와 격이 맞는 상대만 만나게 되던가?

누구와 싸우더라도 이길 수 있어야 한다고는 말하지 않는다. 하지만 아무리 압도적인 강자를 만나더라도 살아남아 다음을 기약할 수 있는 정도는 되어야 한다.

하물며 지금의 진예는 동년배 중에서도 최강이라고 단언할 수 없다.

'더없는 행운이다.'

동년배의 성운의 기재만 해도 몇 명이던가.

그들 중 하나, 서하령이 이곳에 왔다. 목숨을 걸고 싸우는 것이 아니라 서로 기량을 겨루는 수련 상대가 되어준다.

진예에게 있어서는 천고의 기연이다. 무인에게 있어서 이만큼 귀중한 기회가 어디 있단 말인가?

'하지만 정말 무서운 아이로군. 정말로 스승이 없이, 한두 수씩 배우는 것만으로 저 경지에 이를 수 있단 말인가?'

이자령 역시 천고의 기재라는 소리를 들었던 몸이다. 동시대에 활동한 성운의 기재들과 비견될 정도였으니 무슨 말이 더 필요할까?

하지만 서하령은 보면 볼수록 경이로웠다. 하루에 한 번씩, 열다섯 번의 대련을 벌이는 동안 진예가 우위를 점한 적이 한 번도 없다. 하루가 지날 때마다 둘의 기량이 상승하는 게 눈에 보이는데, 항상 서하령이 앞서가고 있다.

'그에 비해 저놈은……'

진예는 하루에 두 번씩 대련을 경험하고 있었다.

한 번은 서하령과, 그리고 또 한 번은 형운과.

'쓰는 무공을 보면 분명히 귀혁의 것이 맞는데, 사부와 제자가 이렇게까지 다를 수가 있나?

보면 볼수록 이상한 놈이다. 아무리 봐도 이해를 못 하겠다.

아마 진예 역시 마찬가지 심정이리라.

2

설산에 사는 사람들은 사시사철 사방이 새하얗게 얼어붙은 풍경을 보고 자란다. 그들이 남쪽 지방의 사람들보다 추위에 강한 것은 당연한 일이라고 할 수 있었다.

백야문도들은 그런 설산의 주민들 중에서도 특별하다.

한기를 몸으로 받아들여 빙백지신(氷白之身)을 이루는 그들은 추위를 고통으로 여기는 게 아니라 스스로를 연마할 기회로 여겼다. 하지만 그것도 한계가 있어서 자신이 감당할 수 있는 것 이상의 한기가 쏟아지면 고통을 느끼게 마련이었다.

진예는 백야문도들 중에서도 특별했다.

그녀는 성운의 기재로서의 재능이 개화하기 전부터 빙백지신을 이루기 위한 백야문의 무공, 빙백설야공(氷魄雪夜功)에 비범한 재능을 보였다. 열아홉 살이 된 지금은 빙백지신의 완성도가 사형, 사저들보다도 높아져 있었다.

휘이이이이이…….

설산의 바람은 매섭다. 특히 겨울이 다가오고 있는 시기라면 두꺼운 털옷으로 무장해도 얼어 죽을 것을 걱정해야 한다.

그러나 진예는 얇은 옷 하나만 헐렁하게 걸치고, 심지어 맨발로 쌓여가는 눈 위에 서서 고개를 갸웃하고 있었다.

'이 사람은 대체…….'

주변은 엉망진창으로 헤집어져 있었다.

쌓이고, 얼어붙은 설산의 눈이 푹푹 파이고 열기에 의해 증발한다. 열풍이 설풍과 부딪쳐 녹아들어 가는 가운데 한 사람이 진예와 대치하고 있었다.

푸른 옷자락을 펄럭이는 청년, 형운이었다.

사부인 설산검후 이자령은 매일같이 그와, 서하령과 한 번씩 대련을 벌일 것을 명령했다.

진예는 백야문도가 아닌 무인과 싸워본 경험이 별로 없었다. 설산의 온갖 괴물들과 싸워왔기에 전투 경험은 출중했지만 무인을 상대로 하는 경험은 또 다른 법이다.

서하령과 싸우는 것은 대단히 흥미로운 경험이었다. 매일 싸울 때마다 다른 상대를 만나는 것 같다. 그녀와 수를 겨루는 것이 재미있어서 그 어느 때보다도 무공에 몰두하게 되었다.

오늘은 이런 실수를 해서 당했다. 내일은 이런 식으로 맞서보자. 아니다, 이건 통하지 않을 것 같다. 좀 더 그녀의 허를 찌르는 방법은 없을까…….

그렇게 궁리하는 것 자체가 재미있어서 시간 가는 줄 몰랐다. 사부인 이자령이나, 장로들처럼 나이 많은 고수들을 상대할 때는 경험해 본 적 없는 감각이었다.

형운과 싸울 때는 그런 기분이 들지 않는다. 싸우면 싸울수록 묘한 사람이라는 생각만 강해졌다.

작년의 흑영신교 강습으로부터 1년이 좀 넘는 시간이 흘렀을 뿐이다. 하지만 이전의 나태함을 버리고 진지하게 수련에 매진한 진예의 무공은 극적인 성장을 이루었다.

그런데도 형운의 방어를 뚫을 수가 없다. 감극도의 방어가 너무 철통같아서 대련에서 여러 제약을 두고 수를 겨루는 상황에서는 도저히 빈틈을 비틀어 열지 못했다.

거기까지는 좋다. 이자령이 미리 귀띔해 준 바가 있었으니까.

'귀혁 그 작자의 제자이니만큼 감극도는 제대로 익히고 있겠지. 방어에 한해서는 이미 상당한 수준에 도달해 있을 것이다.'

'황실에서 봤지만, 요체를 알 수 없는 무공이었어요.'

'그럴 것이다. 감극도는 내가 아는 한 천하에서 제일 재수 없는 무공이니까.'

'……'

'생각나는 수는 다 시험해 보되 절대 초조해져서 무리수를 던지지 마라. 이 또한 좋은 경험일 테니.'

절세의 무공을 평하면서 고른 말이 하필이면 '재수 없다' 라니… 어이가 없었지만 실제로 상대를 해보니 왠지 공감이 간다.

서하령과 싸울 때도 서로 방어를 뚫기가 어려웠다. 하지만 하나를 공략했다 싶으면 새로운 수가 튀어나오고, 또 그걸 잡았다 싶으면 신선한 변수가 튀어나오는 식이어서 서로가 서로를 자극해 성장을 이끌어낸다는 충실감이 있었다.

그에 비해 형운과의 겨룸은 단순하다 못해 따분하다.

무궁무진한 변화? 예측할 수 없는 변수?

그런 것은 없다. 판에 박힌 듯 똑같은 수가 지겨울 정도로 반복된다. 여길 찌르면 이렇게 나오고, 저길 찌르면 이렇게 대응할 것이며, 이런 수를 쓰면 저렇게 나올 것이다…….

마치 예지 능력이라도 얻은 것처럼, 형운의 행동을 손바닥 들여다보듯이 알 수 있을 것 같다.

'그런데 뚫을 수가 없어.'

마치 굳건한 철벽에다 대고 칼질을 하는 기분이었다.

형운은 절대적인 승리의 공식을 쥐고 그것을 강철처럼 우직하게 반복한다. 이쪽에서 어떻게든 변수를 이끌어내려고 해도 호응해 주지 않는다.

그러다 보면 지쳐 나가떨어지는 것은 이쪽이다. 무리해서 틈을 만들었다 싶으면 인간을 초월한 반응 속도와 산도 부술 것 같은 힘으로 그 국면을 압도해 버린다.

뻔히 알면서도 뚫을 수 없는 철옹성.

진예가 지금까지 겪어보지 못한 막강함이다.

'흑영신교주가 어떻게 쓰러졌는지 알 것 같아.'

작년에 형운이 흑영신교주와 싸울 때, 그녀는 의식을 잃고 있어서 보지 못했다.

하지만 매일같이 형운과 대련을 해보니 그토록 막강했던 흑영신교주가 어떻게 무너졌는지 알 것 같다. 세상에서 제일 단순한 문제인데, 자신에게는 그것을 풀 답이 없다니…….

그래도 여기까지는 좋은 경험이다. 문제는 다른 곳에 있었다.

"도대체 어떻게 하시는 건가요?"

진예가 참지 못하고 물었다.

우우우우우!

설산의 눈과 공기 중의 수분이 결합, 작은 검들의 형상을 취한다. 한기가 농축된 빙백검을 만들어내는 빙백설야검의 진수, 빙설백검이었다.

진예의 빙설백검은 이미 열 개의 빙백검을 만들어 다루는 경지에 올라 있었다.

백야문에서는 명확하게 검의 형상을 취한 빙백검을 만드는 것조차도 20년 고련을 필요로 한다고 본다. 그러나 진예는 작년까지는 빙백검 자체를 만들어내지도 못했다가 1년여 만의 수련으로 여기까지 성취를 높였다.

문제는 백야문도에게 있어서 절대적인 우위를 만들어내는 빙백검이 형운에게 통용되지 않는다는 것이다.

"아무리 한서불침이라도 그렇지, 어떻게 빙백검이 범접도 못하게 막을 수가……."

빙백검은 의념으로 조종된다. 허공섭물을 익히지 못했더라도 마치 그런 것처럼 자유자재로 조종할 수 있다.

하지만 아무리 빙백검의 통제에 정신을 집중해도, 형운에게 다가가기만 하면 멈춰 버린다. 일정 거리 이상으로 접근하는 게 불가능하다.

이것은 이자령이나 장로들과 겨룰 때나 겪어본 현상이었다. 상대의 빙백검 통제력이 더 높아서 자신의 뜻대로 되지 않는 것.

문제는 형운은 빙백설야공을 익히지도 않았다는 것이다. 그리고 이쪽의 통제권을 침범하는 것도 아니다.

'그냥 접근이 안 돼.'

어떻게 이럴 수가 있을까?

그뿐만이 아니다. 형운에게는 냉기가 통용되지 않는다.

마치 냉기가 알아서 그를 비껴가는 것 같다. 어떤 형태로 냉기를 퍼부어도 옷깃 하나 상하게 할 수 없다 보니 미치고 환장할 노릇이다. 냉기에 대한 방어적인 측면에서는 장로들보다도 더 뛰어난 것 같다.

진예의 물음에 형운이 난처한 표정으로 볼을 긁적였다.

"아, 그게… 그냥 하다 보니 되는데요?"

"……"

진예는 말문이 막혀 버렸다. 자기를 조롱하는 건가 싶었는데 형운의 태도를 보니 그게 아니다.

'와아, 다른 사람들이 날 볼 때 이런 심정이었구나.'

옛날부터 또래의 문도들이 무공을 익히는 요령을 물으면 그녀는 이렇게 대답했다.

'그냥 하면 돼.'

어릴 적에는 눈과 얼음의 소리를 들을 수 있다고 믿었다. 지금은 이자령에게 배워서 그 소리의 정체를 안다.

설산을 타고 흐르는 한기에 깃든 의념이다. 진예는 빙령을 주축으로 한 의념의 흐름을 받아들이는 재능을 가졌기에, 다른 사람이 미지의 감각을 잡기 위해 발버둥치고 한기를 고통스럽게 받아들이는 동안 엄마 품에 안긴 것처럼 자연스럽고 편안하게 그 과정을 통과할 수 있었다.

성운의 기재로서의 재능이 개화한 후에는, 모든 것이 쉬워졌다. 스승이 새로운 기술을 보여주고 요체를 해설해 주면 아주 쉽게 습득할 수 있었다.

남들이 도대체 어떻게 하면 그렇게 할 수 있냐고 물을 때마다 진예는 대답이 궁색해졌다.

그녀 입장에서는 정말 그냥 하고자 하면 되는 것인데 남들은 한참 동안 고련해도 해내지 못해서 좌절하고 있었다.

'사부님 말씀이 옳았어.'

타인이 똑같은 소리를 하는 것을 들으니 정말 재수 없다.

진예는 형운을 통해서 자기반성의 기회를 얻을 수 있었다. 앞으로는 좀 더 이론적인 공부를 열심히 해서 남들에게 요령 있게 설명할 수 있는 사람이 되어야겠다.

진예가 한숨을 쉬었다.

"빙백설야공을 연마한 것도 아니면서 냉기를 그렇게나 자유자재로 다루시다니… 공자야말로 이곳에서 태어나셨어야 할 인재로군요. 세상에는 정말 재능을 타고난 사람이 있나 봐요."

"……."

그 말에 형운이 멍청한 표정을 지었다.

"저기, 지금 뭐라고 하셨는지 다시 한 번 말씀해 주실 수 있겠어요? 제가 잘못 들은 것 같아서."

"재능을 타고나셨다고요."

"……."

형운이 입을 쩌억 벌렸다. 살다 살다 이렇게 어이없는 경우는 처음이다.

다른 사람도 아니고 성운의 기재가 자기보고 뭐? 재능을 타고났다고?

"어……."

뒷골을 얻어맞은 것처럼 떵하다. 적반하장도 유분수라는 말이 이런 때 쓰는 말이던가?

'빈틈이다!'

진예의 눈이 빛났다. 좀 비겁한 것 같지만 열흘이 넘도록 한 번도 방어를 뚫어보지 못했다. 이런 식으로라도 우위를 점해보고 싶었다.

그러나 멍청하니 서 있던 형운의 오른손이 거짓말처럼 날아들어서 진예의 검을 걷어낸다.

진예가 거기에 반응해서 움직임을 변화시키는 순간…….

펑!

마치 그러기를 기다린 것처럼 왼손이 절묘한 각도에서 날아들어서 일장을 먹였다. 균형을 잃은 진예가 핑글핑글 돌다가 균형을 회복하며 눈 위에서 미끄러진다.

절묘한 시간 차 공격이었다. 상체를 미미하게 비틀면서 오른손만 내지르는 척하면서, 아주 약간의 시간 차를 두고 왼손도 거의 비슷한 궤도로 내지르고 있었다. 진예의 눈이 자연스럽게 오른손의 움직임을 좇는 바로 그 순간 의식의 사각에서 왼손이 덮쳐 온 것이다.

'어려워.'

이 기술은 몇 번 겪어봤다. 이미 진예도 재현해서 써먹을 자신도 있었다.

하지만 자기가 받았을 때 완벽하게 대응할 수 있느냐는 별개의 문제다. 일단 형운의 반응 속도가 너무 빠른 데다가 양손이 별개의 움직임을 취한다. 방금 전만 해도 오른손은 검을 걷어냄과 동시에 침투경을 흘려 넣어서 반응을 유도하고, 거기에 반응하는 바로 그 순간에 왼손이 날아들어서 도저히 어쩔 도리가 없었다.

'이 사람, 진짜 얄미워!'

진예는 생전 처음으로 타인을 상대하면서 약이 올라서 어쩔 줄 몰라 했다.

3

형운은 이자령과 약속한 한 달 동안 백야문에 머물렀다.

충실한 수련의 나날이었다. 몇 번 백야문의 일을 돕기도 했지만 거의 대부분 진예와 대련한 뒤 숙소로 돌아와서 서로의 수련을 도우며 시간을 보냈다.

총단에 있을 때와는 또 다른 느낌이다. 환경이 달라지니 그럴 수밖에 없다.

추운 곳에서 잘 싸울 수 있는 법을 궁리한다. 눈과 얼음으로 가득한 곳, 험한 지형에서 무엇을 주의해야 하는지 알게 되었다.

가르쳐 주는 스승은 없었지만, 자율적으로 행하는 수련은 많은 성과를 가져다주었다.

"가는 동안에 새해가 밝겠군."

백야문을 떠나는 날이 되자 형운이 혀를 찼다.

새해가 밝기까지 채 열흘도 남지 않았다. 아무리 강행군을 해도 새해맞이 때까지는 맞출 수 없을 것 같았다.

'사부님은 섭섭해하시려나?'

중간에 백야문도에게 부탁해서 설운성 지부에 소식을 전해두기는 했지만, 역시 귀혁과 같이 새해맞이를 할 수 없다는 점이 아쉬웠다.

문득 형운이 마곡정을 바라보았다.

"넌 안됐다."

"응? 무슨 소리야?"

"올해 신년 비무회에 참가 못 할 거 아냐."

"그러고 보니 그 행사가 있었군."

마곡정의 표정이 일그러졌다.

지난번 신년 비무회는 그에게 있어서 최악의 기억으로 남아 있었다. 순조롭게 이겨나가서 오량만 꺾으면 우승을 할 수 있겠다고 생각할 때 서하령이 느닷없이 튀어나와서 뒤통수를 맞았으니.

형운이 장난스럽게 말했다.

"뭐, 어차피 하령이가 나와서 우승은 못 했을 테니 아쉬울 거야 없나?"

"무시하지 마! 나도 그동안 얼마나 열심히 수련했는데!"

"어머, 그럼 비무회에서 나랑 만났어도 이길 자신이 있었던 거구나? 그냥 여기서 한번 진지하게 대련해 볼까?"

"……."

뒤에서 서하령이 던진 말에 마곡정이 울컥하던 표정 그대로 얼어붙었다. 그러더니 애처로울 정도로 어색한 웃음을 지으며 서하령을 돌아본다.

"아, 아니… 딱히 그러자는 이야기는 아니고. 그냥 나도 열심히 했다 이거지."

'으아, 마곡정……'

형운은 순간 왈칵 눈물을 쏟을 뻔했다. 사람이 이렇게 애처로울 수가!

'다른 사람들이 다 너를 망나니라고 욕해도 나만은 너를 이해한다. 계속 네 친구로 남아 있겠어.'

마곡정이 알았다면 길길이 날뛸 생각을 하던 형운은 문득 한 가지 사실에 생각이 미쳤다.

"아, 그러고 보니……"

"왜? 또 뭐?"

마곡정이 불만 가득한 표정으로 형운을 쏘아본다. 형운이 실소했다.

"아니, 너도 없고 하령이도 없으니 오량 선배가 드디어 우승을 해보겠구나 싶어서."

"……"

마곡정의 표정이 일그러졌다.

확실히 서하령과 마곡정이 없다면 청년부에서 오량은 가장 강력한 우승 후보다.

'무일이 참가했을라나?'

만약 그렇다면 좋은 승부가 될지도 모르겠다. 무일도 형운과 함께 있는 동안 꽤나 실력이 늘었으니까.

'쳇. 이런 때 누나가 총단에 남아 있었어야 하는데… 그래서

딱 청년부에 나갔으면.'

형운이 가려를 흘끔거렸다. 하지만 흘끔거릴 때마다 가려가 시야 밖으로 자연스럽게 빠져나가서 종적을 놓친다.

'누나 은신술은 갈수록 참…….'

가려는 일행 중에 유일하게 진예와 대련을 하지 않았다. 낯을 가려서는 아니다. 형운이 한번 해보라고 권하자 그녀는 명확한 거절 이유를 밝혔다.

'저는 다른 무엇보다도 공자님의 호위무사라는 입장을 우선합니다. 외부인들에게 함부로 전력을 노출하고 싶지 않습니다. 저는 모든 상황을 고려해야 할 책임이 있으니까요.'

사리에 맞는 이유라서 형운도 강요할 수 없었다.

하지만 역시 궁금하다. 지금의 가려는 얼마나 강해져 있을까?

괴령의 유적에서 기연을 얻은 가려의 내공은 거의 5심을 바라보고 있었다. 체내의 기운을 소화하여 기심을 형성하는 과정은 뚝딱 이루어지기 어려운 것이라 조금 더 시간이 필요한 듯하다.

'누나가 좋은 심법만 익히고 있었어도…….'

이것은 가려가 익히고 있는 심법의 문제이기도 했다. 기를 다루는 감각이 탁월하니만큼 연혼기공처럼 뛰어난 심법을 익혔다면 벌써 5심을 이루었을 것이다.

무공에 우열은 존재하는가?

적어도 별의 수호자가 보유한 심법들은 분명한 우열이 갈려 있다. 특성을 넘어서, 같은 특성을 지닌 것들끼리도 어느 것이 더 뛰어난지 비교 자료가 존재한다.

더 발전한 것과 그렇지 못한 것…….

별의 수호자는 명확한 등급을 매겨두었다. 자격을 인정한 자에게 더 좋은 환경을 제공함으로써 조직에 대한 충성도와 통제력을 높이기 위해서다.

'내가 좀 더 실적을 올려서 누나의 재능을 살려줘야지.'

무공 열람권만큼은 형운도 마음대로 할 수 없다. 귀혁이 뒤를 봐주니 자기가 열람하는 것은 상관없지만, 타인에게 전하는 것은 엄격하게 제한되어 있는 것이다.

결국 형운이 공을 세워서 더 많은 권한을 확보하기 전에는 가려 스스로 무공을 발전시키는 수밖에 없다. 물론 형운은 그러기 위한 지원을 아끼지 않을 생각이었다.

문득 서하령이 물었다.

―형운.

―음? 왜?

굳이 전음으로 묻는 이유가 의아하지만 그녀를 바라보지는 않았다. 그럴 만한 이유가 있으리라 판단했기 때문이다.

―어디까지 훔쳤어?

―…….

―난 성운을 먹는 자 일맥의 계승자야. 네 신체에 대한 것은 대부분 알고 있어.

형운은 서하령이 굳이 전음을 써서 물은 이유를 알았다. 만에 하나라도 백야문에서 알아서는 안 될 사실이기 때문이다.

　─전부 다.

　─뭐?

　─야, 놀란 거 얼굴에 티 난다. 보는 사람은 없기는 하다만.

　─…….

　─정정하지. 진예 소저가 보여준 만큼은 다.

　─그게 말이 돼?

　서하령은 경악을 감추지 못했다.

　그녀는 귀혁 다음으로 형운에 대해서 많은 것을 알고 있는 인물이다. 성운을 먹는 자 일맥으로서, 가장 중요한 연구 성과라고 할 수 있는 형운에 대해서 알아둘 필요가 있기 때문이다.

　다 아는 것은 아니다. 귀혁은 형운이 '그녀처럼' 기를 시각화해서 볼 수 있다는 것을 알려주었지만, 얼마만큼 완벽하게 볼 수 있는지는 감췄다.

　하지만 완전기억능력, 생각하는 대로 움직이는 신체, 그리고 기를 시각화해서 보는 특성… 이 셋이 더해지면 어떤 결과가 나오지는 쉽게 예상 가능하다.

　무공의 정수까지도 훔쳐 낼 수 있다.

　성운의 기재들이 보여주는 비상식적인 기술 습득력도 근본을 따져 보면 형운이 지닌 능력과 비슷하다.

　그들은 남들보다 탁월한 감각으로 자기가 본 기술의 요체를 파악해 낸다. 겉으로 드러난 형태를 보고, 기감으로 느낀 진기의 흐름을 상상해서 파악해 낸다. 그리고 순식간에 그 기술을 흉내 내기에 이른다.

형운의 능력은 좀 더 직관적이다.

감극이 극한까지 좁기에, 아무리 빠른 움직임이라도 놓치지 않고 본다. 한번 본 것은 완벽하게 기억해서 되새겨 볼 수 있다.

또한 기감으로 받아들인 정보에 상상을 덧붙이는 수준을 넘어서, 눈으로 그 형태를 확인하기까지 한다. 상대의 무공을 훔쳐 내는 데 있어서는 성운의 기재조차 상대가 안 될 수밖에 없다.

다만 이것을 머릿속에서 조합해서 결론을 도출하는 능력은 별개였다. 형운은 이런 부분의 창의적인 해석력은 별로 뛰어나지 않았다.

형운이 쓴웃음을 지었다.

─익힌 것은 아냐. 일단 최선을 다해서 기억을 되새겨 보지 않도록 했어. 혹시라도 백야문 사람들이 눈치채면 곤란하니까.

이제 형운도 산전수전 다 겪은 몸이라 자기 능력이 얼마나 위험한지 알고 있었다. 한번 보기만 하면 무공의 정수를 훔쳐 낼 수 있다니, 그야말로 무인들의 금기 그 자체라고 할 수 있는 존재가 아닌가.

─하지만 아마 되새겨서 짜 맞춰 보면, 그리고 사부님께 전달하면 아마 명확한 결과물이 나오겠지. 그걸 어떻게 쓰실지는 사부님께서 결정하실 거고…….

─으음…….

확실히 그 정도 정보를 가져다준다면, 귀혁이라면 빙백설야공 그 자체를 재현할 수 있을지도 모른다.

서하령은 형운의 능력이 이 정도일 것이라고는 상상도 못 했다. 일월성신이 대해서 알 만큼 안다고 생각했지만 그것이 오만이었음을 깨달았다.

형운이 말했다.

"짐 다 쌌으면 가자. 검후께 인사드리고 후딱 돌아가자고."

"그래. 이제 추운 것도 지긋지긋하니까……"

서하령의 말은 내심을 감추기 위한 것이었지만 진심이기도 했다. 뼛속까지 얼어붙을 듯한 설산의 추위에서 영원히 멀어지고 싶었다.

4

"진예를 데려가 줘야겠다."

"네?"

이자령의 입에서 나온 마른하늘의 날벼락 같은 소리에 형운의 눈이 휘둥그레졌다.

이자령은 형운이 놀라거나 말거나 자기 할 말만 했다.

"진예도 슬슬 세상에 나갈 때가 되었지. 그래서 황실의 마교 대책반에 합류해서 한동안 경험을 쌓게 할 생각이다."

"그럼 문파의 어른과 함께 나가는 편이 낫지 않겠습니까?"

"내보낼 만한 인원은 다 내보내서 사람을 함부로 뺄 수 없다. 진예도 이제 자기 앞가림할 실력은 되고, 별의 수호자 측에 전할 의뢰도 있어서 심부름도 시킬 겸 너희에게 신병을 부탁하고 싶은데… 싫은가? 백야문주인 내가 정식으로 의뢰하는 것이다만?"

"아뇨, 그렇다면 해야지요. 다만 호위 임무는 맡을 수 없습니다. 전 호위 임무를 수행하기 위한 훈련을 받지 않았기 때문에……."

형운은 그 점을 명확히 했다. 별의 수호자에서는 표국 사업도 하고 있는지라 물건의 운송, 소식 전달, 사람을 경호하는 일도 한다.

하지만 그런 일들은 어디까지나 그 분야의 전문가들이 수행한다. 형운이 중요한 물건을 운송하는 일을 맡는다고 하더라도 그의 역할은 일행의 전체적인 행동을 결정하고, 무력을 더하는 것이다. 세세하고 전문적인 부분들은 그 일을 담당하는 전문가들의 몫이다.

'누나가 있기는 하지만, 누나한테 나 말고 다른 사람을 우선시하라는 명령을 내려봤자 들을 것 같지 않고…….'

이자령이 코웃음을 쳤다.

"젊은이 주제에 패기 없는 소리를 하느냐?"

"책임질 수 없는 일은 하지 말라고 배웠거든요."

"…귀혁의 제자 주제에 귀혁하고는 정말 다르군. 하나도 안 닮았어."

이자령이 혀를 찼다. 형운이 궁금해하며 물었다.

"사부님은 어떠셨는데요?"

"어떤 일을 맡기든 내가 못 할 리가 없다. 고로 네가 맡긴 일도 한다. 단, 그만한 대가는 내놔야겠다……. 그런 인간이었지."

"…아, 그거 정말 사부님답네요."

형운은 납득하고 말았다. 귀혁이라면 그러고도 남았을 것이다.

이자령이 말했다.

"하긴 귀혁하고 쏙 빼닮았으면 울화통이 터졌을 테니 안 닮은 편이 낫군. 세상에 그런 작자가 둘이나 있다면 그건 하늘이 실수를 하신 것일 테니."

"……."

도대체 둘이 젊은 시절에 무슨 일이 있었던 것일까? 궁금하기 짝이 없었다.

'혹시 한서우 선배님 뵐 일이 있으면 물어봐야지.'

형운은 이자령이 알았다가는 활화산처럼 폭발할 생각을 하면서 말했다.

"동행하면서 편의를 봐드리는 정도라면, 맡겠습니다."

"그 정도면 된다. 다만 진예를 통해서 들어가는 의뢰는 꽤 큰 건수라는 점만 염두에 두도록."

"알겠습니다."

"한 달 동안 잘해줬다. 돌아가는 길이 편안하길 기원하지."

"감사합니다. 다음에 다시 뵐 때까지 강녕하시길."

형운은 그녀에게 고개를 숙여 보이고는 물러 나왔다. 혼자 남은 이자령이 말했다.

"정말 괜찮을지 모르겠군. 진예가 귀혁 그 작자를 만났다가 나쁜 물이라도 들어 오면 곤란한데……."

원래는 진예를 세상에 내보낼 생각이 없었다. 아직 몇 년은 더 곁에 두고 수련을 시키고 싶었다.

하지만 형운 일행이 머무르는 동안 하루가 다르게 성장하는 진예를 보며 마음이 흔들렸다. 지금은 곁에 잡아두기보다는 넓은 세상을 겪으면서 잠재력을 개화시켜야 할 시기가 아닐까?

거기에 빙령의 의사가 더해졌다. 빙령은 그녀가 흑영신교도들에게 강탈당한 자신의 분신체를 찾는 데 공헌할 수 있을 것이라고 예감하는 것 같았다.

이자령은 숙고한 끝에 진예를 내보내기로 했다. 황실의 마교대책반에 합류하는 데까지만 잘 간다면 그 후는 좀 마음을 놓아도 될 것이다.

'성운의 기재가 타고나는 풍운, 그것이 저 아이를 집어삼키지 않기를 바라는 수밖에.'

앞에서는 언제나 무서운 모습만 보였지만, 그녀도 어쩔 수 없이 제자를 아끼는 사부였다.

5

"앞으로 잘 부탁드려요."

진예가 꾸벅 고개를 숙였다.

어릴 때 사부를 따라서 황실에 갔을 때 이후로 처음으로 설산을 나가게 된다. 그래서인지 그녀는 좀 들떠 있었다.

"저기, 하령아."

"응?"

여기 머무르는 한 달간, 서하령과 진예는 서로 말을 편하게 하는 사이가 되었다. 둘은 서로 나이가 같아서 그런지 다양한 화제로 이야기를 나누었다.

"옷은 이 정도면 안 이상해 보일까? 바깥에서는 너무 얇게 입으면 이상하게 볼 거라고들 해서…….”

설산에서야 누가 이상하게 보든 말든 신경 쓰지 않지만 바깥으로 나간다니 신경 쓰이나 보다. 옷도 여기에 있는 동안에 본 것보다는 훨씬 단정하게 입었고 거기에 걷옷까지 껴입었다.

서하령이 쓴웃음을 지었다.

“털외투 정도는 하나 더 입는 게 좋을 것 같아.”

진예 입장에서는 나름 방한 대책을 세운 것처럼 보이는 차림새인 것 같지만, 상식적으로 보면 얼어 죽기 딱 좋아 보이는 수준이었다.

형운이 말했다.

“나도 있으니 괜찮지 않을까?”

“너랑 진예랑 같니? 남자야 어떻게 하고 다니든 그냥 정신 나간 놈인가 보다, 하고 말지만 여자가 그런 시선을 받으면 얼마나 상처받는데.”

“…그 말은 내가 정신 나간 놈처럼 보인단 소리야?”

“그럼 정상인으로 보일 거라고 생각했어?”

“…….”

“그렇게 보이기 싫으면 다른 사람처럼 입고 다녀. 한서불침인 거 자랑하고 싶어서 안달 난 것도 아니고.”

“으으음…….”

형운은 말문이 막혔다. 확실히 설운성에 들어서기 전부터 사람들의 이목을 많이 끌기는 했었다. 형운 입장에서는 어차피 춥지도 않으니까 움직이기 편하게 입고 다니는 게 낫다고 본 것인데 생각을 달리해야 할 것 같다.

몇 가지 사항을 점검한 뒤, 일행은 백야문을 떠났다.

형운이 말했다.

"그러고 보니 진예 소저가 있으니 좀 느긋하게 가는 편이 낫겠지?"

"당연하지. 올 때는 너무 강행군이었어. 세상 사람들이 다 너처럼 쓸데없이 튼튼하지는 않다는 것을 상기해 줬으면 좋겠는데?"

"알았다, 알았어."

확실히 올 때는 너무 서둘렀다. 한시라도 빨리 유설의 영혼을 빙령에게 전달하고 싶었기 때문에 다른 사람들을 배려할 여유가 없었다.

"갈 때는 느긋하게 가지. 도시에 들르면 유명한 객잔에도 가보고……."

"이제야 제정신 박힌 소리를 하네."

서하령이 흡족한 미소를 지었다. 오는 길에 정말 불만이 많이 쌓이긴 했던 모양이다.

형운도 모처럼 나온 것이니 가는 길에 구경도 하고, 맛있는 것도 먹고 싶은 마음이 있었다. 특히 돌아가면 또 삼시 세끼 약선만 먹는 생활이 시작될 테니 그 전에 맛난 것들을 많이 먹어 둬야겠다.

가는 길에는 말을 이용하기로 했다. 산길을 갈 때는 산적들과 충돌하게 될지도 모르지만…….

'그거야 산적들 팔자고.'

이제 와서 산적들을 걱정하기에는 일행의 무력이 너무 막강

하다. 산적들과 조우한다면, 그때가 바로 그들이 산적 간판을
내리는 날이 될 것이다.

6

설산을 나선 일행은 사흘 만에 설운성에 도착했다. 일행의 이
동력을 생각할 때 강행군을 하면 이틀이면 도착할 수 있었지만,
산을 내려와서 중간쯤 있는 마을에 들렀을 때 눈보라가 강해져
서 하룻밤 머물러 가야 했다.

"진예는 설운성까지는 와봤어?"

"응. 필요한 물건을 사러 나올 때 몇 명씩 따라가거든."

서하령은 일행에 진예가 합류한 것이 아주 즐거운 것 같았다.
가려도 여자이기는 했지만 별로 이야기 나누기에 좋은 상대는
아니다 보니 그럴 만도 했다.

일행은 설운성의 유명한 객점에서 자랑하는 요리를 먹고, 거
리를 거닐었다.

어젯밤에 한바탕 눈보라가 휘몰아쳤어도 설운성의 거리에는
사람들이 많았다. 사시사철 얼어붙은 곳에서 사는 사람들이다
보니 하룻밤 눈보라쯤은 다들 그러려니 하는 것이다.

진예는 신이 났다. 설산에 처박혀서 사는 백야문도들은 설운
성까지 나오게 되면 한껏 들뜬다. 하지만 나와도 수중에 돈이
많지 않아서 할 수 있는 일이 별로 없었다.

이번에는 여비를 넉넉히 받았기 때문에 서하령과 옷도 사고,
패물도 구경할 수 있었다. 생전 처음 해보는 경험이라 더없이

들떴다.

"왜 그래?"

진예는 문득 서하령의 표정이 굳어 있는 것을 발견했다. 그녀는 굉장히 심각한 표정으로 으슥한 골목길을 쏘아보고 있었다.

"아무것도 아냐. 이상한 냄새가 난 것 같아서."

─저 골목에 마인이 있어.

아무렇지 않은 척 말하면서 전음으로는 다른 이야기를 한다. 고도의 기술이다.

진예가 놀란 표정을 지었다. 기술 자체야 그녀도 할 수 있지만 문제는 연기력이다. 진예는 서하령처럼 천연덕스럽게 둘을 분리할 자신이 없었다.

그것을 알아차린 서하령이 전음으로 말했다.

─듣기만 해.

진예는 고개를 끄덕일 뻔했다.

하지만 동시에 드는 다른 생각 때문에 그러지 않을 수 있었다. 그것은 바로 놀람이었다.

'나한테는 지금도 안 느껴지는데……'

성운의 기재로서의 재능이 개화한 이후, 기감의 예민함에서 누군가에게 뒤진다는 생각은 해본 적이 없었다. 좀 더 넓게, 깊게 살피는 것이야 문파의 어른들만 못한 것이 당연하지만 그저 예민함만으로 한정해서 보면 사부인 이자령조차도 진예가 이미 완성되어 있다고 말할 정도였다.

그런데 서하령이 눈치챈 마기를 진예는 눈치채지 못했다. 뿐만 아니라 그 사실을 듣고 난 지금, 유심히 골목을 살펴도 흔적을 찾지 못하겠다.

'정말로 있는 걸까?'

자신이 집중해서 봐도 흔적을 찾을 수 없는데, 정말 존재하기는 하는 것일까?

그런 의문을 품는 진예에게 서하령이 말했다.

—기환술로 결계를 펼쳐 두고 있어. 빛과 소리를 차단하는 결계야. 하지만 냄새는 감추지 못했어.

—냄새?

보통 기파의 흔적을 감지했을 때 비유적으로 냄새가 난다는 표현을 쓰지만, 서하령은 그런 의미로 말한 게 아닌 것 같다. 하지만 천라무진경에 대해서 모르는 진예는 그 진의를 알 수 없었다.

—어떡할까?

서하령은 둘이 함께 마인이 있는 저 골목으로 들어가 볼지, 아니면 그냥 모른 척 지나칠지 묻고 있었다. 진예에게는 고민할 것도 없는 문제였다.

—우리 문파 앞마당에서 마인을 발견하고도 못 본 척 지나칠 수는 없어.

—좋아. 기환술사도 있을 테니 조심해. 일단 내가 먼저 들어갈 테니 잘 봐.

무엇을 보라는 것일까? 진예는 의아했지만 곧 그녀가 말하고자 하는 바를 알 수 있었다.

서하령의 눈빛이 깊게 가라앉더니 기질이 달라진다. 모습은 그대로인데 기감에 와 닿는 느낌은 마치 딴사람이 된 것만 같을 정도다.

그녀가 골목 안쪽으로 들어서는 순간, 진예는 공기 중에서 아주 미미하게 진동하는 기운의 결합체를 파악했다.

'정말 교묘하네.'

그것은 정체불명의 기환술사가 펼쳐 둔 결계와, 그것을 통과한 서하령 양쪽에 대한 평가였다. 서하령은 스스로의 기질을 변화시킴으로써 결계의 반응을 최소화시켰다.

진예는 모르는 기술이다. 백야문에도 기환술사들이 있긴 하지만, 아직 기환술에 대한 지식은 깊이 있게 배우지 못했기 때문이다.

하지만 서하령이 하는 걸 본 이상 그녀도 할 수 있다. 진예는 즉시 그녀를 흉내 내어 안으로 들어갔다.

골목 안으로 들어서자 분위기가 확 바뀌었다. 마기가 흩어지고 있었고 공기를 타고 피 냄새가 풍겨왔다. 그리고······.

"이런."

한 여성이 두 사람을 돌아보며 난처한 표정을 지었다.

젊은 여성이었다. 20대 중후반 정도일까? 옆집 아낙만큼이나 평범해 보이는 인상인데, 그와는 상반되게도 입고 있는 복장은 굉장히 개성적이었다. 몸에 착 달라붙는, 몸을 빈틈없이 가리는 새카만 가죽옷인데 거기에 달린 붉은 천 장식이 살아 있는 것처럼 나풀거린다.

그 앞에 누군가 쓰러져 있었다. 피 냄새와 마기, 양쪽의 근원이었다.

여성이 빙긋 웃었다.

"젊은 아가씨들이 이런 더럽고 위험한 곳에 함부로 들어오면 안 되지."

"…그쪽도 '젊은 아가씨' 아닌가요?"

서하령이 바짝 긴장한 채로 대꾸했다.

'기파를 읽을 수가 없어.'

고수들은 자신의 기파를 능수능란하게 감추고 원하는 대로 조작한다. 수준 높은 고수가 일반인처럼 자신을 위장하는 것은 쉬운 일이다.

하지만 서하령은 자신이 타고난 감각과 천라무진경을 합쳐서 남들보다 훨씬 깊은 곳을 들여다볼 수 있었다. 귀혁조차도 그녀 앞에서는 세부적인 사항을 감출 수는 있어도 기운의 크고 작음이나 성향을 감추지는 못한다.

그런데 이 여자의 기운은 전혀 읽을 수가 없다. 눈앞에서 마인을 죽이고 단도에 묻은 피를 슥슥 닦고 있는데도 무공을 전혀 익히지 않은 사람처럼 보인다.

여성이 말했다.

"이 언니는 이래 봬도 나이가 좀 많은 편이야. 성운의 기재 아가씨들."

"……!"

서하령과 진예가 동시에 임전 태세로 들어갔다. 은밀하게 끌어 올리던 기운을 단숨에 최고조로 활성화한다.

하지만 여성은 전혀 투지를 드러내지 않는다. 단도를 허리에 찬 칼집에다 집어넣고는 그 반대편에 차고 있던 여우 가면을 들어서 썼다.

'다른 사람으로 변하고 있어?'

동시에 그녀의 기질이 변한다.

아니, 기질만이 아니다. 체격조차도 변한다. 눈으로 보는 앞에서 체격이 머리 한 개쯤 커지고 몸매도 전혀 다른 사람으로……

심지어 목소리조차 달라졌다. 약간 쉰 듯한 중년 여성의 목소리였다.

'내가 꿈을 꾸고 있는 건가?'

기환술사 중에 영수의 둔갑술을 모방해서 모습을 바꾸는 사람들이 있기는 하다. 하지만 이런 식으로, 마치 빛이 비추는 방향에 따라서 그림자가 변하듯이 자연스럽게 변하는 기술은 들어본 적도 없다.

그녀가 말했다.

"이전 세대나 이번 세대나, 성운의 기재는 투지가 넘치네. 내 결계를 알아본 것에 찬사를 표할게. 나는 자혼이라고 해."

"암야살예……!"

서하령이 경악했다.

암야살예(暗夜殺藝) 자혼.

사람의 목숨을 빼앗는 것을 생업으로 삼는 자객이면서도 어려운 자의 눈물을 외면하지 않는 협의지도를 보여 팔객의 일원으로 이름을 올린 자.

중원삼국의 황실에서 막대한 현상금을 내걸고 있는 그는 명실공히 대륙 최강의 자객으로 인정받는 인물이었다.

"그런 허명으로 불리기도 하지. 아가씨들의 이름은?"

"…별의 수호자의 서하령입니다."

"백야문의 진예예요."

"만나서 반가워. 이 상황에 대해서 설명할게. 난 의뢰를 받아서 이 마인을 죽였어. 이 마인은 교묘하게 이웃의 후덕한 부자 노인으로 자신을 위장하고 있었지만, 실은 도시 뒷골목에서 동남동녀를 납치해서 끔찍한 패악을 행하고 살해해 온 작자였거든."

차분하게 설명하는 자혼의 손바닥 위에서 불길이 일어났다. 그 불길이 살아 있는 것처럼 춤을 추면서 마인의 시체로 빨려들어 간다.

화아아악!

그리고 격렬한 불길이 마인의 몸을 불태우기 시작했다.

자혼이 가면 뒤에서 말을 잇는다.

"내 입장을 설명했으니 굳이 싸울 필요는 없다고 생각하는데, 어떻게 생각해, 아가씨들?"

"…말씀하신 것을 믿을 수밖에 없군요."

"고마워. 그런데 혹시 어떻게 내 결계를 알아봤는지 말해줄 수 있을까?"

"대답해 드린다면, 선배님께서는 성운의 기재 허용빈을 후계자로 삼으셨는지 대답해 주실 수 있을까요?"

이번 세대 성운의 기재 중에 풍령국의 허용빈에 대해서는 알려진 것이 거의 없었다. 그는 자신을 차지하려는 자들의 아귀다툼 속에서 가족을 잃었으며, 그 다툼의 끝에서 자혼이 그를 데리고 사라졌다.

그 후로는 종적이 묘연했는데 다들 허용빈이 자혼의 후계자가 되었으리라 여기고 있었다.

자혼이 말했다.

"대담한 아가씨네. 그 질문에는 답하기 싫으니 내 작은 궁금증도 접어두지."

자혼은 그렇게 말하고는 훌쩍 뛰어서 건물 지붕으로 올라갔다. 그리고 말했다.

"아, 그러고 보니 아가씨들은 숙소로 돌아가면 놀랄 만한 소식이 기다리고 있을 거야."

"네?"

하지만 자혼은 대답하지 않고 사라졌다.

진예가 이마에 맺힌 식은땀을 닦으며 말했다.

"암야살에 자혼… 여자였구나."

"그건 몰라."

"응?"

"진짜 얼굴도, 성별도, 출신도… 아는 사람이 아무도 없어. 누구로든 변할 수 있는 변장술을 지녀서 천 개의 얼굴을 지닌 자객이라는 소리를 듣는다고 하던데 그게 이런 의미였을 줄은……."

자혼이 눈앞에서 보여준 변신은 충격적이었다. 저런 기술을 가졌다면 황실에서 막대한 현상금을 걸었는데도 아무렇지도 않게 계속 활동하는 것도 납득이 간다.

'하긴, 정체를 알아본다 하더라도 막을 수 있는 사람이 몇이나 있을까 싶지만…….'

자혼이 싸우는 모습은 전혀 보지 못했지만, 잠시 대치한 것만으로도 감히 그 기량을 측정할 수 없을 정도의 고수라는 사실만은 알겠다. 그녀는 분명 귀혁조차도 쉽게 상대하지 못할 무위의 소유자이리라.

서하령이 한숨 섞인 목소리로 말했다.

"돌아가자. 도대체 숙소에서 뭐가 기다리고 있을지 무섭네."

7

"잠시 못 보는 새에 더 아름다워졌군, 서 소저."

서하령을 보자마자 대뜸 그런 인사를 던진 것은 한서우였다. 숙소로 돌아오자마자 그를 본 서하령은 잠시 동안 말문이 막혀 버렸다.

"…선배님께서 어인 일로 오셨는지요?"

"볼일이 있어서 겸사겸사."

한서우가 장난스럽게 웃었다.

여전히 겉으로 봐서는 강호에 위명이 자자한 혼마라는 것을 믿을 수 없는 사람이다. 외모는 아무리 봐도 30대 초중반으로 밖에 뵈지 않는 데다가 검은 머리칼을 뒤로 묶은 모습은 부드러운 인상의 미남자다. 마기도 거의 완벽하게 감춰서 서하령조차도 집중해서 보지 않으면 감지할 수 없을 정도다.

"이쪽은… 검후의 제자로군."

"……."

"그렇게 경계할 것 없어. 잡아먹진 않을 테니까. 네 사부는 날 죽이고 싶어서 안달이 났지만 난 백야문에 대한 감정이 좋은 편이고."

"그 말을 믿으라고요?"

"보통 이런 때는 믿는 편이 현명하지 않을까? 내 의도가 어떻든 간에."

협박으로 들릴 수도 있는 말이다. 하지만 한서우에게서는 전혀 그런 기색이 없었다.

그는 진예에게서 시선을 거두고 서하령에게 물었다.

"자혼을 만났다면서?"

"어떻게 아시지요?"

"그 녀석이 한 일은 내가 의뢰한 거니까."

"아……."

자혼은 의뢰를 받고 마인을 살해했다고 했다. 한서우가 그녀에게 의뢰를 넣은 장본인이었던 모양이다.

한서우가 말했다.

"자혼이 감탄하던데. 누군가를 죽이는 현장을 들킨 것은 10년 만이라고."

"……."

기뻐해야 되는 건지 아닌 건지 모르겠다. 한서우가 큭큭 웃으며 말했다.

"들어가서 이야기할까? 약간이나마 내 일에 관여한 셈이니 사정을 설명해 주지."

"그러지요."

서하령이 고개를 끄덕이고는 진예를 바라보았다. 진예는 여전히 바짝 긴장한 채로 한서우를 노려보고 있었다.

서하령이 말했다.

"괜찮아."

"정말?"

"검후께서 아시는지는 모르겠지만, 빙령이 있는 곳에도 들락거리시는 분이니까. 네가 무조건 적대해야 하는 상대라면 그러지는 않을 거야."

그 말에 진예가 놀란 표정을 지었다. 그녀도 제법 빙령과 깊게 교감하는 편이지만 금시초문이었다.

한서우가 빙긋 웃었다.

"돌아가신 태상문주께서는 알고 계셨지. 내가 이번에 찾아온 것도 백야문을 돕는 셈이 되는 일 때문이기도 하니 부디 긴장 풀었으면 좋겠군."

"…하령이의 말을 믿을게요."

진예는 내키지 않는 기색으로 전의를 거두었다.

8

형운 일행은 별의 수호자 설운성 지부에서 마련해 준 숙소에 머무르고 있었다. 일행의 신분을 고려해서 그들이 운영하는 고급 객점 쪽의 별채를 통째로 내준 덕분에 한서우가 찾아오는 데도 부담이 적었다.

"귀혁의 제자라는 신분이 좋긴 좋구나. 술 달라고 하니 이렇게 좋은 술이 척척 나오고."

"전 뭐가 좋은 술인지는 잘 모르겠지만요. 사실 향기가 좋은 술은 다 맛있게만 느껴져서."

"술맛은 많이 마셔봐야 알게 되는 법. 그 또한 경륜이지."

한서우는 형운이 구해 온 술이 마음에 드는지 흡족한 표정이었다. 잠시 술맛을 음미하던 그가 말했다.

"음, 그래. 일단 내 일에 관여된 아가씨들에게 사정을 설명해주는 것부터 시작할까? 거기 예쁜 호위 아가씨도 나와서 앉지?"

한서우가 천장을 흘끔 올려다보며 말했다. 가려는 내내 천장에 올라가서 모습을 감추고 있었는데 한서우가 알아차린 것이다.

형운이 말했다.

"그래요, 누나. 어차피 몸을 숨기고 있어봐야 별 의미도 없을 텐데……."

"그건 아니다."

"네?"

"모습을 감추는 게 의미가 없다는 것 말이다. 나도 저 아가씨의 위치를 명확하게 파악한 게 조금 전이다."

"…네에?"

형운의 눈이 휘둥그레졌다. 한서우 정도 되는 고수가 가려의 종적을 정확히 파악하기 어렵다는 말을 하다니?

"누가 가르쳤는지는 모르겠지만 은신술 하나는 정말 절품이군. 자혼에게 보여주고 싶을 정도야."

"……."

"다만 날숨에서 들숨으로 바뀌는 찰나는 좀 더 주의할 필요가 있겠어, 아가씨. 그것만 아니었다면 아마 나도 계속 신경 곤두세우고 있었을 거야."

"조언 감사합니다."

가려가 내키지 않는 목소리로 대답하며 바닥으로 내려왔다. 그러면서 슬쩍 옆으로 이동하는데 자연스럽게 한서우의 시선 중심에서 어긋나는 위치였다.

"내게 다가오는 게 아니라 숨어서 기다리고 있는 상황이라는 것도 고려해야겠지만, 어쨌든 그 나이에 그런 경지에 오르다니 놀랍군. 자객들은 그저 죽일 방법만을 생각하기에 젊은 나이에 극의에 달하는 경우도 있지만 아가씨는 자객도 아닌데… 누구에게 배웠나?"

"……."

"대답하기 싫다면 안 해도 괜찮다. 하지만 이 정도 기술이라면 그 방면으로는 이름난 명문일 것 같은데……."

한서우는 이곳에 왔을 때 '누군가 숨어 있다' 는 것까지는 감지했지만 정확히 어디에 있는지는 파악하지 못했다. 기감을 확장시켜 봐도 알 수 없었다는 점에서 가려는 정말로 완벽하게 천장과 동화되어 있는 상태였다.

다만 살아 있는 인간인 한 호흡하지 않을 수는 없다. 아주 길게, 그리고 약하게 할 뿐이다. 폐에 있던 공기를 다 내보내고 다시 들이마시기 시작하는 찰나에 아주 미미한 흐트러짐이 드러나서 한서우도 알 수 있었다.

형운은 경악했다.

'누나 은신술이 그 정도였다니…….'

가려의 은신술이 대단하다는 찬사야 귀에 못이 박히도록 들어왔다. 하지만 한서우의 말은 무게감이 다르다.

형운이 가려의 은신술의 위력을 실감하지 못한 것은 일월성신의 능력 때문이기도 하다. 이 능력이야말로 은신술의 천적이라고 해도 과언이 아니니…….

'이건 사부님께 한번 의논을 드려볼 만할지도…….'

흥미 가득한 눈으로 가려를 바라보던 한서우는 그녀가 반감을 가지는 것을 느끼고는 자연스럽게 시선을 옮겼다.

"흠. 그럼 일단 하려던 이야기부터 하지. 내가 설운성에서 잡으려던 놈들은 둘이었다."

그들은 30년 전에 위진국에서 악명을 떨친 혈권쌍마(血拳雙魔)라는 마인들이었다.

마기를 감추고 일반인처럼 위장하는 솜씨가 보통이 아닌 자들이었으며, 혈육이 아니면서도 마공을 연마하는 과정에서 서로 심령이 통하여 서로를 끔찍이 위했다.

"실력도 제법인 데다가 숨어 다니는 솜씨가 보통이 아니었지. 특히 사람의 심령을 제압하는 섭혼술(攝魂術)과 그것을 이용해서 광범위하게 정보를 수집하는 능력이 대단하다는 게 문제였는데……."

눈을 마주함으로써 정신에 영향을 끼치는 마안(魔眼)으로 대표되는 섭혼술은 마공 중에서도 고도의 기술로 손꼽히며, 사용하는 쪽도 심령에 타격을 입을지도 모른다는 위험 부담을 안아야 하는 기술이었다. 혈권쌍마는 섭혼술에 있어서는 극치에 달한 고수로 상식 밖의 일들을 할 수 있었다.

"예를 들면 사람의 의식 기저에 자신에게 통하는 창구를 만들어놓거나, 특정한 행동을 심어두는 거지."

"창구를 마련해 두다뇨?"

"자기들이 섭혼술을 걸어둔 인물이 수상한 인물들을 본다면 자동으로 심령의 연결을 통해서 알게 되는 거야."

"아, 들어본 적은 있어요. 하지만 일반인의 눈으로 본다고 해서 그걸 알 수 있나요?"

"한두 명이면 모르겠지만, 한 도시에서 백 명 이상에게 섭혼술을 걸어서 정보원으로 쓸 수 있다면 충분하지."

그 말에 다들 눈을 휘둥그레 떴다. 백 명의 정신 일부를 자신들을 위해 쓴다니 그런 일이 가능하단 말인가?

"그런 재주가 있기에 위진국에서는 모르는 사람이 없을 정도의 흉겁을 일으키고도 지금까지 목숨을 부지하고 있었던 것이다. 어쨌든 난 얼마 전에 이놈들의 흔적을 찾게 되었고 그 후로 모든 수단을 동원해서 뒤를 쫓고 있었다. 그래서 이놈들이 누구로 위장하고 있는지까지 알아내는 데 성공했는데… 거기서 문제가 발생했지."

이 둘은 서로 만나는 경우가 거의 없고 꼭 먼 곳에 각기 떨어져 있었다.

한 명을 잡으면 다른 한 명이 그 사실을 알게 된다. 아무리 한서우라도 이 둘을 동시에 잡을 방법이 없었다.

"수많은 사람들 중에 누구누구한테 섭혼술을 걸었는지 알 수 없었다는 것도 문제고……."

한서우도 심령을 다루는 마공에는 꽤 조예가 깊었지만, 혈권쌍마는 섭혼술에서는 극의를 이룬 자들이었다. 강약의 문제가 아니라 수법의 교묘함에서, 그리고 둘이 공간적인 제약을 초월하여 완벽하게 연계한다는 점에서 빈틈을 찾기 어려웠다.

"그래서 자혼을 불렀지. 의뢰비가 비싸게 먹히긴 하지만, 혈권쌍마를 잡을 수 있다면 그만한 투자는 할 만하거든."

"저기……."

형운이 물었다.

"암야살에 자혼은 정의의 자객이라고 들었는데요?"

"음. 돈 받고 사람 죽이는 놈이 그런 소리를 듣는 게 심히 부조리한 일이라고 생각하긴 하지만, 어쨌든 세간의 평은 그렇지?"

"억울한 자에게는 재물을 바라지 않고, 그 눈물만을 대가로 삼아 악인을 처단한다던데 그런 흉악한 놈들을 잡는 데 돈을 받나요?"

"의뢰한 게 나니까."

한서우가 피식 웃었다.

"진정 억울한 약자가 부탁하면 동전 하나, 아니, 네 말대로 진심 어린 눈물만으로도 의뢰를 받아주지만 돈이 있는 자가 부탁하면 엄청난 금액을 청구하지. 어쨌거나 의뢰자가 나인 시점에서 정의를 행하니까 무일푼으로 봉사하라는 소리에 넘어가주는 녀석은 아니다."

한서우는 자혼에게 의뢰, 혈권쌍마를 동시에 덮쳤다. 쥐도 새도 모르게 다가가서 그들을 일반인의 눈이 미치지 않는 곳에 격리시킨 뒤에 압도적인 힘으로 처치해 버렸다.

"이런 일이 가능한 협력자는 천금을 주더라도 구하기 어렵지. 그래서 그 녀석에게 의뢰한 거다. 어차피 다른 일도 의뢰해 둔 게 있어서 겸사겸사."

"다른 일이요?"

"이 일이 내가 너희를 찾아온 이유다. 특히 검후의 제자 아가씨, 너와 관련이 깊지."

"저하고요?"

진예가 눈을 휘둥그레 떴다. 한서우가 고개를 끄덕이며 말했다.

"흑영신교 놈들이 훔쳐 간 빙령과 관련된 비밀 연구 시설을 발견했다. 놈들을 급습하려는데 협력해 주지 않겠느냐?"

제45장
설원(雪原)의 마(魔)

성운을 먹는 자

1

혹영신교는 교주와 신녀를 조직의 맨 꼭대기에 두고 그 아래 팔대호법이, 다시 그 아래에 이십사흑영수(二十四黑影手)가 존재한다.

팔대호법은 무력과 영력, 양쪽이 뛰어나야 오를 수 있는 흑영 신교 최고의 자리다. 군사적 지도자인 동시에 영적 지도자이기도 한 그들은 흑영신의 뜻에 도달하지 못하면 결코 자격을 얻을 수 없다.

그에 비해 이십사흑영수는 무력이나 영력, 둘 중 하나만 뛰어나도 될 수 있다. 그들은 하부 조직이나 지부를 총괄하는 자들로 다들 중요한 임무를 수행해 왔다.

흑혈마검(黑血魔劍) 진건은 15년 전에 풍령국에서 대살겁을 일으킨 인물이었다.

그는 당시에 자신을 추적해 온 백 명의 무인을 산악전으로 각
개격파하고, 팔객의 일원으로 불리던 선풍검(旋風劍) 백무윤과
동수를 이루었다. 백무윤은 그때 입은 상처를 회복하지 못하고
죽음을 맞이했으며 진건은 종적이 묘연해졌다.

진건 역시 중상을 입었으나, 백무윤과 달리 사령인이라 명이
훨씬 질겼다. 그는 어둠 속에서 조직을 재건하고 있던 흑영신교
에 귀의하여 이십사흑영수의 일원이 되었다.

"흠……."

사령인인 진건은 가면으로 얼굴을 가리고 펄럭이는 검은 옷
으로 전신을 가리고 다녔다. 가면 안쪽에서 흘러나오는 그의 목
소리에는 듣는 것만으로도 사람을 떨게 만드는 불길한 기운이
실려 있었다.

진건의 주변에는 지독한 한기가 흐르고 있었다. 그가 아니었
다면 순식간에 얼음기둥이 되었을 한기 속에 육중한 얼음덩어
리들이 산산조각 나서 흩어져 있는 것이 보였다. 그의 검에 파
괴된 잔해들이다.

"상당히 완성도가 높아졌군."

진건이 검을 집어넣으면서 말하자 저편에서 흑영신교의 문양
이 그려진 검은 장포를 입은 중년인이 고개를 숙였다.

"감사합니다."

"이 정도면 충분히 실전에 써먹을 수 있을 것 같다."

"유감스럽게도 아직 해결해야 할 문제가 많습니다. 특히 장
소가 문제지요."

"거리의 문제인가?"

"예. 정확히는 설산에서 얼마나 떨어져 있느냐… 가 문제입니다."

"빙령에게서가 아니라?"

진건이 의아해하며 물었다.

빙령(氷靈).

이들은 백야문에서 강탈한 빙령을 연구하고 있었다.

거대한 자연의 정수라고 할 수 있는 빙령이 내재된 힘은 감히 인간이 측량할 수 없을 정도였다. 이 힘을 제대로 쓸 수 있다면 어마어마한 전력이 되겠지만, 빙령은 스스로 의지를 지닌 존재였기에 마교도인 그들에게 힘을 빌려줄 가능성은 없다고 봐도 좋았다.

하지만 흑영신교는 천 년을 넘는 장구한 세월 동안 사악한 지혜를 축적해 온 자들이다. 온갖 수단을 동원해서 빙령의 힘을 끌어내고 있었다.

중년인이 말했다.

"그렇습니다. 그리고 다른 지부에서도 실험해 본 결과, 더운 지방에서는 힘이 저하되는 문제가 심각합니다. 여기서 연구를 진행하지 않았다면 성과가 훨씬 미비했을 겁니다."

"위험을 감수하고 백야문 놈들의 앞마당에 지부를 세운 보람이 있었군."

진건이 있는 지부는 하운국과 풍령국의 국경 역할을 하는 설원 한구석에 있었다. 백야문에서도 멀리 떨어져 있는 것은 물론이고 인간의 발걸음이 닿지 않는 비경이다. 그런 점을 고려해도 엄청나게 대담한 행동이라고 할 수 있으리라.

"흑혈마검."

자신의 거처로 돌아가던 진건에게 다가오는 이가 있었다. 눈에 흰자위가 없고 온통 새카만 것이 섬뜩한 느낌을 주는 남자였다.

"무슨 일이지, 흑안귀(黑眼鬼)?"

흑안귀 역시 진건과 마찬가지로 이십사흑영수의 일원이었다. 하지만 외부인이었다가 귀의한 진건과 달리 순수하게 교내에서 육성된 인물이라 나이가 젊은 편이고, 서로 파벌이 달라사이는 좋지 않았다.

"성지로부터 경고가 왔소."

"신녀께서 위험을 예지하셨나?"

"그렇소. 확실한 것은 아니지만 큰 위험이 덮쳐 올 가능성이 있으니 싸움에 대비하라고 하셨소."

"신녀께서 그렇게 모호하게 말씀하시는 경우는 드문데… 주의하는 게 좋겠군. 알겠다. 내 부하들에게 경계령을 발동시키지."

흑안귀가 고개를 끄덕였을 때였다.

쿠르릉!

먼 곳에서 폭음이 울리면서 진동이 전해져 왔다. 진건과 흑안귀가 서로를 바라보았다.

"누군가 방어진을 건드렸군. 신녀께서 경고하신 존재인가? 경고가 내려오자마자 이런 일이…….''

"확인해 봐야겠소. 경계령 발동을 부탁드리오."

"알겠다. 곧 따라가지."

진건과 흑안귀가 질풍처럼 지하 통로를 질주하기 시작했다.

2

"이렇게까지 물샐틈없이 기환진을 펼쳐 놓다니, 어디서 이런 기운을 끌어오는 거지? 이 정도면 주변 기운이 뒤틀려도 보통 뒤틀리는 게 아닐 텐데… 상당한 솜씨군."

눈보라 속에서 긴 검은 머리칼을 휘날리는 남자, 한서우가 투덜거렸다.

물을 땅에다 부으면 다 떨어지기도 전에 얼어붙을 것 같은 추위다. 하지만 검은 외투 하나만을 걸친 그에게는 한기가 범접하지 못하고 있었다.

흑영신교의 비밀 연구 시설은 눈 밑에 파묻혀 있었다. 사시사철 눈보라가 휘몰아치는 지역인데도 만에 하나를 대비해서 지상에서 봐서는 전혀 찾을 수 없게 되어 있다.

주변에 방어용 기환진이 펼쳐져 있어서 해제하면서 나아가려고 시도해 봤는데, 어림도 없는 수작이었다. 손댄 지 얼마 지나지도 않아서 폭발이 일어났다.

그 옆에서 형운이 말했다.

"전체적으로는 세 개의 기환진이 서로 다른 높이에 설치되어 있는데요? 눈이 쌓여 있는 지형을 이용한 것 같아요. 진을 유지하는 기운은 내부에서 공급하고 있는 것 같고……."

"…그런 건 어떻게 아는 거냐?"

한서우가 어처구니없어했다. 예지력을 지닌 그도 빈틈을 찾기 어려운 구성의 방어진이다. 그런데 그 요체를 한눈에 꿰뚫어 본다고? 뛰어난 기환술사라도 한참 동안 살펴봐야 할 텐데 어찌 이럴 수가 있는가?

형운이 난처한 웃음을 지었다.

"설명은 잘 못하겠어요. 그냥 보다 보니 알게 되는 거라서……."

"이놈 참 위험한 물건일세."

"하지만 어떻게 생겼는지 말고는 하나도 모르겠으니 이 이상은 기대하지 말아주시고……."

"그렇게 사람 놀라게 시작해 놓고 금세 꼬리를 말다니, 실없는 녀석 같으니. 어쨌든 일단 뚫어볼까? 진의 위치와 모양에 대해서 네가 파악한 만큼이라도 설명해 봐라."

"높이는 비스듬하게 기울어져 있고 하나는 지하, 하나는 지상, 그리고 하나는 눈 위로… 3장(약 9미터)의 높이 차에 배치되어 있어요. 그리고 모양은……."

형운이 눈에 보이는 대로 한서우에게 진의 정보를 전했다. 한서우는 들으면 들을수록 놀람을 금할 수 없었다.

'귀혁, 그 작자는 제자한테 도대체 무슨 짓을 했길래 이런 괴물이 된 거야?'

마치 진의 구성도를 앞에다 펼쳐 두고 보는 것처럼 세세하게 설명하고 있지 않은가?

자신이 설명하는 내용의 의미는 모른다고 하나 두렵기 짝이 없는 능력이다. 한서우는 그것을 듣는 것만으로도 진을 어떻게 뚫을지 계획을 수립할 수 있었다.

"잠입은 자혼에게 맡기고 우리는 계획대로 눈에 띄게 전진한다. 각오를 다지도록 해라."

이번 일에는 암야살예 자혼도 함께한다. 애당초 한서우가 자혼에게 넣은 주요 의뢰는 이쪽이었고 혈권쌍마는 종적을 발견한 김에 추가 의뢰를 넣어서 처리한 것뿐이었다.

"네."

형운이 고개를 끄덕였다.

가려와 서하령, 마곡정, 진예도 긴장하고 있었다. 다들 실전도 몇 번이나 겪어보기는 했지만 팔객 둘과 함께 마교의 비밀 지부를 덮치는 상황이 주는 압박감은 생각 외로 컸다.

한서우가 일행을 격려했다.

"각오는 하되 몸은 사려라. 어차피 진짜 위험한 놈은 우리가 처리할 거고 너희는 상대할 수 있는 놈들만 상대하면 된다."

한서우는 형운 일행에게 큰 역할을 기대하지 않았다. 다들 알아주는 기재들이라 하나 아직까지는 부족한 곳이 많은 애송이들이다.

그럼에도 그가 이들을 끌어들인 것은 감정적인 이유와 실리적인 이유가 공존하고 있었다.

감정적인 이유는, 이것이 빙령과 관계되어 있다는 부분이다.

유설을 통해서 빙령과 인연을 맺은 형운에게는 이 일을 할 이유가 충분하다고 여겼다. 백야문도인 진예 역시 마찬가지다.

실리적인 이유는, 비록 아직 젊다 못해 어리기는 하지만 다들 출중한 무력을 지녔다는 점이다.

한서우와 자혼이 이곳을 급습할 경우 몰려드는 적들을 상대하느라 정작 노리던 알맹이는 놓칠 가능성도 있었다. 형운 일행이 가세함으로써 둘이 감당해야 할 부담은 훨씬 줄어들게 된다.

'마인으로 사는 것은 역시 서러운 일이라…….'

한서우가 쓴웃음을 지었다.

지금까지 협객으로 불릴 만한 삶을 살았기에, 마인임에도 불구하고 그를 믿어주고 협력해 주는 이들도 많기는 했다. 하지만 역시 이런 때 함께 싸울 수 있는 인맥이 별로 없는 것은 아쉬운 부분이다.

'검후가 꽉 막히지만 않았어도…….'

선대 문주였던 오운혜는 말이 통하는 편이었다. 공식적으로야 인정하지 않지만 뒤에서는 협의를 통해 자신과 협공하도록 판을 짜는 것도 가능했다는 의미다.

하지만 이자령은 그런 타협을 받아들이지 않았다. 그래서 아쉬운 대로 진예를 끌어들이는 것으로 만족해야 했다.

'이 아이가 다음 대 문주가 된다면 그때는 이야기가 좀 통할 수도 있겠지.'

아무래도 이자령과는 별로 좋은 관계를 쌓을 기회가 없었다. 하지만 다음번에도 그러리라는 보장은 없지 않은가?

한서우가 말했다.

"자, 그럼 간다. 내 뒤에서 떨어지지 마라."

앞장서는 한서우의 몸에서 불길한 마기가 들불처럼 일어나기 시작했다.

3

"명성이 자자한 혼마가 납셨군. 어쩐지 신녀께서 내리신 예지가 불분명하다 했더니."

흑혈마검 진건은 가면 뒤에서 혀를 찼다. 그의 앞에서는 기환술사들이 바깥 상황을 벽에다 영상으로 비추고 있었다.

혼마 한서우에 대해서는 흑영신교에서도 모르는 이들이 없다. 한때 3대 마교의 하나로 불렸던 혼원교 최후의 전인으로 신녀의 예지에서 벗어난 예측 불허의 존재.

마인이면서 마인을 사냥하는 한서우의 행보는 흑영신교와도 잦은 충돌을 빚어왔다. 백야문을 공격했을 때 그에게 입은 피해만 생각해도 이미 같은 하늘을 이고 살 수 없는 원수라고 할 수 있으리라.

"한 번쯤 싸워보고 싶은 상대이기는 했지. 이런 식으로 기회가 오다니."

진건이 음산하게 웃었다.

이십사흑영수의 일원이기는 하지만 그의 무위는 팔대호법과 견주어도 떨어지지 않는다. 아니, 팔대호법 중 그와 필적할 만한 자가 몇이나 될지 의심스러울 정도다.

진건이 이십사흑영수에 머물러 있는 것은 영적인 능력이 떨어지기 때문이다. 팔대호법은 무력과 영력을 두루 갖추어야만 오를 수 있는 자리이기에 그도 자신의 지위를 수긍하고 있었다.

하지만 혼마를 쓰러뜨리는 공적을 세운다면 어떨까?

그러면 흑영신의 총애를 받을 수 있을지도 모른다. 교에서 아껴둔 비술로 자신의 부족함을 채워 팔대호법에 오르는 것도 불가능한 일은 아니다.

진건은 곧바로 흑안귀를 찾아갔다.

"지휘는 당신에게 맡기지."

"혼마와 싸울 생각이오?"

"그렇다."

"으음. 저자가 얼마나 위험한 존재인지는 상부에서도 누차 경고해 온 바요. 정면으로 맞붙기보다는……."

"그게 통할 상대 같은가?"

진건이 외부 상황을 비추는 영상을 가리키며 말했다.

한서우는 거침없이 방어진을 헤치고 전진해 오고 있었다. 세 개의 진이 맞물려 있는 형태, 기운의 흐름을 전부 파악하고 있는 것처럼 공백 지대를 찾아 들어가서 취약한 부분을 힘으로 때려 부순다.

전진하는 속도가 빠르지는 않지만 착실했다. 기환진에 내재된 진정한 기능, 환각에 휩싸이게 하거나 왜곡된 공간에서 헤매게 하는 힘이 전혀 발동되지 못하고 돌파당하는 중이다.

진건이 말했다.

"진이 다 부서지기 전에 나가서 싸우겠다. 마검대(魔劍隊)의 정예를 데리고 나가지. 저놈이 일행을 끌고 온 것으로 보아 양동작전일 수도 있으니 거기에 대한 대비는 당신이 맡아주면 좋겠군."

"…알겠소."

흑안귀는 못마땅한 기색으로 고개를 끄덕였다.

그는 자신이 한서우의 상대가 못 된다는 것을 일찌감치 파악하고 있었다. 그래서 신중하게 방어할 것을 주장했지만 흑혈마검이 위험을 감수하고 맞서겠다면 말릴 이유는 없었다.

"혹시 모르니 빙설마(氷雪魔)를 준비시키겠소."

"좋은 실전 실험이 되겠군. 되도록 그때까지는 시간을 끌어보도록 하겠다. 혼마의 명성이 헛된 것이라면 그 전에 끝나겠지만……."

진건이 불길한 웃음을 흘리면서 통로로 걸어 나갔다. 흑안귀가 아니꼬운 듯 중얼거렸다.

"흠. 어디 전대 팔객과 동수를 이루었다는 잘난 무위를 구경해 볼까?"

하지만 그에게는 둘의 격전을 느긋하게 관전할 여유 따위는 주어지지 않았다.

쿠르르릉!

진건이 출격한 지 얼마 지나지 않아서 통로 곳곳에서 폭음이 울려 퍼졌기 때문이다. 흑안귀가 경악했다.

"무슨 일이지?"

"제7통로 쪽 벽에서 폭발이 일어났습니다!"

"흑혈마검은 제3통로로 나갔는데 왜 그쪽에서……."

기환술사들이 그쪽의 영상을 비추는 데는 조금 시간이 걸렸다. 그곳에 설치해 둔 영상 수집용 기물이 파괴되었기 때문에 가장 가까운 곳에 있는 기물과 연결, 영상의 시점을 옮겨가야 했기 때문이다.

폭발로 인해서 그곳에 있던 이들이 죽고 다쳤다. 잔해를 치우고 부상자를 끌어내는 모습이 보였다.

흑안귀는 불길함을 느끼며 말했다.

"빨리 원인을 파악해서 보고해라. 그리고 그곳에서 중앙 연구실까지 이어지는 통로는 폐쇄해 버려."

"침입자가 있을 거라고 보십니까?"

그의 부관 노릇을 하는 오귀의 물음에 흑안귀가 눈살을 찌푸렸다.

"그렇게밖에 볼 수 없는 상황 아닌가?"

"하지만 아무리 은신술의 대가라도 이 안에서 모습을 감출 수 있을 리는……."

"조심해서 나쁠 것은 없다. 신녀께서 직접 경고하실 정도니까. 너는 현장으로 가서 상황을 살펴보도록."

"알겠습니다."

오귀는 곧바로 통로로 향했다.

4

한서우가 진을 파괴하면서 나아가는 것은 반 이상이 형운의 공이었다. 형운의 눈이 아니었다면 아무리 그렇다고 해도 이 진을 돌파하는 데 훨씬 애를 먹었을 것이다.

그렇게 반 정도 나아갔을까? 문득 한서우의 눈썹이 꿈틀거렸다.

"모두 흩어져서 피해라!"

"네?"

모두들 의아해하면서도 신속하게 반응했다. 형운이 사전에 파악한 안전지대에서 벗어나지 않은 채로 위치를 바꾸면서 방어 태세로 들어간다.

파아아아아!

순간 그들이 발 딛고 서 있던, 눈이 겹겹이 쌓인 지면을 관통하며 새카만 무언가가 튀어나왔다.

'뭐지? 액체인가?'

순간적으로 형운은 그것이 커다란 검의 형상으로 뭉친 액체임을 알아보았다.

물의 기운을 다루는 영수라면 수류로 바위도 가른다고 하니 이런 게 있어도 이상하지는 않다. 그러나 그 액체가 온통 새카맣고 찐득하다면, 그리고 썩어가는 냄새가 난다면 이야기가 다르다.

곧 형운은 그 너머에 있는 기운의 정체를 파악했다.

"마인이 와요! 내공이 엄청난……!"

"별로 모습을 감출 생각은 없으니 그렇게 설명할 필요 없다, 애송이. 지금 것은 그저 가벼운 인사였을 뿐."

불길한 기운이 실린 목소리가 울려 퍼졌다. 그리고 검은 액체의 검이 뚫어놓은 구멍 속에서 한 사람이 서서히 부상했다.

치이이이이……!

검은 액체가 비산하며 자욱한 안개를 이룬다. 형운은 이 안개에 무시무시한 힘이 깃들어 있음을 알아보았다. 적이 모습을 드러내는 그 순간 치려던 한서우가 주춤하며 공격을 거두었다.

"모처럼 해볼 만한 상대끼리 만났는데 기습으로 끝장을 보는 것은 너무 멋이 없지. 그렇지 않은가?"

새하얀 가면, 그리고 검은 옷으로 전신을 두른 남자가 허공으로 떠올랐다.

"능공허도(凌空虛道)?"

마곡정이 눈을 휘둥그레 뜨고 중얼거렸다. 하지만 형운은 그게 아님을 알아보았다.

"아냐. 잘 봐."

남자는 콸콸거리며 허공에서 들끓는 검은 액체를 밟고 서 있었다. 저 검은 액체는 남자의 의념에 반응, 자유자재로 변화하는 게 분명했다.

"애송이 주제에 눈썰미가 있다 싶었더니… 이거 이거, 우리 교주님께 몹쓸 짓을 했다는 흉왕의 제자 아닌가?"

"꽤 높으신 분인 것 같은데 나를 알아봐 주시다니 영광이라고 해야 하나?"

"영광일 것까지야. 너는 우리 쪽에서는 꽤 거물로 취급받고 있는 편이다. 원래대로라면 너를 사로잡아서 데려가는 것도 괜찮았겠지만… 훨씬 맛있어 보이는 먹잇감이 눈앞에 있어서 안 되겠구나. 나이에 맞게 내 부하들과 놀도록 해라. 되도록 생포하는 편이 교주님이 좋아하실 것 같으니 죽지 않도록 조심하고."

"……."

오만하기 짝이 없는 말이다.

하지만 형운은 개의치 않았다. 마인에게 상식적인 반응을 기대한다면 그쪽이 바보스러운 일이니까.

무엇보다 저 마인은 저렇게 오만방자해질 만한 고수이기도

했다. 저 검은 액체를 자유자재로 다루는 수법도 그렇지만…….

'8심이라니.'

내공 수위가 8심에 이르러 있었다. 기심 하나하나가 일반적인 무인들보다 훨씬 큰 기운을 담고 있는 데다가 전신의 기맥을 채우고 있는 기운도 엄청나게 밀도가 높다.

형운이 물었다.

"당신은 팔대호법인가?"

"아니, 이십사흑영수다."

"…….."

"팔대호법도 아닌 아랫것이 혼마를 상대하려고 나오다니 제정신이냐고 묻고 싶은 표정이로군? 맹랑한 애송이로다."

"…아니, 그렇게 생각한 것은 아니지만."

형운은 내심을 다 밝히지 않았다. 하지만 속으로는 적지 않게 놀라고 있었다.

'이상한데? 이 정도 고수인데 팔대호법보다 지위가 아래라고? 팔대호법의 무공이 제일이 아닌 건가?

혹은 자신처럼 내공만 높은 경우인 것일까? 하지만 그런 작자가 한서우를 상대하겠다고 자신만만하게 나서는 것은 이상하다.

'뭔가 감춰둔 함정이 있거나, 아니면…….'

그냥 마인이라서 제정신이 아니거나.

귀혁은 말했다.

'마인의 행동을 너무 합리적인 기준에 맞춰서 파악하려고 들지

마라.'

원래 마공은 인륜을 벗어난 방법으로 힘을 추구하며, 그렇게 연마한 힘이 심마를 불러와 정신을 변질시킨다. 그렇기에 마인 이면서 제정신을 유지하는 놈이 별로 없었다.

겉으로는 멀쩡하고, 지적 능력도 뛰어나다고 할지라도 그들의 내면에는 반드시 거대하고 불합리한 광기가 폭풍우처럼 휘몰아치게 되어 있었다. 특히 인간임을 완전히 포기한 사령인이라면 말할 것도 없었다.

마인이 말했다.

"고명하신 혼마여, 나는 세간에서는 흑혈마검이라고 불리는 진건이라 한다."

"호오."

한서우의 눈이 빛났다.

형운 일행도 깜짝 놀랐다. 모두가 놀란 것은 아니고 가려와 서하령만이 그 이름이 뜻하는 바를 알아듣고 경악했다.

형운이 서하령에게 전음으로 물었다.

―뭐야? 유명한 마인이야?

―전대 팔객 중 하나였던 선풍검과 동수를 이루고, 결국 둘 다 죽었다고 알려진 마인이야.

―그럼 팔객과 동급이란 말야?

―그래.

형운이 숨을 삼켰다.

그가 지금까지 본 이존팔객은 사부인 귀혁, 환예마존 이현,

설산검후 이자령, 선검 기영준, 혼마 한서우, 암야살예 자혼까지 여섯 명이다.

기환술사이면서도 특이하게 일반인들이 알 만한 사건에서 대활약을 펼쳐서 이름을 알린 환예마존 이현을 제외한 다섯 명은 모두 경천동지할 무위의 소유자들이었다.

물론 팔객이라는 것이 무공만으로 추대되는 자리가 아니라는 것은 안다. 아무리 강해도 협의지도를 인정받지 못하는 자는 팔객으로 불릴 수 없었고, 무위가 좀 떨어지더라도 사람들에게 협객으로서 명성을 알릴 기회를 많이 얻어서 팔객에 오르는 경우도 있었다고 들었다.

그러나 그런 점을 감안해도 팔객과 동수를 이루었다는 이야기는 굉장한 무게감이 있었다.

진건이 말했다.

"당신과는 한 번쯤 싸워보고 싶다고 생각했었지. 마인이면서도 사람들에게 협객이라고 칭송을 받다니, 마인이라면 응당 마음속에 광기의 꽃 하나씩은 품고 있게 마련이지만 당신은 미쳐도 보통 미친 게 아닌 것 같았거든."

"사령인 주제에 소름끼치는 표현을 쓰는군. 인간일 때는 어쭙잖은 시라도 읊고 다녔나?"

한서우가 코웃음을 쳤다.

진건이 뒤에 선 부하들에게 고갯짓을 했다.

"너희들은 애송이들을 처리해라. 흥왕의 제자는 되도록 살려두고 싶긴 하지만… 얕볼 수 없는 놈이라고 하니 절대 손속에 사정을 두지 말도록."

"알겠습니다."

열두 명의 마인은 진건이 직접 육성한 직속 무력단체 마검대에서도 손꼽히는 고수들이었다. 이들이라면, 그리고 이곳이 그들에게 훨씬 유리한 환경임을 감안하면 충분히 저 애송이들을 처리할 수 있으리라.

한서우가 차갑게 웃었다.

"좋아. 그럼 어디 선풍검을 쓰러뜨린 흑혈마공의 힘을 볼까?"

"내 무공을 알고 있다니 영광이로군. 멸망한 혼원교의 전설, 여기서 종지부를 찍도록 하지."

두 마인이 격돌하는 것과 동시에 열두 명의 마검대가 형운 일행을 향해 물밀듯이 달려오기 시작했다.

5

'공간이 불리하다.'

형운은 마검대가 움직이는 순간 그 사실을 깨달았다.

일월성신의 눈이 알아본다. 저들은 기환진의 영향을 받지 않고 자유롭게 움직일 수 있다는 것을.

그에 비해 일행은 기환진을 건드리지 않도록 조심하면서 싸워야 한다. 공간을 활용하는 면에서 압도적으로 불리한 싸움이다.

서하령도 그 사실을 알아차리고 있었다. 곧바로 외쳤다.

"형운! 쳐!"

후우우우우!

동시에 형운의 몸을 휘감고 푸른 섬광의 기류가 일어났다. 여덟 개의 기심이 요동치면서 무시무시한 기운이 발생하고, 빙백기심에 의해서 거기에 막대한 한기가 부여된다.

'나선유성혼(螺線流星魂)─일수백연(一手百聯)!'

고속의 회전, 그리고 극한의 냉기가 가미된 유성혼이 소나기처럼 쏘아져 나갔다. 한번 주먹을 내지를 때마다 예닐곱 발의 섬광이 쏘아지고, 한 호흡에 수십 발의 주먹이 허공을 때려댄다.

마검대가 채 반도 다가오기 전에 그들의 앞에는 섬광이 빽빽한 벽처럼 밀려들고 있었다.

"모두 흩어져!"

마검대장이 비명처럼 외쳤다. 머리에 피도 안 마른 애송이들이 이런 말도 안 되는 방식으로 공격해 오다니!

콰콰콰콰콰콰!

무시무시한 섬광의 폭풍이 그 자리를 휩쓸었다. 폭음이 연달아 터지면서 일대의 기환진이 뒤흔들린다.

'한 명도 못 잡았군.'

형운이 속으로 혀를 찼다. 한두 명은 잡을 수 있으리라 보았는데 전부 몸을 빼냈다. 상당한 실력자들이었다.

서하령이 외쳤다.

"지금 친 공간으로 전진! 형운은 사방으로 계속 쳐!"

"알겠어!"

형운은 설명을 들을 것도 없이 서하령의 의도를 알아차렸다.

적들을 해치우려는 의도가 아니다. 접근을 막으면서 동시에 마음껏 싸울 수 있는 공간을 만들어야 한다.

일단 기환진을 기공파로 폭격, 반응을 유도해서 부순다. 일행 중에 그것이 가능한 인물은 형운밖에 없었다.

콰콰콰콰콰!

형운이 사방팔방으로 유성혼을 날려댔다. 공기가 찢어지는 소리가 무시무시하게 울려 퍼지는 가운데 충격으로 옷소매가 너덜너덜하게 찢어져 나간다.

그 결과 마검대는 형운 일행에게 접근을 못 하고 있었다. 그들은 기가 막혀 했다.

"제기랄! 저 애송이는 내공이 도대체 얼마나 되는 거냐?"

이 자리에 선 마검대는 전원 내공이 5심 이상이었으며 일부는 6심에 도달해 있었다. 또한 소나기처럼 난사되는, 냉기까지 가미된 나선유성혼을 완벽하게 막아내고 있다는 점에서 그들이 기술적으로도 높은 수준에 올라 있음을 알 수 있었다.

하지만 이런 압도적인 화력은 도저히 뚫고 나갈 방법이 안 보인다. 상대의 내공이 고갈되어 기세가 떨어질 때까지 방어하는 수밖에 없다.

팟! 파파파팟! 파밧!

되도록 피하고 있지만 수가 너무 많다. 정신없이 달리면서 검으로 쳐 내는데 그럴 때마다 묵직한 충격과 한기가 전신을 덮쳤다.

'언제까지 계속되는 거지? 이 괴물 같은 놈!'

충격은 별문제가 안 된다. 형운이 아무리 막강한 내공을 지녔어도 유성혼 한 발 한 발의 위력에는 한계가 있다.

문제는 냉기다. 이곳의 추위는 마검대의 마인들에게도 상당한 부담이었다. 그런 상황에서 뼛속까지 얼어붙을 것 같은 한기가 계속 터져 대니 거기에 대항하기 위해 내공을 지속적으로 소모하게 된다.

그때였다.

―진예! 북동쪽 두 번째를 칠게! 형운, 지원해!

서하령이 진예에게 전음을 날림과 동시에 돌진했다. 진예도 곧바로 그 뒤를 따랐다.

마검대원들은 형운이 난사하는 기공파를 피하기 위해서 거리를 벌리고 흩어져 있었다. 가까이 붙어 있으면 그만큼 한 사람에게 날아드는 기공파의 수가 많아졌기 때문이다.

그러면서도 형운이 기공파를 쏘아내는 기세가 줄어들면 즉시 공격해 들어갈 수 있도록 일정한 거리를 유지했다. 그것이 서하령이 노린 틈이었다.

혼자 떨어져 있는 마검대원에게 서하령과 진예가 질풍처럼 달려들었다.

'단번에 끝을 내야 해!'

마검대원들은 강하다. 뭉쳐서 연수합격을 펼치기 시작하면 그 전력은 훨씬 증대될 것이다.

흩어져 있을 때, 도우러 올 틈조차 안 주고 쓰러뜨려야 한다. 형운에게 유성혼을 난사하게 한 것은 이 상황을 만들기 위한 포석이었다.

양쪽에 있던 다른 마검대원들이 한발 늦게 달려온다. 하지만 형운이 그 둘에게 쏘아내는 기공파의 밀도를 높이자 쉽게 거리

설원(雪原)의 마(魔) 295

를 좁히지 못하고 주춤했다.

서하령이 마검대원을 덮쳤다.

'아니?!'

그렇게 판단하고 검을 휘두른 마검대원이 경악했다.

바로 앞으로 뛰어드나 싶었는데, 자세는 뛰어드는 그대로이면서도 속도가 극단적으로 줄어들었다. 그가 뻗어낸 검이 서하령에게 닿지 못하고 허공을 쳤다.

천라무진경으로 상대의 행동을 읽고, 서로의 시간 감각을 어긋나게 함으로써 허점을 만든다. 마검대원은 자신이 완벽하게 계산된 함정에 빠졌음을 깨달았다.

티디딩!

서하령이 절묘하게 앞으로 나서면서 손끝으로 검면을 가격했다. 검을 통로로 삼은 침투경이 마검대원의 진기 운행을 뒤흔들었다.

그 직후 서하령의 뒤에서 진예가 뛰쳐나오면서 검을 휘둘렀다.

"크억!"

허를 찔린 마검대원은 자세를 되돌리지 못하고 가슴에 검을 맞았다. 맞는 순간에 몸을 틀어서 상처의 깊이를 최소화하기는 했지만 이번에는 상대가 나빴다.

콰자자작!

"아아아악!"

상처 부위가 얼어 터지면서 심장까지 파괴되었다. 빙백설야검의 무서움이었다.

진예가 착지하며 외쳤다.

"하령아, 오른쪽!"

서하령도 알고 있었다. 양쪽의 마검대원 중에 우측에 있던 자가 형운의 기공파 세례를 돌파해서 달려들고 있었다.

'오른발에 힘을 싣는 것은 속임수, 미끄러지면서 왼발로 깊숙이 뛰어 들어온다.'

천라무진경이 아직 완성되지 않은 기운의 흐름을 꿰뚫어 본다. 서하령은 너무나도 자연스럽게 오른손을 들어 검을 걷어냈다.

팍!

하지만 상대도 만만치 않았다. 검을 걷어냄과 동시에 내지른 일장을 받아낸다.

"어린 계집이 내공이 제법이구나!"

마검대원이 사납게 웃으며 거리를 벌리는 순간이었다.

파학!

"……어?"

뒷목에 화끈한 감각이 달려갔다.

자기도 모르게 뒤를 돌아보려던 그는, 그럴 수 없다는 사실에 의아해했다. 그리고 시야가 이상하게 기울어지면서 의식이 끊겼다.

"…깜짝 놀랐어요."

서하령이 혀를 내둘렀다.

처음 달려갈 때 진예만 따라온 게 아니라 가려도 따라왔다. 그런데 그녀가 기척을 완벽하게 진예에게 동조시키고 있어서 공격에 나서기 직전까지는 서하령도 눈치채지 못했다.

가려가 말했다.

"빨리 물러나지요."

오른쪽 마검대원이 기공파 세례를 돌파한 것은 형운이 의도적으로 기세를 늦춰줬기 때문이다. 가려는 의도적으로 우측의 마검대원에게만 보이지 않을 위치를 고수하고 있었고 형운은 말하지 않아도 그 의도를 알아준 것이다.

"이 애송이들이 우리를 농락하다니!"

마검대장이 이를 갈았다. 머리에 피도 안 마른 것들의 작전에 빠져서 순식간에 두 명이나 잃다니!

분노한 그들이 달려들었지만 일행은 다시 형운 곁으로 모인 후였다. 그리고 형운이 기공파를 난사하는 기세가 다시금 거세졌다.

"둘씩 모여라!"

마검대장이 이를 갈며 지시했다. 상대가 짜둔 판 위에서 허를 찔려서 당한 것이다. 남은 열 명이 둘씩 짝을 지어서 모인다면 충분히 대처 가능하다.

그때였다.

—다섯을 세고 나면 만상붕괴(萬象崩壞)가 간다! 대비해라!

한서우의 전음이 날아들었다. 형운이 외쳤다.

"모두 모여!"

이어 서하령이 외쳤다.

"펼쳐!"

동시에 형운이 공격을 멈추면서 광풍혼을 확장시켰다. 고속으로 회전하던 광풍혼이 허공에서 고밀도로 압축되면서 반구형의 호신장벽을 형성한다.

그 안쪽에서 진예를 중심으로 나머지 일행이 하나로 힘을 모아서 또 하나의 호신장벽을 쳤다.

"지금이다! 쳐라!"

마검대장은 공격이 거짓말처럼 끊기는 것에 의아함을 느끼면서도 돌격 명령을 내렸다.

'폭포수처럼 공격을 쏟아냈으니 내력이 고갈되는 것은 자명한 이치.'

하지만 조금 전까지 보여준 것으로 추측하건대 내력이 다시 차오르는 것도 금방일 것이다.

형운 일행이 호신장벽을 펼치는 것도 그 시간을 벌기 위함이라 판단했다. 틈을 줬다가는 이쪽이 당하리라.

그러나… 달려드는 그들을 뭔가가 덮쳤다.

'아…… 니……?!'

일순간 마검대장의 의식이 새하얗게 변해 버렸다.

소리가 사라진다.

눈앞에 보이는 풍경에서 색이 사라지고, 이윽고 윤곽조차도 흐릿해지면서 모든 것이 혼돈으로 화했다.

"으으, 아아……!"

마검대장은 달려들던 기세 그대로 눈밭 위에 고꾸라졌다. 무슨 일이 벌어졌는지 전혀 이해할 수가 없었다.

아니, 아무런 생각도 할 수 없다. 그저 물에 빠져서 질식하기 직전이 된 것처럼 괴로워서 덜덜 떨 뿐이다.

"무슨, 일, 이······."

그가 비틀거리며 고개를 든 것은 의도하고 한 행동이 아니라 진건에게 단련된 무의식의 행동이었다. 그런 그의 앞에 누군가의 그림자가 드리워졌다.

'누구······?'

그는 눈앞에 있는 사람이 누군지 알아볼 새가 없었다. 무언가가 묵직한 기세로 날아든다 싶더니, 곧바로 눈앞이 캄캄해졌다.

"음······."

마검대의 무인들은 허망하게 몰살당했다.

형운은 신음을 삼키며 이 사태의 원흉을 바라보았다.

한서우와 진건이 격렬하게 싸우고 있다. 진건이 당혹스러운 기색으로 연신 밀려나는 것이 보였다.

옆을 돌아보는 형운과 서하령의 눈이 마주쳤다. 서로를 바라보는 시선으로 같은 감정을 공유할 수 있었다.

'한서우 선배님, 정말로 무서운 사람이다······!'

한서우가 발한 무극의 권과 진건이 발한 심검이 서로 격돌했다. 무엇이든 부수는 권의 심상, 무엇이든 베어버리는 검의 심상이 현실에 구현되어 격돌하자 그 모순을 견디지 못한 세계가 만상붕괴를 일으켰다.

그 여파가 마검대를 덮쳐서 그들의 사고를 정지시켜 버렸다. 그에 비해 일행은 미리 경고를 듣고 전력으로 호신장벽을 펼쳤기에 마검대가 회복하기 전에 그들을 척살할 수 있었다.

무서운 것은, 한서우가 미리 이 사태를 예측했다는 점이다.

'만상붕괴가 일어났을 때, 스스로를 보호하는 법을 강구해 두도록 하자.'

그는 이곳에 상당히 강력한 적이 기다리고 있음을 예지했다. 구체적으로 누구인지까지는 알 수 없지만 혹여 마음속에 그려낸 것을 현실에 구현하는 경지, 심상경에 오른 고수라면, 그래서 무극의 권이나 심검과 맞닥뜨려야 한다면 거기에 대비해 둘 필요가 있었다.

또한 한서우는 진건과 싸우던 중, 그가 심검을 구사할 수 있는 실력자임을 알아채고 그것을 이용했다.

그의 예지력은 마인들을 상대로 할 때는 무시무시한 정밀도를 자랑한다. 그는 예지력을 바탕으로 진건과의 전투를 원하는 형국으로 이끌다가 딱 의도한 순간에 심검을 사용하도록 유도했다.

그 결과 만상붕괴가 일어났고, 형운 일행은 너무나도 쉽게 마검대를 몰살시킬 수 있었다.

하지만 한서우의 노림수는 여기에서 그치지 않았다.

6

"이럴 수가······!"

진건은 큰 충격을 받았다.

한서우는 과연 명불허전의 무위를 보였지만 진건 역시 이전에 팔객으로 불렸던 이와 동수를 이루었던 몸이다. 한서우도 그를 상대로 우세를 점하지 못해서 팽팽한 접전이 벌어졌다.

하지만 그것은 착각이었다.

전투 양상을 팽팽하게 이끌어 나갔던 것은 주변에 신경 쓸 여유를 빼앗기 위해서였다. 공세를 강화, 폭풍처럼 몰아치다가 느슨하게 풀어준 것은 한서우의 내력 운용이 흐트러졌다고 착각하게 만들기 위한 포석이었다.

워낙 한서우의 연기가 감쪽같아서 진건은 절호의 기회라 여기고 승부수를 꺼내 들었다.

고도의 집중력과 준비 과정을 필요로 하는 필살의 기술, 심검을.

하지만 심검을 펼치는 바로 그 순간, 한서우의 입가에 미소가 걸리며 믿을 수 없을 정도로 빠르게 무극의 권이 펼쳐졌다.

심검과 무극의 권이 격돌, 만상붕괴가 일어났고 그 결과 자신의 부하들이 몰살당했다.

'처음부터 끝까지 손바닥 위에서 놀고 있었단 말인가?'

진건은 망연자실할 수밖에 없었다. 그리고 생사를 건 싸움에서 그런 정신적인 흔들림은 치명적으로 작용했다.

퍼억!

"크악!"

흐트러진 검세를 뚫고 한서우의 발차기가 옆구리를 강타했다.

그리고 질풍 같은 공격이 이어졌다. 하지만 진건의 몸 일부가 검은 안개로 변해서 그 공격을 흘려 버린다. 인간임을 포기한 사령인이기에 가능한 묘기다.

콰콰콰콰콰!

그리고 주변을 떠다니던 검은 액체의 군집이 날카로운 형태로 한서우를 노린다.

이것은 사령의 힘이 깃든 저주받은 피다. 전신에 흐르는 피를 모조리 엄청난 기운이 농축된 검은 피로 바꾸고, 그 일부는 기화시켜서 자신의 주변을 떠돌게 하다가 전투 시에는 자유자재로 변화하는 무기로 사용하는 것이 흑혈마공의 정수다. 인간임을 포기하지 않고서는 결코 완성할 수 없는 마공이었다.

"흠!"

한서우가 일장을 펼쳐 흑혈의 검을 받아쳤다. 지면이 폭발하면서 그 위에 쌓여 있던 눈과 얼음이 치솟아 오른다.

진건의 의념에 조종되는 흑혈은 그 자체로 검기를 능가하는 위력을 보였다. 저 정도 기세라면 수류만으로도 바위를 양단할 수 있을 텐데 거기에 막대한 기운까지 실려 있으니 정말로 무시무시했다.

진건이 노성을 질렀다.

"계략에 넘어간 것은 인정하지! 하지만 네가 여기서 죽는다는 사실에는 변함이 없다, 혼마여!"

세간에서는 한서우를 정점에 선 마인이라고 평가하지만 진건은 흑혈마공에 절대적인 자부심을 품고 있었다.

'아무리 혼원교의 비술을 한 몸에 담은 존재라고 하더라도, 인간인 채로는 인간을 초월한 사령인만이 도달할 수 있는 지고의 경지에 이르지 못한다!'

콰콰쾅! 콰콰콰콰!

길게 늘어난 흑혈의 검이 대지를 가르고, 땅속에서 수십 줄기로 분화해서 튀어나오면서 한서우를 노렸다. 그런 한편 방울방울이 따로 떠다니다가 폭발해 가면서 한서우의 행동을 제약시키니 승부가 나는 것은 시간문제로 보였다.

"놀라운 움직임이군! 하지만 과연 언제까지 피할 수 있을까?"

사방팔방에서 공격이 들어오는데도 한서우는 곡예를 부리듯이 아슬아슬하게 피해내고 있었다. 옷자락이 찢어져서 너덜너덜해지지만 침착함을 잃지 않는다.

문득 한서우의 움직임이 멈췄다.

"…흠."

그 모습에 진건이 눈살을 찌푸렸다. 광기가 도져서 목숨을 포기하기라도 한 것인가?

다음 순간, 놀라운 일이 벌어졌다.

'어째서?'

땅을 뚫고 수십 개에 달하는 흑혈의 검이 솟구쳤다. 그런데 그 모든 것이 절묘하게 한서우를 피해서 허공에서 얽혀 버리는 게 아닌가?

한서우는 아무 일도 없었다는 듯 흑혈의 검들 사이에서 걸어나온다. 마치 산책이라도 나온 듯 느긋한 태도다.

"비싸게 주고 산 옷인데 버려야겠군. 하긴 슬슬 새로 살 때가 됐지."

그러면서 너덜너덜해진 외투를 벗어 던진다. 진건이 눈을 부릅떴다.

'하나도 닿지 않았단 말인가?'

아슬아슬하게 몰았다고 생각했거늘, 한서우의 몸에는 전혀 상처가 나지 않았다. 그러기는커녕 외투를 벗자 안에 입은 옷에도 거의 흠이 없는 게 아닌가?

즉 한서우는 모든 공격을 종이 한 장 차이로 피해 버린 것이다.

"제법 괜찮은 실력이라는 것은 인정하지. 하지만 스스로가 인간임을 포기한 것을 한탄해라."

한서우가 씩 웃었다.

그의 능력은 마인을 상대로 할 때 극치에 달한다. 특히 상대가 마인이냐 아니냐에 따라서 예지가 미치는 범위와 정밀도는 눈에 띄게 차이가 났다.

지금 이 순간, 한서우의 예지력은 최고조에 달해 있었다. 진건과 격돌하는 시점부터 지금까지 단 한 번의 위험도 느끼지 못했을 정도로.

한서우가 걷는다.

"아무리 네가 인간임을 포기했다고 하나 사고의 본질은 인간의 그것이다. 무한한 변화의 가능성을 내포한 무기를 쥐었다고 해도 그것을 활용하는 네게는 기호가 있고 버릇이 있지."

"큭……!"

한서우의 예지력은 통찰력의 극대화다. 상대방에 대한 정보가 많아지면 많아질수록 더 정밀도가 높아진다. 진건과 싸우는 과정에서 한서우는 그의 모든 움직임을 꿰뚫어 보기에 이르렀다.

"사령인은 인간을 초월한 존재가 아니라 어설프게 인간의 탈을 벗은 괴물일 뿐이다."

"오만한 놈! 죽여 버리겠……!"

진건의 말은 끝까지 이어지지 못했다.

푸욱.

"어……?"

가면 뒤에서 그가 눈을 크게 떴다. 그림자에서 튀어나온 어둠의 검이 그를 관통하고 있었다.

키득거리며 웃는 소리가 난다. 그러면서 그림자 속에서 검은 사람의 형체가 기어 나왔다.

"무, 무슨……."

진건은 자신이 치명적인 공격을 맞았다는 사실을 깨달았다.

그림자에서 솟아난 어둠의 검은 단순히 물리적인 파괴만 일으킨 게 아니다. 그 검에는 그의 흑혈처럼 강력한 저주의 힘이 깃들어 있어서 진기의 흐름에 장애를 일으키고 있었다.

그래도 흑혈의 힘은 쇠하지 않는다. 흑혈마공의 뛰어난 점은 체내 진기에 이상이 생기더라도 흑혈에 깃든 기운은 별개로 운용할 수 있다는 것이니까.

흑혈이 허공을 날아서 진건에게 되돌아왔다. 이대로 몸을 흑혈로 감싸고, 일부는 몸에다 집어넣어서 한서우의 저주를 해소할 생각이었다.

아아아아아아!

바로 그 순간, 사방에서 나타난 검은 사람의 형체들이 울부짖었다.

아니, 이것은 노래다. 몸에 떨릴 정도의 중저음과 고막이 찢

어질 듯한 고음이 겹쳐지면서 심장이 멎을 정도로 섬뜩한 저주
의 노래를 자아내고 있었다.

'음공!'

수많은 무공의 가능성이 개화한 이 시대에도 가장 희귀한 무
공 중에 하나.

음성에 기운을 실어서 영향을 끼치는 정도는 누구나 할 수 있
다. 그러나 소리를 자유자재로 다루어서 원하는 효과를 거두는
음공은 특수한 재능을 요구하며, 터득하기도 대단히 까다롭다.

한서우는 극히 희귀한 음공의 고수였다. 그의 기운으로 이루
어진 분신체들이 저주의 노래를 쏟아내자 흑혈이 진동하면서
움직임이 흐트러지기 시작했다.

진건이 경악했다.

'음파로 흑혈에 영향을 줘서 내 통제력을 흐트러뜨리다
니……!'

그와 흑혈은 심령으로 연결되어 있다. 일반적인 물체를 허공
섭물로 움직이는 것과는 비교도 할 수 없을 정도로 자연스럽게,
마치 수족을 움직이는 감각으로 다룬다.

하지만 체내에 침투한 저주의 힘이 진기의 흐름을 방해하고,
그로 인해 발생하는 잡념으로 인한 틈새를 음공이 파고든다. 격
렬한 소리의 소나기가 액체를 진동하게 만들고 거기에 실린 기
운이 의념을 공격했다.

"혼원(混元)으로 돌아가라."

담담한 선고와 함께 한서우의 모습이 어둠으로 화했다.

그 의미를 깨달은 진건은 즉시 방어 행동에 들어갔다. 저것은

무극의 권이다. 검을 연마하여 극의에 이른 진건은 신검합일로 스스로의 소멸을 막아야 한다.

그러나…….

'늦었다.'

진건은 자신의 파멸을 깨달았다.

이미 한서우의 무극의 권이 그를 관통했다. 신체와 의념이 완전히 기화하여 흩어지기 전에 신검합일을 완성한다면 다시 형체를 되찾을 수 있겠으나… 그러기에는 이미 늦어버렸다.

한서우의 무극의 권은 이미 심즉동(心卽動)의 경지에 이르러 있었다. 마음이 움직여 몸이 동작을 취하는 바로 그 순간 현실에 구현된다.

그에 비해 진건은 심검도, 신검합일도 구현하기까지 준비 단계를 거쳐야 했다. 음공으로 진기의 수발이 흐트러진 것은 물론이고 흑혈의 움직임까지 묶인 상태에서 무극의 권을 받았으니 도저히 시간에 맞출 수가 없었다.

후두두두둑…….

진건은 흔적도 남지 않고 소멸해 버렸다. 그러자 주인을 잃은 흑혈이 새하얀 눈 위로 쏟아져 내리면서 검은 연기를 피워 올린다.

"생각보다는 쉽게 끝났군."

한서우가 중얼거렸다. 객관적으로 볼 때 진건의 실력은 충분히 팔객과 동수를 이룰 만한 수준이었다. 진건이 마인이었고 무인으로서 일대일 승부에 집착했으니 이렇게 쉽게 끝난 것이지, 그렇지 않았으면 접전을 벌여야 했으리라.

"자, 그럼 슬슬 안에서도 소식이 올 때가 됐는데?"

한서우는 지부 쪽에서 또 다른 마인들이 모습을 드러내는 것을 보며 중얼거렸다.

7

한편 지부 안쪽은 벌집을 쑤신 듯이 난리가 나 있었다.

흑안귀는 바깥을 지원할 병력을 내보내는 한편, 안쪽에 침입했을 것이 확신한 누군가를 붙잡으려고 했다.

지부 내부는 기환술과 기물에 의해서 감시되고 있다. 지휘부에 대기하는 기환술사들은 원하는 곳의 영상을 비춰줄 수 있고, 심지어 이질적인 기운을 지닌 자를 색출하는 것까지 가능했다. 은신술을 써도, 내부인으로 변장한다고 하더라도 색출할 수 있다는 소리다.

'그런데도 걸리지 않는다니…….'

흑안귀가 눈살을 찌푸렸다.

떠오르는 가능성은 몇 가지가 있었다.

처음부터 내부에 혼마와 결탁한 배신자가 있거나, 정말로 침입자의 은신술이 초월적인 경지에 도달했거나, 아니면 정말로 운 좋게 기환술사들의 색적을 피했거나…….

'가장 현실적인 것은 세 번째인데.'

기환술사들은 지부 내의 모든 곳을 색적할 수 있다. 하지만 한 번에 의식을 집중해서 영상을 비추거나 색적을 실시할 수 있는 곳은 제한적이기 때문에 특정한 지점부터 죽 훑고 지나가는 방식으로 행하게 된다.

침입자가 이 색적을 피했을 가능성이 있을까? 유감스럽게도
그랬다.

"통로를 폐쇄해라. 연구실로 가겠다."

흑안귀는 지휘실을 벗어나 연구실로 향했다.

바깥에서는 흑혈마검이 혼마에게 패배하고, 그가 데리고 나
간 마검대의 정예가 몰살당했다. 흑안귀가 생각하는 최선책은
지부를 폐쇄, 연구 성과를 챙겨서 비밀 통로로 빠져나가는 것이
다.

"죄송합니다. 침입자를 찾을 수 없었습니다. 그래서 일단 사
고가 났을 때 그 자리에 있던 인원들을 모아서 격리시켰습니다.
심문할 여유가 없어서 일단은 격리시켜 두기만 했습니다
만……."

곧 그에게 오귀가 합류했다. 그는 제7통로 쪽에서 연구소로
이어지는 통로를 폐쇄하라는 명령을 수행하고, 다시 지휘소를
통해서 그의 뒤를 쫓아왔다.

흑안귀가 고개를 끄덕였다.

"잘했다. 어차피 이곳을 버리고 빠져나가야 하니 신경을 곤
두세워 봤자 손해지."

"이곳을 포기하시는 겁니까?"

"흑혈마검이 혼마에게 당했으니 할 수 없다. 그렇게나 자신
만만해하더니……."

흑안귀가 혀를 찼다.

별로 기대를 하지는 않았지만 그래도 생각보다 너무 빨리 당

해 버렸다. 그만큼이나 자신만만하게 나갔으면 이쪽에서 비밀 병기를 내보낼 시간 정도는 벌어줬어야 할 것 아닌가.

"빙설마를 투입해서 혼마를 상대한다. 그리고 그 틈에 우리는 연구 시설을 파괴한 다음 기록들을 갖고 빠져나갈 것이다."

"알겠습니다."

슬슬 연구가 결실을 맺는 시점에서 이래야 한다는 것이 속이 쓰리기는 하지만 어쩔 수 없다. 이럴 때일수록 미련을 버리고 냉정하게 판단해야 한다.

흑안귀와 오귀가 연구실에 도착했다. 오는 동안 통로에 설치된 격벽을 모조리 내려서 폐쇄한 후였다.

'혼마 그자를 상대로는 약간의 시간을 벌 수 있을 뿐이겠지만······.'

심상경에 도달한 자 앞에서 물리적인 격벽은 큰 의미가 없다. 격벽을 내려봤자 시야를 막아서 통로의 구조를 파악하는 데 시간이 걸리게 하는 정도겠지만, 그 정도라도 아예 없는 것보다는 나았다.

흑안귀가 연구실에 있던 교도들에게 말했다.

"빙설마의 상태는?"

"곧 깨어납니다."

"좋아. 연구 기록을 챙겨라. 바로 빠져나간다."

"이곳을 포기하는 겁니까?"

"그렇다."

다른 지부원들에게는 도주 명령을 내리지 않았다. 혼마 일행을 상대로 시간을 벌어줘야 했으니까.

하지만 이곳에 있는 인원은 귀중한 인재들이다. 연구원으로 활약할 수 있을 정도의 기환술사는 어지간한 무인들과는 비교도 할 수 없을 정도의 가치를 지녔다.

"시간이 별로 없으니 빨리 움직여라. 연구 시설의 파괴는 내가 맡을 테니 너희는 곧바로… 헉!"

명령을 내리던 흑안귀가 헛숨을 토했다.

등 뒤에서 날카로운 통증이 느껴졌기 때문이었다.

"이, 이 녀석, 무슨 짓이냐……!"

오귀가 단도로 그의 등을 찔렀다. 절묘하게 심장을 꿰뚫는 위치였다.

"크, 아악……!"

흑안귀의 새카만 눈이 섬뜩한 기운을 토해냈다. 거기에 깃든 저주의 힘이, 그저 바라보는 것만으로도 상대의 심령을 공격한다. 마공 중에서도 최고난도의 기예라 불리는 섭혼술이다.

찌잉!

그러나 그 순간 오귀의 눈이 기광을 발하면서 머리 안쪽을 칼로 찌르는 듯한 통증이 엄습해 왔다.

"네, 네놈… 섭혼술을……?"

오귀가 섭혼술을 받아쳤다. 설마 그도 섭혼술을 익히고 있었단 말인가?

'아니, 좀 달라…….'

하지만 구체적으로 뭐가 다른 것인지 생각할 여유는 없었다.

오귀가 차가운 미소를 지으며 뒤로 물러났다. 흑안귀의 몸에 꽂아 넣은 단도에 전혀 미련이 없는 모습이었다.

"오귀, 네가 배신자였단 말이냐……?"

믿을 수가 없었다.

오귀는 흑안귀가 직접 교내에서 발탁해서 부관으로 키운 인재였다. 어려서부터 교내에서 자라서 충성심을 인정받은 인물이 배신하다니?

"물론 아니지."

"…뭐?"

"그자가 어떤 속내를 가졌는지야 알 수 없지만 말이야."

그렇게 말하는 오귀의 모습과 목소리가 변한다.

흑안귀는 자신이 악몽을 꾸는 게 아닌가 의심스러웠다.

오귀, 아니, 오귀였던 자의 얼굴이 여우 가면으로 변한다. 체격이 작아지고, 몸매의 굴곡이 커지면서 여성으로 변해가는 과정이 너무나도 자연스럽게 이루어진다. 조금 전까지 흑영신교도의 옷이었던 의복은 몸에 착 달라붙는, 몸을 빈틈없이 가리는 새카만 가죽옷으로 변하고 거기에 달린 붉은 천 장식이 살아 있는 것처럼 나풀거렸다.

기질도 변했다. 조금 전까지는 오귀라고밖에 생각할 수 없었던 기질이 전혀 다른 인물의 것이 되어 있었다.

흑안귀가 숨을 헐떡이며 물었다.

"너는…… 누구냐……?"

심장을 찔렀음에도 그는 의식을 유지하고 있었다. 진기를 통제하는 능력이 빼어나기에 가능한 일이었다.

"자흔."

"암야살예……!"

흑안귀가 경악했다. 최강의 자객이라 불리는 자가 이런 인물이었을 줄이야.

"오귀, 는……."

"죽었어."

"……"

"아, 당신한테 보고한 건 진짜야. 전부 격리시켰어. 다만 살아 있는 자가 없을 뿐."

오귀가 그 자리에 있던 사람을 모아서 격리시킬 때, 자혼은 기환술사들의 색적이 지나쳤음을 파악하고 그를 암습해서 죽였다. 그리고 그 자리에 있던 흑영신교도들을 몰살시킨 다음 오귀로 변신해서 유유히 빠져나온 것이다.

흑안귀가 이를 갈았다.

"팔객이라 불리는 자가 무인으로서의 자존심도 없이 이런 비겁한 수법을 쓰다니……."

"어머, 지금 날 웃기려고 하는 거야? 그런 거라면 합격점을 줄게."

여우 가면 뒤에서 자혼이 쾌활한 소녀의 목소리로 까르르 웃었다.

"난 자객이야. 자객이 뭔지 몰라?"

"이 녀석……!"

흑안귀가 눈을 부릅떴다. 섭혼술이 발동하며 저주의 힘이 쏟아져 나왔지만…….

파악!

자연스럽게 다가온 자혼이 또 한 자루의 단도를 꺼내서 그의 목을 베어버렸다.

"쓸데없는 싸움은 피하고 이렇게 쉽게 죽이는 것이야말로 자객의 자존심이야. 마인에게 이런 설명을 하는 것도 웃기지만."

자혼은 콧노래를 부르면서 흑안귀의 시신을 지나쳤다. 그리고 공포로 얼어붙어 있는 연구원들을 보며 물었다.

"저거 어떻게 멈추는지 알려줄래?"

그녀가 가리킨 것은 연구실 중앙에서 무시무시한 기운을 발하고 있는 얼음덩어리였다.

8

쿠르르릉……!

설원이 뒤흔들리며 굉음이 울려 퍼졌다.

그전까지 요란한 소리를 내면서 싸우고 있던 무인들은 흠칫했다. 저 지하 깊숙한 곳에서 뭔가 굉장히 위험한 기파가 폭발했음을 느꼈기 때문이다.

"뭐지?"

형운이 긴장한 표정으로 중얼거렸다.

일행은 흑혈마검과 마검대원들을 쓰러뜨리자마자 새로운 적들이 꾸역꾸역 쏟아져 나와서 격전을 벌이고 있었다. 일행이 전황을 압도하기는 했지만 아무래도 수적인 차이가 크다 보니 처리하는 데 시간이 걸렸다.

두근.

형운은 가슴을 움켜쥐었다.

심장이 뛴다. 기감으로 받아들인 자연의 기운이 여덟 개의 기심으로 흘러 들어가서 반응, 막대한 진기를 발생시켜 전신을 채운다.

그 가운데 단 하나 이질적인 감각을 전해주는 기심이 있었다.

'기분이…… 나빠…….'

형운이 눈살을 찌푸렸다.

굉장히 불쾌한 기분이 밀려들고 있었다. 절대 일어나서는 안 될 일을 목도했을 때의 기분이다.

'유설 님의 감정인가?'

이 감정은 빙백기심으로부터 오고 있었다. 빙백기심이, 그곳에 있는 유설의 의념이 무언가를 감지한 것일까?

파악!

의문을 느끼는 형운의 앞에서 핏방울이 솟구쳤다. 대치하고 있던 마인들의 목이 잘려 나간 것이다.

경악하는 형운 앞에 한 사람이 유령처럼 모습을 드러냈다. 여우 가면을 쓰고 검은 가죽옷을 입은 장신의 여성, 자혼이었다.

"아아, 곤란해졌어."

그녀의 목소리는 고혹적인 여성의 그것이었다. 형운은 그녀를 보며 두려움을 느꼈다.

'완전히 다른 사람 같아…….'

형운은 한번 접한 인물의 기파를 완벽하게 기억한다.

하지만 자혼은 이곳에 같이 올 때와는 완전히 다른 인물 같았다. 체격도, 목소리도, 기질마저도 딴판이다. 인간이 저렇게 변할 수가 있단 말인가? 인간이 아니라 정체불명의 괴물을 보는 기분이다.

한서우가 눈살을 찌푸렸다.

"무슨 일이지?"

"놈들의 연구실까지는 잠입하는 데 성공했고, 안에서 지휘하던 녀석도 죽였는데… 이놈들이 빙령으로 보이는 것을 괴물로 만들어서 깨워 버렸는데?"

"뭐라고?"

"거기 있던 놈들도 멈출 방법은 모른다고 해서 일단 챙길 것만 챙겨서 나왔어."

자혼이 손짓하자 수많은 문서들, 그리고 풍기는 기운으로 보건대 기물임이 확실한 정체불명의 물건들이 허공을 둥둥 떠서 날아왔다. 장정 열 명 정도는 있어야 운반이 가능할 것 같은 양인데 전부 허공섭물로 다루고 있었다.

한서우가 물었다.

"구멍, 아직 뚫려 있나?"

"아니, 닫았어. 하지만 별로 의미 없을 것 같다. 어쩔까?"

자혼은 심검으로 지상까지 일직선으로 통하는 구멍을 뚫은 뒤에 빠져나왔다. 심상경에 달한 자에게는 물리적으로 매설되는 상황은 아무런 위협이 되지 않는다.

한서우가 말했다.

"일단 그 기록들을 옮겨."

"내가 빠져도 괜찮겠어?"

"의뢰비가 얼만데 위험한 상황에서 쏙 빠지려고 드시나? 적당한 곳을 찾아서 숨겨두고 최대한 빨리 돌아와."

"흐응. 그럼 잘 싸우고 있어. 돌아오기 전에 끝내면 더 좋고."

자혼이 연구실에서 갖고 나온 물건들이 허공으로 날아올랐다. 그리고 그녀의 모습이 꺼지듯이 사라져 버렸다.

푸화하하학!

일행의 후방에서 피 보라가 일었다. 잠깐씩 자혼의 모습이 나타났다 사라지는 순간 마인들이 한 명씩 목에서 피를 뿜는다. 은신한다기보다는 마치 공간을 뛰어넘는 것처럼 보였다.

순식간에 수십 명을 베어 넘기고 포위망을 탈출한 자혼이 눈보라 저편으로 멀어져 갔다. 하지만 마인들은 쫓을 생각조차 하지 못했다.

아니, 이성적인 판단을 내리기도 전에 사태가 급변했다.

쿠구구구궁!

땅이 폭발하면서 그 속에서 새하얀 뭔가가 튀어나왔다. 형운은 그것을 보는 순간 표정을 일그러뜨렸다.

지금껏 경험해 보지 못한 혐오감이 몰려들었다. 아무리 지저분한 것을 봐도 이런 기분이 들지 않았는데, 무슨 수를 써서라도 저것을 세상에서 없애 버리고 싶다는 기분이 들었다.

'침착하자.'

차분하게 호흡을 해서 그런 감정을 가라앉힌다.

이것은 자신의 감정이 아니다. 빙백기심에 깃든 유설, 혹은 빙령의 요소가 불러일으키는 감정이니 여기에 휘말려서 판단력이 흐려져서는 안 된다.

흐우우우…….

한기를 뿜어내는 존재가 허공으로 떠오르고 있었다. 주변에 날카로운 얼음조각들이 떠 있는데 거기에 휘날리는 눈송이들이 엉겨 붙어서 조금씩 커져 간다.

겉으로 보기에는 인간을 닮았다. 하지만 눈은 얼음 결정이었으며 몸은 온통 청백색이었고 일부는 암석과 얼음으로 이루어져 있었다.

한서우가 신음처럼 중얼거렸다.

"환마를 빙령에게 덧씌워서 괴물을 만들다니……."

환마는 마기가 밀도 높게 고여서 현계와 마계의 구분이 흐려지는 경계에서만 모습을 드러낸다. 세상을 떠도는 온갖 부정적인 의념과 인간의 원령, 그리고 마계의 존재들이 현세에 투영되어 현현하는 존재다.

한서우의 통찰과 예지가 극대화되면서 결론을 도출해 냈다.

'텅 빈 본질을 가진 환마를, 빙령에게 덧씌움으로써 새로운 의지를 부여하고 뜻대로 조종하고자 하는 시도다.'

자세한 것은 자혼이 강탈한 연구 기록들을 봐야 알 수 있을 것이다. 하지만 지금 눈앞에 보이는 존재는 정말 터무니없는 괴물이었다.

"인…… 간……."

흑영신교에서 빙설마라 이름 붙인 존재가 더듬더듬 입을 여는 순간이었다.

어둠이 그를 관통했다.

마치 눈앞의 풍경에다가 먹을 듬뿍 묻힌 커다란 붓으로 호쾌하게 선을 그어놓은 것 같은 광경이다. 그 선을 목격했을 때는 이미 공격이 완료된 후였다. 방금 전까지만 해도 형운 옆에 있었던 한서우가 빙설마의 뒤쪽에 등을 보이고 서 있었다.

"…통하지 않는군. 예상은 했지만."

한서우가 돌아보며 혀를 찬다.

기습적으로 날린 무극의 권이 정통으로 들어갔다. 어둠에 관통당한 빙설마의 몸에서 새카만 증기 같은 기운이 피어오르다가 다시금 얼어붙어서 제 형상으로 돌아가고 있었다.

타격이 아예 없는 것은 아니다. 하지만 무극의 권에 쏟아 넣는 심력을 생각하면 다른 공격 수단을 쓰는 편이 나았다.

'본질이 고위 환마와 빙령의 결합이라면, 스스로의 기화를 막는 거야 쉬운 일이겠지. 다른 환마들을 불러내지 않고 단 하나의 고위 환마만 불러서 이런 걸 만들다니, 그 점은 대단하다.'

영수나 고위 요괴들은 기화를 막는 능력을 지니고 있는 경우가 많다. 하지만 그들 중에 스스로 기화할 수 있는 능력까지 지닌 경우는 극히 드물다.

고위 환마는 그 드문 경우에 속한다.

태생부터가 다른 세계의 존재가 투영된 허상에 불과한 그들이 고도의 지성마저 획득했을 때, 그들에게 육체는 얼마든지 재조립할 수 있는 장난감이 된다. 기화도, 육화도 자유자재다. 살아 숨 쉬는 것처럼 자연스럽게 심상경의 절예를 방어할 수 있는 존재가 되는 것이다.

그렇기에 심상경의 고수를 상대할 때처럼 완벽하게 포석을 깔아두고 무극의 권을 사용하지 않으면 별로 효과가 없었다.

빙설마가 말했다.

"인간…… 인간이구나……."

얼음결정으로 이루어진 눈에서 푸른 귀화(鬼火)가 타오르기 시작했다.

동시에 무시무시한 한기가 폭발했다.

콰콰콰콰콰콰!

형운은 기겁해서 외쳤다.

"곡정이랑 진에 소저! 힘을 보태줘!"

우웅……!

광풍혼이 한계까지 냉기를 담고 휘몰아친다. 형운은 그것을 일거에 쏟아냈다.

'광풍노격!'

응축된 기운이 폭풍처럼 뻗어나갔다. 냉기를 다룰 수 있는 진예와 마곡정이 한 박자 늦게 진기를 일으켜 일행을 냉기로부터 보호했다.

쉬이이이이이……!

일순간 눈보라의 공백 지대가 형성되었다. 빙설마로부터 폭발한 냉기가 눈보라를 밀어내고 무풍지대를 만들어낸 것이다.

드러난 풍경을 보는 형운이 침을 꿀꺽 삼켰다.

'단 일격으로……'

반경 수백 장이 얼어붙어 있었다. 이미 눈과 얼음으로 뒤덮인 땅이기는 했지만 그 속에 삐죽삐죽한 얼음기둥들이 치솟아 있는 광경은 기괴하기 짝이 없었다.

더 무서운 것은 형운 일행을 제외한 사람들, 즉 흑영신교도들이 죄다 얼음기둥으로 변해 버렸다는 사실이다.

'아군이라는 개념이 없는 건가?'

흑영신교도들과의 협공을 걱정했는데 전혀 그럴 마음이 없는 모양이다. 기겁한 표정 그대로 얼음기둥으로 변해 버린 흑영신교도들의 모습은 공포스럽기 짝이 없었다.

쩌적…….

아래보다 위쪽이 무거운 모양새로 형성된 얼음기둥이 갈라지는 소리를 들었을 때였다.

형운 앞에 불쑥 푸른 귀화가 타오르는 눈이 나타났다. 빙설마였다.

'아무 기척도 없이 지척까지?'

코앞까지 다가오는데도 알아차리지 못하다니!

형운이 기겁하며 주먹을 뻗어냈다.

쿠웅!

단 일격으로 환마의 머리통이 박살 났다. 머리를 잃은 몸이 비틀거리면서 뒤로 물러난다.

'죽은 게 아니야.'

형운은 방심하지 않았다. 저 괴물은 생명체가 아니다. 머리통을 날려 버려도 죽지 않는다.

쩌저저적……!

그 판단이 옳았음을 증명하듯 주변의 얼음조각들이 모여들면서 빙설마의 머리를 재생했다.

빙설마가 고개를 갸웃하며 중얼거렸다.

"넌…… 뭔가 다르구나……."

그 순간 뒤쪽에서 덮쳐 온 한서우가 주먹을 내질렀다.

쾅!

폭음이 울리며 빙설마의 상반신이 반쯤 날아갔다. 인간이라면 목숨이 끊어지고도 남을 부상이지만 한서우는 멈추지 않았다.

콰콰콰콰콰!

어둠을 휘감은 주먹이 소나기처럼 날아가서 빙설마를 난타했다. 폭음이 울려 퍼지면서 빙설마의 몸이 부서져 간다.

노도와도 같은 공세다. 기습으로 취한 이점을 놓치지 않고 승부를 결할 수 있을 것 같다.

'아냐, 회복하고 있어.'

하지만 형운은 그게 아님을 알아보았다.

잠깐 흩어졌던 빙설마의 기운이 다시 결집되고 있다. 한기가 일면서 부서진 몸이 분리된다. 원래 몸을 이루었던 암석과 얼음이 한서우의 공격을 막는 장벽이 되고, 그 안쪽에서 차근차근 몸이 복원되어 간다.

"큭!"

한서우도 그 사실을 알고 있었다. 얼음을 깨고 그 안쪽에 있는 것, 빙설마의 심장부라고 할 수 있는 핵(核)을 부숴 버리려고 했지만 쉽지 않았다.

"그렇다면!"

한서우와 빙설마의 그림자로부터 새카만 어둠의 짐승이 나타난다. 한입에 인간을 삼켜 버릴 수 있을 것 같은 거대한 맹수의 형상이었다.

"부수기 어렵다면 먹어치워 주마! 어둠에서 태어난 자여, 혼원의 일부가 되어라!"

그러나 그 순간, 반쯤 복원된 빙설마가 입을 벌렸다. 한서우는 섬뜩함을 느끼며 눈을 부릅떴다.

순백과 어둠이 격돌했다.

콰콰콰콰콰!

한기가 소용돌이치며 폭발했다. 섬광이 번뜩이나 싶더니 삐죽삐죽한 얼음기둥이 몇 개나 뭉쳐서 거대한 얼음산이 만들어졌다.

그 위에 빙설마가 나타났다. 얼음이 존재하지도 않는 것처럼, 마치 물속을 부유하듯이 자연스럽게 떠오르는 그 광경은 비현실적으로 보였다.

"…만만치 않군."

한서우는 식은땀을 흘렸다. 환마도 제법 많이 상대해 본 편인데 이 정도로 강한 놈은 정말 오랜만이다.

투두둑…….

한서우의 소매가 얼어붙어서 부서지고 있었다. 예지력을 지닌 그가 방금 전의 공격을 완벽하게 피하지 못한 것이다.

빙설마가 한서우를 보며 중얼거렸다.

"너…… 처음 보는데도 왠지 아는 것 같구나."

"…빙령의 기억이 있는 건가?"

"빙령이라. 그게 뭐지? 어쨌든 내가 나이기 위해 널 죽여야 할 것 같다. 하지만 더 중요한 게 있어……."

멍하니 중얼거리는 빙설마의 모습이 둘로 나뉘었다. 한서우가 눈을 크게 떴다.

"…분화?"

아마도 빙령, 혹은 그 일부이리라 생각되는 빙설마의 핵이 두 개로 분화했다. 힘을 나누는 것도 가능한 모양이었다.

형운이 전음으로 외쳤다.

─둘 다 실체고 오른쪽이 더 많은 기운을 가졌으니 조심하세요!

─넌 그걸 어떻게 아는 거냐?

한서우가 황당해하며 물었다. 그도 기감은 누구한테도 뒤떨어진다고 생각해 본 적이 없는데 형운이 주는 정보는 이걸 진짜 믿어도 되는 건가 의심스러울 정도로 구체적이었다.

─그냥 보면 알게 되는데요?

─거참. 내가 새파랗게 어린 후배 녀석한테 이런 소리를 들어야 하다니…….

투덜거리는 한서우에게 분화한 빙설마가 덮쳐 왔다. 형운이 더 큰 기운을 가졌다고 말한 오른쪽이었다.

"으음!"

폭음이 울리며 둘의 싸움이 시작되었다.

조금 전까지는 멍청하니 맞고만 있던 빙설마지만 이제는 달랐다. 무시무시한 속도로 한서우와 공방을 주고받으면서 설원을 뒤집어놓는다.

그리고 또 하나의 빙설마가 얼음산으로 잠겨들더니, 아래쪽 벽을 통과해서 일행에게 다가왔다.

9

형운은 냉정해지려고 애썼다.

'아무래도 이놈, 기운의 본질이 빙령하고 동질이라서 내 기감이 제대로 잡아내지 못했던 것 같은데…….'

방금 전에 얼음산 속으로 잠겨들었을 때는 잠시 동안 기감에서 그 존재감이 사라져 버렸다. 얼음과 동화되었을 때는 형운도 잡아낼 수 없다고 판단해야 했다.

―하령아.

―왜?

―대책 좀 세워봐. 저놈, 기운만 따지면 사부님보다 더 커.

그 말에 서하령이 숨을 삼켰다.

인간의 한계라고 일컬어지는 내공 수위 9심, 그 경지를 달성한 귀혁보다 더 큰 기운을 가졌다고?

하지만 그녀는 곧바로 냉정을 되찾았다. 인간은 원래 기운을 담는 그릇으로서는 그리 뛰어나지 않다. 영수하고만 비교해 봐도 체내에 지닐 수 있는 기운의 총량이 적었기에 고대의 무인들이 도달할 수 있는 한계는 명확했다.

기심법은 그 한계를 초월하기 위해서 개발된 기술이다.

그저 자연의 기운을 받아들여 그릇을 채우고, 그것을 얼마나 자유자재로 끌어낼 수 있는가에 그쳤던 고대 무공과 달리 기심법은 체내 진기를 응축해서 고밀도의 결정체를 형성, 기맥을 타고 흐르는 진기와 반응시킴으로써 막대한 힘을 발생시킬 수 있었다. 기심이 하나 늘어날 때마다 발휘할 수 있는 힘이 현격하게 커지는 이유가 바로 그것이다.

즉 빙설마가 지닌 기운의 총량이 귀혁을 능가한다고 해도 그것이 귀혁보다 강하다는 의미는 아니다.

'귀혁 아저씨한테 걸리면 이까짓 괴물쯤은 한주먹감이야.'

서하령에게는 그런 절대적인 믿음이 있었다.

빙설마가 다가오며 말했다.

"이상하군……."

푸른 귀화가 타오르는 눈은 오로지 형운에게만 고정되어 있었다.

"어쩌면 이렇게나……."

빙설마의 입이 쩌억 벌어졌다. 인간에게는 도저히 불가능한 수준으로.

"…맛있어 보이는지 모르겠구나."

"그럴 줄 알았다, 이놈아!"

빙설마의 기괴한 변화에도 형운은 놀라지 않고 주먹을 뻗었다.

시선을 통해서 감정을 읽어낸다. 그 능력이 있기에 이미 무심반사경으로 행동을 결정하고 준비하고 있었다.

퍼퍼퍼퍼펑!

폭음이 울리며 빙설마의 몸이 날아가 버렸다. 물리적인 파괴력만으로 따진다면 한서우의 맹공에 뒤떨어지지 않는다.

그리고 그 외의 것까지 따진다면… 한서우보다도 더 큰 타격을 주었다.

"이상하군, 이상해……."

몸의 절반이 날아가고 목이 꺾여서 덜렁거리는 빙설마가 이해할 수 없다는 듯 중얼거렸다. 형운은 그 의문을 이해하고 있었다.

"그렇겠지. 너와 나는… 이렇게 말하긴 구역질 나지만, 우린 같은 것을 가졌으니까!"

형운은 확신했다. 빙설마의 존재를 유지하는 기운의 핵은 빙령의 일부다.

흑영신교가 빙령을 갈라서 나눈 것인지, 아니면 힘을 공급받는 분신체를 만든 것인지까지는 알 수 없다. 하지만 형운의 빙백기심과 빙설마의 핵은 본질적으로 같았고, 그렇기에 형운은 한서우보다 훨씬 효율적으로 타격을 입힐 수 있었다.

"있어야 할 곳으로 돌아가라!"

쾅!

말하면서도 공세를 멈추지 않는다. 여덟 기심이 최대치로 공명하면서 막대한 기운을 쏟아내고 있었다.

빙설마는 한서우에게 했던 것과 똑같은 방어법을 사용했다. 부서지는 몸의 구성물을 장벽으로 세워서 공격의 위력을 죽이면서, 주변의 눈과 얼음을 이용해서 몸을 복원한다.

"소용없어!"

하지만 형운의 주먹은 얼음장벽을 종잇장처럼 꿰뚫고 본체를 부쉈다.

빙설마가 만들어내는 얼음장벽에는 막대한 기운이 실려 있다. 그렇기에 한서우의 공격을 막아낼 수 있었던 것이다.

하지만 형운과는 상성이 나빴다. 형운의 공격은 너무나도 쉽게 그 기운을 헤집고 들어가서, 물질로서의 얼음 장벽만을 깨부수고 본체에 닿는다.

기묘한 싸움이었다.

폭풍처럼 휘몰아치는 형운의 공격이 빙설마를 파괴한다. 그리고 빙설마는 어떻게든 공세를 죽이면서 엄청난 속도로 스스로를 복원한다.

서로를 파괴하는 싸움이 아니라 파괴력과 복원력의 대결이다.

'젠장! 핵이 뭐 이렇게 촐랑촐랑 움직여 대는 거야?'

형운은 빙설마를 이루는 핵만 파괴하면 끝난다고 확신했다. 하지만 핵은 빙설마의 몸 안에서 고속으로 움직이고, 심지어 여럿으로 분화했다가 다시 하나로 합쳐지기까지 하면서 형운의 공격을 피하고 있었다.

"형운! 피해!"

서하령의 다급한 외침이 들려왔다.

투학!

폭음이 울리며 형운이 날아가 버렸다. 시야의 사각에서 날아든 공격에 형운을 후려친 것이다.

'이 자식……!'

감극도가 아니었으면 죽을 뻔했다.

빙설마는 형운의 맹공을 받으면서 은밀하게 주변에서 얼음구조물을 만들어내고 있었다. 빙설마가 주변의 얼음에 동화되면 형운의 기감으로는 잡아낼 수 없었기에 직전까지 기습을 눈치채지 못한 것이다.

뒤이어 형운에게 날카로운 얼음덩어리들이 날아들기 시작했다. 빙설마가 전술을 바꾸고 있었다.

"큭……!"

형운이 정신없이 밀리기 시작했다. 진예의 빙백검이 범접하지 못했던 것과 달리 빙설마가 기운을 불어넣은 얼음덩어리들은 위협적이었다.

그것으로 끝이 아니다. 주변의 얼음기둥들이 움직이기 시작했다.

'시체를 자기 부하 괴물로 만드는 건가?'

형운이 놀랐다. 처음에 폭발한 한기로 인해서 얼음기둥으로 변해 버린 흑영신교의 마인들이 움직이고 있었다.

"수로 밀어붙일 생각이군! 마음대로 하게 두진 않는다!"

마곡정이 나섰다. 지금까지는 형운과 빙설마의 속도가 너무 빨라서 도저히 끼어들 수가 없었다. 하지만 상황이 이렇게 되면 충분히 지원 가능하다.

진예와 가려, 서하령도 곧바로 그를 따라서 새로이 발생한 적들이 형운에게 접근하는 것을 막았다.

그것을 본 형운의 주의가 살짝 흐트러진 순간이었다.

쾅!

아래쪽에서 불쑥 튀어나온 빙설마가 일격을 날렸다. 얼음에 동화된 그를 직전까지 눈치채지 못한 형운의 방어가 늦었다.

'크억……!'

직전에 막기는 했지만, 워낙 강맹한 일격이라 방어가 뚫렸다. 허공으로 솟구치는 형운에게 얼음덩어리들이 달려들었다.

"공자님!"

가려가 비명을 질렀다. 형운이 얼음덩어리들에 맞고 공처럼 튀어서 나가떨어졌기 때문이다.

"끝이다! 먹어주마!"

그런 형운에게 빙설마가 달려들었다. 미처 달려갈 시간조차 없을 정도로 빨랐다.

그때 갑자기 섬광이 휘몰아쳤다.

빙설마가 놀라는 순간, 섬광 너머에서 흑단 같은 머리칼이 춤추고 호박색 눈동자가 광채를 발했다.

"…웬만하면 쓰기 싫었는데."

서하령이었다. 영수의 힘을 일깨운 그녀가 빙설마의 공격을 막아낸 것이다.

라아아아아……!

접촉한 상태에서 아름다운 노랫소리가 울려 퍼졌다. 흐릿한 섬광이 퍼져 나가고 뒤이어 진기가 실린 음파가 빙설마를 강타한다.

음공이다. 마치 수십 명이 약간씩 높낮이를 달리해서 같은 음을 내는 것처럼, 시간 차를 두고 겹겹이 쌓이는 소리의 파도가 빙설마를 뒤흔들었다. 기운의 흐름이 흐트러지면서 얼음과 암석으로 이루어진 몸이 부서져 나간다.

뒤이어 서하령이 자세를 바꾸며 빙설마를 뿌리쳤다.

쾅!

폭음이 울리며 빙설마가 날아가 버렸다.

서하령의 표정이 고통으로 일그러졌다.

"으윽……!"

그녀가 공격하는 순간, 빙설마도 반격했다. 물리적인 충돌은 없었지만 신체의 접촉면을 통해서 강렬한 음기(陰氣)를 침투시켰다.

'나하고는 상성이 안 좋아.'

형운과 진예는 한기 속에서 오히려 더 큰 힘을 발휘할 수 있다. 마곡정도 비슷하다.

하지만 서하령과 가려는 그렇지 못하다. 추위가 신체 능력을 둔화시키고, 거기에 저항하기 위해서 내력을 소모해야 한다.

그런 상태에서 빙설마가 침투시킨 음기를 몰아내자니 힘의 소모가 크다. 영수의 힘을 개방하지 않았다면 음기를 몰아내는 것만으로도 지쳐 버렸을 것이다.

그 뒤에서 피투성이가 된 형운이 일어났다. 그리고 놀라서 물었다.

"…영수의 힘을 끌어내다니, 괜찮아?"

"피 철철 흘리면서 할 소리야?"

서하령이 노래하는 듯 아름다운 목소리로 말했다. 인간은 결코 낼 수 없는 비인간적인 목소리이거늘, 정작 말하는 서하령이 새침해 보인다는 점이 왠지 우스웠다.

'우와, 확실히 통제하고 있잖아?'

얼마 전까지만 해도 서하령은 영수의 힘을 끌어내는 것 자체를 두려워했다. 그런데 그새 완벽하게 통제할 수 있게 되었단 말인가?

서하령이 말했다.

"이 상태는 길게 유지할 수 없어. 스무 호흡 안에 끝내."

"알겠어."

"네 마음대로 공격해. 완벽하게 맞춰줄 테니까."

서하령이 오만하게 선언했다. 형운은 추호도 의심하지 않았다.

형운이 수련 과정에서 귀혁을 제외하면 가장 많이 상대해 본 사람이 서하령이다. 형운은 누군가와 손발을 맞추기에 좋은 유형이 아니지만, 그녀라면 할 수 있을 것이다.

스으으으…….

몸을 복원한 빙설마가 입을 벌린다. 체내의 기운이 응축되면서 한기가 폭발하려는 순간…….

라아아아아!

아름다운 노래의 파도가 밀려들었다. 집결되었던 힘이 흩어지고 빙설마의 몸이 덜덜 떨리면서 부서져 간다.

"그건 이미 한번 봤어. 그렇게 시간 많이 잡아먹는 짓을 하는 동안 멍하니 보기만 할 것 같냐?"

직후 형운이 그 앞에 나타나서 공격을 퍼부었다. 일격으로 빙설마의 머리통을 날리고, 이격으로 팔을 끊는다. 그리고 삼격으로 가슴을 바스러뜨리는 순간…….

콰직!

옆에서 솟구친 빙설마의 공격을 서하령이 끊었다.

영수의 힘을 개방한 지금, 그녀의 신체 능력은 현격히 상승했다. 폭발적으로 빨라지는 형운과 빙설마의 속도를 완벽하게 따라가고 있었다.

노도와도 같은 형운의 공격이 빙설마의 복원력과 우열을 다투고, 감각의 사각에서 날아드는 공격을 서하령이 막아내면서 음공으로 보조한다.

그런 가운데 형운이 발하는 광풍혼이 조금씩 빙설마를 휘감고 있었다.

투웅!

둔탁한 소리가 울렸다. 형운이 힘으로 밀어붙이는 공격 사이에 질이 다른, 짧게 끊어지는 공격을 섞었다.

콰자자작⋯⋯!

그러자 공격의 접촉면을 타고 들어간 침투경이 빙설마의 전신을 뒤흔들었다. 부서진 육체를 복원하던 빙설마의 움직임이 주춤했다.

투웅! 투우웅! 투우우우웅!

일격을 맞으면 전신이 진동하면서 뒤로 밀린다. 그리고 자세를 바로잡기도 전에 다음 일격이 작렬, 체내에서 날뛰는 침투경을 더욱 증폭시키고, 그것을 다스리기도 전에 또 다른 일격이 날아든다.

'광풍혼쇄(光風魂碎)!'

광풍혼으로 외부를 휘감고 침투경으로 내부를 파괴한다. 안과 밖의 힘이 공진하면서 막대한 파괴력을 발생시키고 있었다.

라아아아아⋯⋯!

거기에 서하령의 음공이 더해진다. 광풍혼에 대해서도, 일월성신의 특성에 대해서도 이해하고 있는 그녀는 광풍혼쇄의 위력을 완벽하게 배가시키는 음공을 발하고 있었다.

"크아, 아아아, 아⋯⋯!"

빙설마의 몸이 진동하면서 부서져 나간다. 비명조차도 덜덜 떨려 나왔다.

형운이 눈이 빛났다.

'지금이다!'

갑자기 형운의 공격이 느슨해졌다. 곧바로 빙설마가 신체 일부를 창처럼 변형시켜서 형운의 몸통을 꿰뚫었다.

"형운!"

서하령이 경악했다. 이 국면에서 오히려 빙설마의 공격을 얻어맞다니?

콰직!

다음 순간, 서하령의 경악이 한층 더 커졌다. 형운의 모습이 안개처럼 흐릿해졌다가 정확히 창끝이 닿지 않는 거리에서 나타나는 게 아닌가?

운화(雲化)였다. 빙설마의 공격에 관통당하는 것은 형운이 의도한 상황이었던 것이다.

'걸렸구나!'

형운의 오른팔이 뱀처럼 휘면서 얼음의 창을 휘감았다. 광풍혼이 내달리면서 얼음의 창이 수수깡처럼 부서지고, 곧바로 형운의 관수가 폭발적으로 가속하면서 빙설마를 관통했다.

'광풍수라격(光風修羅擊)!'

본래는 상대의 팔을 얽어서 부숴 버리면서 몸통까지 관통하는, 흉악하기 짝이 없는 공격이었다. 빙설마의 상반신이 터져 나갔다.

그 광경을 본 서하령은 혼란스러웠다.

'어째서야?'

형운은 왜 굳이 위험을 감수한 것일까? 그렇지 않아도 일방적으로 난타하고 있는 중이었는데?

그 이유는 곧 알 수 있었다.

"…잡았다."

형운의 손에 푸른 불꽃을 발하는 얼음덩어리가 잡혀 있었다.

끄아아아아아……!

반쯤 부서진 빙설마의 몸이 진동하면서 끔찍한 비명 소리가 울려 퍼졌다. 형운이 움켜쥔 것이야말로 빙설마의 핵이었던 것이다.

형운이 단순무식하게 때려 부수는 대신 광풍혼쇄를 쓴 것은 여럿으로 분화하기까지 하는 핵을 하나로 모으기 위해서였다. 신체 내부와 외부가 모두 폭풍우 같은 기운에 휩쓸리는 상황이라면 핵을 분화시켜 둔 채로 버틸 수 없을 거라는 계산이었다.

그리고 핵이 하나로 모였을 때, 일부러 허점을 보임으로써 공격을 유도했다. 빙설마로서는 그야말로 모든 힘을 쥐어짜 내서 가한 공격이었을 터. 이 상황에서는 핵을 이동시켜 피할 여유가 없었다.

"하령아! 물러나!"

우우우우우우!

서하령에게 경고한 형운의 몸이 빛을 발했다. 전신에서 무시무시한 한기가 쏟아져 나온다.

빙백기심이 격하게 요동치고 있었다.

'할 수 있어.'

형운은 자신이 무엇을 하고 있는지 알았다. 하지만 어떻게 하는지는 몰랐다.

그것은 빙백기심의 몫이다. 형운이 핵을 손에 넣고 필요한 기운을 제공하니, 빙백기심이 거기에 덧씌워진 환마를 몰아넣었다.

끄아아아아아아!

처절한 비명이 울려 퍼졌다. 그리고…….

화아아아아악!

빙설마의 몸이 산산이 바스라지면서 푸른 불길이 흩어져 갔다.

마계의 존재가 현세에 투영되어 탄생한 공허한 존재, 환마가 최후를 맞이했음을 알리는 현상이었다.

10

"…뭘 한 거야?"

눈을 휘둥그레 뜨고 묻는 서하령의 목소리는 평소 상태로 돌아와 있었다. 돌아본 형운은 그녀가 비틀거리는 것을 발견하고는 깜짝 놀라서 부축했다.

"으……."

아무리 훈련으로 통제력을 길렀다 해도 영수의 힘을 개방한 반동은 어쩔 수 없었다. 잠시 눈을 감고 있던 그녀가 몸을 바로 했다.

형운이 물었다.

"괜찮아?"

"조금 쉬면 나아질 거야."

서하령이 작게 한숨을 쉬었다. 마음 같아서는 주저앉아서 운기조식이라도 하고 싶었지만 그러기에는 환경이 너무 나빴다.

잠시 그녀를 살펴보던 형운이 설명했다.

"이건 빙령의 조각이야."

형운의 손에는 어린애 주먹만 한 얼음덩어리가 쥐어져 있었다. 안에서 새하얀 빛이 흘러나오고 워낙 빙질이 깨끗해서 얼음이 아니라 수정처럼 보이는 덩어리였다.

서하령이 물었다.

"조각?"

"어떻게 한 것인지는 모르겠지만, 놈들은 빙령을 조각내서 나눴어. 이것만 갈라서 떼어낸 것인지 빙령을 산산조각 낸 것인지까지는 모르겠지만……."

그렇게 빙령의 의지를 약화시키고, 그 위에 환마를 덧씌움으로써 별격의 존재를 만들어낸 것이다.

"네 안에 있는 유설의 힘이 환마를 몰아내고 빙령을 원래대로 되돌렸다는 거군. 미리 알았다면 네게 맡겼을 것을."

불쑥 끼어든 것은 한서우였다. 통찰력이 극대화된 그의 예지력은 설명 없이도 형운이 무슨 일을 했는지 꿰뚫어 보았다.

형운이 놀라서 그를 바라보았다.

"선배님."

한서우의 몰골도 멀쩡하지는 않았다. 옷이 너덜너덜해지고 몸 곳곳에 얼음이 달라붙어 있었다.

그가 피로한 얼굴로 한숨을 쉬었다.

"하지만 놈들에게 남겨주느니 없애는 편이 낫겠지."

"저도 그렇게 생각해요. …어?"

대답하던 형운이 흠칫 놀라면서 옆을 돌아보았다.

여우 가면을 쓴 자혼이 있었다.

"내 접근을 알아채다니 대단한데?"

다들 깜짝 놀랐다. 자혼이 3장(약 9미터) 거리까지 다가오는 동안 아무도 눈치채지 못했던 것이다.

소름끼치도록 완벽한 은신술이다. 하지만 아무리 완벽하게 기척을 감춰도 형운은 시선으로 상대의 존재를 알 수 있었다.

자혼이 가면을 벗었다. 성숙한 여성의 얼굴을 형운의 코앞에다 들이대고는 빤히 바라본다.

"흐음. 귀혁이 참 재미있는 제자를 키웠구나."

그녀는 빙긋 웃으며 다시 여우 가면을 썼다. 형운은 그녀의 얼굴이 멀어지자 자기도 모르게 안도의 한숨을 쉬었다.

'이 사람… 무서워.'

형운에게는 자혼이 한서우 이상으로 이질적인 괴물처럼 보였다.

'마기가 느껴지지 않는 것으로 보면 인간이 맞긴 맞는 것 같은데… 하지만 이 정도로 자유자재로 스스로를 바꿀 수 있는 존재가 인간이라고?'

납득할 수가 없다. 자혼의 변신은 정말로 스스로를 완벽하게 바꾸는 것이다. 그런 일이 가능한 존재를 사람이라고 할 수 있는 것일까?

'사부님은 뭐라고 말씀하실까?'

궁금했다. 귀혁이라면 자혼에 대해서 잘 알고 있지 않을까?

한서우가 말했다.

"살아남은 놈들은 다 도망간 것 같군."

지부에는 통로가 여럿 있었다. 생존한 흑영신교도들은 그 통로들을 이용해서 도망쳤으리라.

형운이 물었다.

"쫓으실 건가요?"

"아니, 뿔뿔이 흩어져서 도망쳤을 테니 별로 의미는 없을 거다. 통로도 폐쇄시켰을 거고. 숨는 솜씨랑 도망치는 솜씨는 정말 천하일품인 것들이지."

"그리고 어차피 머리라고 할 수 있는 놈들은 다 처리했고 원하는 것도 손에 넣었으니 목적은 충분히 달성했지."

자혼이 말을 받았다.

지부의 책임자였던 이십사흑영수 중 둘을 처리했고, 그들의 연구 기록을 입수했다. 거기에 빙령의 조각까지 회수했으니 최선의 결과를 냈다고 할 수 있었다.

"연구원들도 다 처리했으니 놈들 입장에서는 손실이 클 거야."

이런 연구를 진행할 수 있을 정도의 기환술사라면 어딜 가나 귀한 인력으로 대접받는다. 흑영신교도 이번 인력 손실은 뼈아프리라.

문득 한서우가 형운을 보며 물었다.

"그건 어떻게 할 생각이냐?"

"그야……."

물론 빙령의 조각을 이야기하는 것이다. 형운의 시선이 자연스럽게 진예에게 향했다.

"진예 소저, 받아요."

형운이 빙령의 조각을 건네주자 진예가 놀라서 물었다.

"주시는 거예요?"

"마땅히 돌려 드려야지요. 비록 일부에 불과하기는 하지만……."

강탈당한 빙령을 되찾는 일에 대해서는 형운도 의무감을 느끼고 있었다. 그렇기에 한서우의 제안을 받아들여 이곳에 온 것이다. 이 또한 유설에게 입은 은혜를 갚는 일이 되리라.

진예가 고개를 숙였다.

"고맙습니다."

"뭘요. 본의는 아니지만 백야문에 다시 돌아가 봐야 할 것 같군요."

"아, 그러네요."

이렇게 된 이상 빙령의 조각을 백야문에 되돌려 놓는 것은 최우선으로 행해야 할 일이다.

진예 입장에서는 상황이 우습게 되었다. 신이 나서 여행을 떠난 지 채 일주일도 안 지나서 돌아가게 되다니…….

한서우가 피식 웃으며 말했다.

"그럼 일단 몸 녹일 만한 곳으로 돌아가자. 놈들에게서 빼앗아 온 기록들부터 살펴봐야겠군."

11

흑영신교의 성지에는 태양이 비치지 않는다.

기환진을 이용해서 그들이 안식의 땅이라 부르는 흑암정토(黑暗淨土)를 모방한 환경을 구축해 놓았기에 늘 태양을 피해 밤하늘을 보며 살 수 있었다. 성지의 중심, 교주의 거처처럼 절대적인 어둠은 아니었지만 흑영신교도들은 늘 편안함과 활력을 얻었다.

그 성지를 거닐던 남자가 말했다.

"흑혈마검과 흑안귀가 죽었다."

그 자리에는 똑같은 차림새를 한 두 명의 남자가 서 있었다. 전신에 흑의를 두르고 검은 태양의 문양이 그려진 가면을 쓰고 있는 남자들의 체격은 거울로 비춘 듯 똑같아서 가면 속의 얼굴도 똑같지 않을까 하는 의심이 들게 했다.

그 모습은 백야문에서 죽음을 맞이한 팔대호법의 일원, 암천령의 그것이었다.

이 가면을 쓰고 있다는 것은 이들이 죽은 자의 뒤를 이어 암천령이 되었다는 증거다. 하지만 어째서 한 명이 아니라 두 명인 것일까?

"누가 죽였지?"

"혼마와 암야살에."

"두 번째 예언이 맞았군. 좋지 않은데."

심지어 둘은 목소리조차도 똑같았다. 목소리만 들었다면 혼잣말을 하고 있다고 착각했을 것이다.

"다음에 죽는 것은 누구일까?"

"아직 우리는 아니야. 우리가 완성될 때는 안 되었다고 하셨다."

"이번에는 좀 덜 쓸모 있는 작자가 죽었으면 좋겠군."

"흑혈마검을 잃은 것은 애석하다."

"확실히. 유용하게 써먹을 수 있는 자였거늘."

흑영신교에서도 흑혈마검의 무위는 높이 평가하고 있었다. 살아남았다면 앞으로의 대업을 이루는 데 큰 공을 세울 수 있었을 텐데…….

"교주께서는?"

"수련에 전념하고 계신다. 신녀께서 표적의 움직임을 예지하시는 대로 움직이실 듯하군."

"암야살예, 대단한 자로군. 신녀의 신안(神眼)으로부터 사람을 감추다니……."

신녀는 지금 흑영신교가 나아가야 할 행보를 정하기 위한 예지를 하는 동시에 누군가를 찾고 있었다. 하지만 암야살예 자혼이 감춰둔 그 인물의 종적은 신녀의 예지로도 찾기 어려웠다.

"이존팔객은 하나같이 만만치 않은 자들만 모였지. 그러나 현재가 두 번째 예언의 행로를 따라가기 시작한 이상, 그들 역시 무사하지 못할 것이다."

신녀는 그들이 목적을 달성하는 먼 미래로 향하는 행로를 예지하고 있었다.

현실은 늘 격정적으로 요동치고 있기에 먼 미래에 대한 예지일수록 적중률이 낮아진다. 신녀는 목적지까지 향하는 과정을 최대한 압축하여 세 가지로 줄여놓고 그것을 토대로 정밀도를 높여가고 있었다.

북방 설원의 비밀 지부가 발각되고, 흑혈마검과 흑안귀가 죽는 것도 이미 예지로 기록되었던 사실이다.

예지된 가능성 중에서는 흑영신교에게 나쁜 결과였지만, 최악은 아니었다. 그들은 이미 그곳에서 얻어야 할 것들을 다 얻었다. 마지막으로 빙설마를 풀어놓아서 싸우게 함으로써 유용한 자료도 얻었다.

"가엾고 어리석은 연옥의 주민들이여. 어둠으로부터 내려온 신성한 지식을 두려워할 때가 오리라."

『성운을 먹는 자』 9권에 계속…

FUSION FANTASTIC STORY

말리브해적 장편소설

MLB
메이저리그

Book Publishing CHUNGEORAM

유한이아닌자유추구~
WWW. chungeoram.com

이경영 판타지 장편소설

FANTASY FRONTIER SPIRIT

그라니트

용들의 땅

GRANITE

사고로 위장된 사건에 의해 동료를 모두 잃고 서로를 만나게 된 '치프'와 '데스디아'.
사건의 이면에 상식을 벗어난 음모가 있음을 알게 된 둘은
동료들의 죽음을 가슴에 새긴 채 각자의 고향으로 돌아간다.
2년 후, 뜻하지 않게 다시 만난 두 사람은 동료들의 복수를 위해
개척용역회사 '그라니트 용역'을 설립해 다시금 그 땅을 찾게 되는데……

용들이 지배하는 땅 그라니트!
그곳에서 펼쳐지는 고대로부터 이어지는 운명적 만남,
깊어지는 오해, 그리고 채워지는 상처.

『가즈 나이트』시리즈 이경영 작가의 미래형 판타지 신작!

Book Publishing CHUNGEORAM

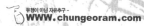